KB270965

벽천신뢰

신가 新무협 판타지 소설

벽천십뢰 2

신가 新무협 판타지 소설

초판 1쇄 찍은 날 § 2007년 4월 7일
초판 1쇄 펴낸 날 § 2007년 4월 17일

지은이 § 신가
펴낸이 § 서경석

편집장 § 문혜영
편집책임 § 서지현
편집 § 심재영

펴낸곳 § 도서출판 청어람
등록번호 § 제1081-1-89호
등록일자 § 1999. 5. 31
어람번호 § 제2-1170호

주소 § 경기도 부천시 원미구 심곡1동 350-1 남성B/D 3F (우) 420-011
전화 § 032-656-4452 팩스 § 032-656-4453
http://www.chungeoram.com
E-mail § eoram99@chollian.net

ⓒ 신가, 2007

ISBN 978-89-251-0635-9 04810
ISBN 978-89-251-0633-5 (세트)

碧空天雷

신무협 판타지 소설
新武俠 판타지 소설
FANTASTIC ORIENTAL HEROES

벽천서로

2
잠룡의 검

도서출판 천림

碧天雷

목차

제一장　　용아를 움직일 의지　　| 7

제二장　　용이 잠자는 곳　　| 57

제三장　　의지에 싣는 기운　　| 97

제四장　　더러운 기분　　| 125

제五장　　후회와 회한　　| 165

제六장　　놓아라　　| 195

제七장　　융중에 숨은 용　　| 223

제八장　　의지의 결　　| 259

제九장　　무당의 검　　| 291

第一章

용아를 움직일 의지

「사람이 아니야… 사람일 리 없어. 그래, 동방의 하늘에서 내려온 천신(天神)일 거야. 틀림없어.」

해동에서 온 백의의 사내. 한 번의 손짓에 열 개의 벼락이 떨어지고, 마교의 혈사는 그 앞에 침묵한다. 열 개의 벼락을 중원에 남겨두고 홀연히 떠났다.

그리고 오십 년 후. 다시금 중원이 어지러워지려 할 때 그의 후예가 중원으로 향한다.

푸른 하늘에 열 개의 벼락이 다시 떨어지는 순간 천하는 그 앞에서 무릎꿇으리라.

황규린은 다급히 환우를 안아 들었다. 설마 이렇게 탈진해 쓰러질 줄은 몰랐던 것이다. 게다가 피까지 토했으니 내상을 입었을 터. 황규린은 재빨리 자신의 장심을 환우의 명문혈에 갖다 대고 내력을 불어넣기 시작했다.

'그토록 격렬한 비무를 하고도 상대의 내상을 돌볼 여력을 가지고 있다니… 화산신검 장로님은 참으로 대단한 실력을 지니셨구나!'

치호는 그 모습에 무척 감탄했다. 그리고 오래지 않아 정파의 오성이 육성으로 바뀔 것이라 예감했다.

'이럴 수가!'

환우의 명문혈을 통해 자신의 내력을 불어넣던 황규린은 깜짝 놀랐다. 환우의 몸속에 들어간 자신의 내력들이 모래밭에 물이 스며들 듯 금세 사라져 버린 것이다. 환우에게는 단전이 없었다. 자신의 내력으로 환우의 내상을 다스리려 했으나 그 중심이 되는 단전을 찾을 수가 없었다. 그저 내력을 불어넣으면 불어넣는 대로 흩어져 사라질 뿐이다.

별수가 없었다. 결국 황규린은 환우의 명문혈에서 손을 떼고 몸을 일으켰다.

"신 소협은 어떤가?"

마지막에 막말을 했으나 피를 토하며 내상을 입고 쓰러진 이다. 걱정이 안 될 수 없었기에 곽상이 조심스레 물었다.

황규린은 고개를 저었다. 그 모습에 곽상과 치호의 얼굴이 딱딱하게 굳어든다.

"그분의 무공은 우리와는 그 이치를 완전히 달리하는 것 같습니다."

"그게 무슨 말인가?"

"단전이 없습니다."

황규린의 대답에 곽상과 치호는 말을 잃었다.

자신들은 분명히 열 자루의 단검으로 펼치는 이기어검과 유사한 수법을 보았다. 두 사람 모두 그것이 이기어검과 유사한 다른 수법이지 설마 이기어검일 것이라고는 생각지 않았다. 열 자루의 단검으로 동시에 이기어검을 펼치기에는 환우는 너무 젊었다.

어쨌든 그런 굉장한 수를 펼치는 이가 단전이 없다니 그것은 말도 안 되는 이야기다. 단전은 내공이 모이는 바다와 같은 곳이다. 단전이 없이 무공을 익힌다는 것은 있을 수 있는 것이다. 외가무공이라면 그럴 수도 있지만 환우가 보여준 것은 분명 내가무공이었다.

"제가 내력을 주입하면 모두 사라져 버립니다. 변변한 기맥도 찾을 수가 없습니다. 알 수가 없군요. 역시 그분의 무공은 일반적인 상식의 범주를 벗어난 것인가 봅니다."

"그럼 어찌해야 합니까?"

치호는 피를 토하며 쓰러진 사숙이 몹시 걱정스러웠기에 급히 물었다. 그 정도의 격돌 후 피를 토했으니 내상을 입어도 크게 입었으리라.

"그저 지켜보는 수밖에는 없을 것 같네, 장 소협."

황규린이 고개를 저으며 대답했다. 그 말에 치호의 어깨가 축 늘어졌다. 하지만 황규린은 그다지 걱정하지 않는 듯했다.

"너무 그러지 말게나. 비록 정신은 잃었으나 신 소협의 호흡은 지극히 정상적이야. 마치 잠을 자는 사람처럼 편안히 숨을 쉬고 있네. 만약 극심한 내상을 입은 상황이라면 절대 이런 호흡을 할 수가 없지. 아마도 기력이 탈진되어 정신을 잃은 정도일 거야."

그 말에 치호의 얼굴이 조금 밝아졌다.

황규린 정도의 초절정고수가 하는 말이니 일단 신뢰가 간 것이다. 사실 단전이 없는 채 무공을 익힌 환우의 상태에 대해 이 자리에 있는 그 누구도 단언할 수 없었다.

"일단 안으로 옮기도록 하지."

황규린은 환우를 안아 들고 자신의 오두막으로 향했다. 단출한 나무 침상에 환우를 누인 후 세 사람은 통나무를 잘라 만든 탁자에 둘러앉았다.

"사제. 장하이. 설마 검향을 피워내게 될 줄이야. 이 우매한 사형은 사제의 그런 높은 경지조차 모르고 있었네."

곽상이 황규린의 손을 꼭 잡으며 감격에 떨리는 목소리로 말했다. 그의 말에 황규린은 그저 머쓱하게 웃었다.

"대단한 일은 아닙니다. 그저 매화를 보며 검을 휘두르다 우연히 인연이 닿아 작은 깨달음을 얻었을 뿐입니다."

"어허, 이 사람아. 겸손도 지나치면 안 되네. 어찌 검향을 피워 올리는 그 경지가 우연히 이루어지겠는가? 다 각고의 노력 끝에 얻은 성취이지."

곽상은 진정 기꺼운 듯 말했다.

화산의 장문인으로서 자신의 대에서 매화의 향기가 피어올랐으니 당연한 일이다. 치호도 존경심 가득한 눈으로 황규린을 보고 있었다.

"화산신검 장로님의 실력에 대한 이야기는 개방에서 들었습니다만… 소문이 진실만 못하군요. 이제 오성은 육성으로 바뀌어야 할 겁니다.”

“허허, 젊은 소협이 이 늙은이 얼굴에 너무 금칠을 해주는군. 나는 그런 것에는 관심이 없다네.”

그 말을 하면서 그는 자신의 허리에 걸린 검을 쓰다듬었다. 그저 계속해서 검의 길을 가고 싶을 뿐이다.

명성이라는 것을 얻어봐야 허명에 지나지 않고 오히려 수련에 방해가 될 뿐이다. 황규린이 연화봉의 정상에 작은 오두막을 지어놓고 사는 것도 다 그런 번잡함에서 벗어나고 싶었기 때문이다.

하루가 지나도록 환우는 깨어나지 않았다. 하지만 호흡이 무척이나 편안해 보였기에 그저 곧 깨어나려니 하는 생각으로 기다릴 뿐이다.

또 하루가 지났다.

이틀째가 되자 치호는 조금씩 걱정이 되는 모양이었다. 전날만 하더라도 밖으로 나가 수련도 하고 황규린에게 조언도 구했으나 이틀째 환우가 정신을 차리지 못하자 그 곁에 앉아 꼼짝도 안 하고 있었다. 구박받으면서 든 정이 이리도 강할 줄은 치호 자신도 몰랐다.

막상 이렇게 정신을 잃고 쓰러진 모습을 보게 되자 자신도 몰랐던 정이라는 놈이 이렇게 침상을 지키게 만들었다. 치호는 걱정 어린 눈으로 환우를 지켜보았다.

황규린은 차를 마시며 그런 두 사람의 모습을 담담이 보고 있었다. 그에게는 저런 두 사람의 모습이 무척이나 보기 좋았다.

이미 치호에게서 어찌하여 환우가 그의 사숙이 되었는지 사연을 들은 터다. 그리고 지금까지 환우와 무슨 일이 있었는지도 대강은 들었다.

치호도 눈치는 있기에 자신이 당한 일을 최대한 축소하고 부드럽게 각색하여 이야기했지만 그것만으로도 듣는 사람이 미소를 짓기에는 충분했다.

"응?"

치호의 표정이 변했다. 환우의 얼굴에 변화가 나타난 때문이다.

환우의 얼굴에서 가는 경련이 일기 시작하더니 눈꺼풀이 파르르 떨렸다.

"사, 사숙!"

기쁨에 겨운 치호의 목소리가 튀어나왔다.

치호의 외침에 황규린도 환우의 침상 곁으로 다가갔다.

"흐음. 이제 신 소협이 깨어나려나 보군."

그 말이 끝나기 무섭게 환우의 눈꺼풀이 열렸다. 그리고 검은 눈동자에 초점이 잡히기 시작하면서 그가 주변을 살폈다. 그렇게 몇 번 눈을 껌벅이면서 주위를 살피던 환우는 비로소 자신이 침상에 누워 있다는 사실을 인지했다.

“끄응. 이곳이 어디지?”

가는 신음 소리와 함께 환우가 몸을 일으켰다.

“황 장로님의 오두막입니다.”

치호가 재빠르게 대답했다. 치호의 대답을 듣고서야 미소를 띤 채 침상 곁에 서 있는 황규린의 모습이 환우의 눈에 들어왔다.

그제야 환우는 현재의 상황을 정확히 알 수 있었다. 비무 중 강한 충격에 정신을 잃었다. 그 정신의 끈을 놓기 전에 한 마디 말을 남긴 것까지가 환우가 아는 전부였다. 아마 이곳은 황규린의 오두막일 것이다.

‘그래. 난 졌지······.’

허무한 감정이 온몸에 밀려들었다. 자신이 이것밖에 안 되었는가 하는 자괴감이 뇌리를 가득 메웠다.

허탈과 절망, 좌절, 그러한 감정들이 환우의 가슴을 헤집고 지나갔다. 환우의 얼굴이 어두워졌다. 자신의 가슴에서 소용돌이 치고 있는 온갖 감정들 때문이리라.

황규린은 분명 환우 자신이 인정한 무인이다. 그랬기에 존중하고 그를 대함에 예의를 잃지 않았다. 하지만 그것과 패배는 별개였다.

무언가 자신을 잃은 듯했다.

“그래, 몸은 좀 어떤가요?”

황규린의 물음에 환우는 인상을 썼다.

“뻔히 알고 계시면서 묻다니, 조금 짓궂으시군요.”

“강한 충격을 받았다는 것은 알 수 있었습니다만 사실 정확한 상태는 알 수 없었습니다. 단지 숨결이 고르기에 크게 위험하지는 않을 거라 추측했을 뿐이지요. 그분의 무공은 중원의 그것과는 궤를 달리했기에 사실 좀 당황했었습니다.”

황규린의 말에 환우는 내심 수긍했다. 확실히 자신이 익힌 무공과 중원의 무인들이 익힌 무공은 그 줄기가 달랐다.

기실 환우의 상태는 황규린의 추측과 거의 비슷한 상황이었다. 과도한 힘을 사용한 결과로 인한 기력의 탈진, 정확히는 과도한 의지력의 사용이 원인이었다.

환우가 사용한 용아천뢰검은 가히 신물(神物)이라 할 수 있는 검이다. 승천하는 뇌룡을 잡아 그 이빨을 뽑아 만든 검이니 용아천뢰검이 가지고 있는 현기란 이루 말할 수 없을 정도다.

그런 검을 의지력으로 환우 마음대로 부리는 것은 결코 쉬운 일이 아니다. 그저 벼락 맞은 대추나무로 만든 벽조목검이야 쉬이 움직인다 하지만 용아천뢰검을 움직이는 데는 그 열 배 이상의 심력이 필요했다.

결국 용아천뢰검으로 가장 위력이 강한 초식을 펼친 후 환우는 의지력의 급격한 소실로 인한 탈진 상태에 빠진 것이다.

피를 토한 것은 그 과정에서 기혈이 역류하며 내상을 입은 탓이었다. 단전은 없다 하나 몸 안에 기가 흐르는 통로는 있었고, 과한 힘의 소비로 그것이 상한 것이다.

황규린이 그와 같은 상태를 알지 못한 것은 기의 통로가 중원의 그것과는 판이하게 달랐기 때문이다.

어쨌든 환우가 익힌 천뢰무위공의 효능으로 정신을 잃고 있는 동안 내상이 회복되어 정신을 차린 것이다. 그동안 죽은 듯이 자고 있었던 것은 천뢰무위공이 내상을 치료하는 과정이었기 때문이다.

"과연 그분의 제자이십니다, 신 소협. 그 나이에 그런 실력이라니요."

어쨌든 황규린은 비무를 마친 뒤 하고 싶었으나 못한 말을 건넸다. 하지만 환우의 표정은 그다지 밝지 않았다.

"사실 원래 하고 싶은 말은 그게 아니지요?"

"그게 무슨?"

"사부에 비해 한참 못 미친다 생각하지 않으셨습니까?"

정곡을 찌른 환우의 말에 황규린은 잠시 할 말을 잃었다.

"그, 그것은……."

어떻게 수습을 해보려 하였으나 제대로 말을 잇지 못했다.

"사부께서 중원에 들어왔던 것은 오십여 년 전이라지요? 지금 사부의 나이를 생각하면 그때 당시 나이는 저와 비슷하거나 저보다 조금 많았을 즈음일 겁니다. 그때 사부께서 보여주신 무위와 지금의 제 무위를 비교한다면 당연한 말이겠지요."

피식 웃으며 말하는 환우의 모습에 황규린은 어찌할 바를
몰랐다.

"그렇게 당황하지 않으셔도 됩니다. 이미 알고 있던 사실
이니까요."

환우가 담담하게 말했다. 조금 전의 자조적인 목소리와는
분위기가 달랐다.

환우는 몸을 돌렸다. 환우의 머리맡에 한 자루의 용아천뢰
검과 아홉 자루의 벽조목검이 가지런히 놓여 있었다. 환우는
지그시 황규린을 바라보았다.

"이제 주셔야지요."

황규린은 고개를 끄덕였다. 그리고 품에서 곱게 싸인 비단
보를 꺼내 환우에게 건넸다.

천천히 그 비단보를 펼쳤다.

비단보에는 익숙한 모습의 단검이 놓여 있었다.

두 번째 용아천뢰검.

드디어 환우의 손에 들어온 것이다.

"이제야 두 번째 것이로군."

환우는 담담한 얼굴로 용아천뢰검을 내려다보았다. 하지
만 그 눈은 감격에 젖어들어 있었다.

"궁금하시지요?"

환우의 시선이 황규린을 향했다.

"당년의 사부와 비슷한 나이인 제가 왜 당년의 사부에 훨

씬 못 미치는 실력을 가지고 있는지 궁금하지 않으십니까?"

황규린보다도 치호가 무척이나 궁금했다. 그리고 경악했다. 사실 지금의 환우의 실력은 도무지 믿기지 않을 정도로 엄청나다. 비록 본신의 실력을 숨겼다 하나 개방의 방주를 압도한 실력이다.

비록 화산제일검인 화산신검 황규린에게 패했다 하나 그것은 그만큼 황규린이 강하기 때문이다. 결코 환우가 약한 것이 아니다.

그런데 당년의 동방신협은 환우와 비슷한 나이에 마교의 교주를 격살했다 하니 과연 그것이 인간에게 가능한 일이란 말인가?

황규린은 환우의 물음에 조심스레 고개를 끄덕였다.

환우는 피식 웃으며 입을 열었다.

"이놈을 오랜 세월 가지고 계셨다니 어쩌면 알고 계실지도 모르겠군요."

"영물(靈物), 아니, 신물(神物)이라 해야 할까요? 가지고 있는 힘도 엄청난 검이지만 그것을 뛰어넘어 뭐랄까, 의지 같은 것을 가지고 있다고 해야 할까요?"

황규린의 대답에 환우가 고개를 끄덕였다.

"맞습니다. 이놈은 보통 검이 아니지요. 자신의 의지를 가진 검입니다."

치호는 그 말을 믿을 수가 없었다. 단지 쇠붙이에 불과한 검이 어찌 의지를 가진단 말인가? 지금 두 사람의 대화는 치호의 차원을 벗어난 굉장한 수준의 대화였다.

"의지를 가진 만큼 다루기 힘든 놈입니다. 제 사부께서는 아주 어린 시절부터 이런 놈들 열 자루를 항시 지니고 무공을 수련하셨지요. 하지만 저는 사부께서 이놈들을 중원에 두고 오신 덕에 대용품으로 수련을 했습니다. 의지력이란 스스로 강하게 키우는 데는 한계가 있습니다. 더 강한 의지력에 부딪쳐 꺾이고 부서지고 하면서 그 강함을 극복하려는 노력을 통해 더욱 강해지죠. 아니, 더 빨리 강해진다고 해야 할까요?"

황규린은 환우의 말을 어느 정도 알아들을 수 있을 것 같았다.

"그런 식의 수련을 하기에는 이런 벽조목검에 스며든 의지란 미약하기 짝이 없습니다. 그만큼 쉬이 제 의지대로 다룰 수 있다는 장점이 있습니다만 또 제 의지력이 어느 수준에서 더 이상 강해지지 않고 답보하고 있다는 단점도 있지요."

"넘어야 할 벽이 작기에 일단 넘은 후에는 더 이상 성장을 하지 않는다는 말이로군요."

황규린이 알겠다는 듯 이야기했다.

"그렇습니다. 그래서 저에게는 이 용아천뢰검이 꼭 필요한 겁니다. 사부께서는 이미 용아천뢰검으로 의지를 극한으로 단련하셨기에 손에 쥐신 것이 무엇이든 푸른 벼락을 떨치십니다만 저에게는 역부족이지요. 이번에도 겨우 한 자루의 용아천뢰검을 제대로 다루지 못해서 이렇게 쓰러졌으니 말이죠. 앞으로 갈 길이 멉니다. 아무튼 그래서 제가 당년의 사부에 비해 많이 약한 것입니다.”

환우의 어조에서 그 건방짐과 당당함이 사라져 있었다. 패배로 인해 정확히 인식하게 된 자신과 사부의 차이가 그것들을 사라지게 했는지도 모르는 일이다.

환우의 말에 황규린은 은은한 미소를 머금으며 고개를 가로저었다.

“아니오. 신 소협은 결코 약하지 않습니다. 직접 검을 맞대어본 제가 가장 잘 압니다.”

“저에게는 사부라는 기준이 있으니까요.”

환우의 입가에 쓴웃음이 걸렸다.

“아, 곧 사형께서 오실 겁니다. 신 소협께 전할 말씀이 있다고 깨어나시면 기별을 달라고 하셨습니다. 조금 전에 문밖을 지키고 있던 아이를 통해 기별을 넣었으니 곧 오실 겁니다.”

환우가 깨어나는 기미를 보일 때 황규린은 곽상이 보내놓은 화산의 제자에게 전음으로 장문인에게 연락을 하라고 일러둔 터다. 그러다 환우의 입가에 걸린 쓸쓸함을 보고는 화제를 돌리기 위해 그 말을 꺼낸 것이다.

“그래요? 그렇다면 이야기는 나누고 가야겠군요.”

환우의 말에 황규린은 살짝 놀랐다. 그 어조가 마치 곧 떠나려던 사람 같았기 때문이다.

"지금 떠나려고 하셨습니까?"

"네. 이제 이곳에서의 일은 끝났으니까요."

침상에서 내려오며 환우가 담담히 말했다.

벽조목검을 챙기고 두 자루의 용아천뢰검을 검대에 꽂아 넣었다. 이제 남은 자리는 여덟 개다.

"허허. 그거 섭섭하군요. 좀 더 같이 시간을 보내고 싶었는데 말입니다."

"아닙니다. 이미 더 이상 나눌 이야기는 없으니까요. 함께 검을 맞댄 것으로 충분하지요."

환우의 말에 황규린이 고개를 끄덕이며 미소를 지었다. 그렇다. 무인에게는 함께 검을 맞대어보는 것 이상의 대화는 없었다.

"뭐, 또 한 번의 대화가 필요할 것 같기는 합니다. 제가 용아 녀석들을 좀 더 제대로 다루게 되면 말이지요."

환우가 얼굴을 붉적이며 말했다. 황규린에게 당한 패배가 못내 분한 모양이다.

"푸하하하. 그런 대화라면 언제든지 환영입니다. 저도 기다리고 있을 터이니 꼭 다시 한 번 연화봉 정상에 올라주십시오."

환우의 말이 기쁜 듯 황규린은 커다란 웃음을 터뜨렸다.

"오셨나 보네요."

황규린의 웃음소리 사이로 환우는 오두막 밖에 새로이 나타난 기척을 읽었다.

“네, 그렇군요. 사형이 맞습니다.”

황규린 역시 환우와 동시에 곽상의 기척을 읽었다. 치호는 단지 멀뚱거리며 두 사람을 보다가 그 대화에서 화산의 장문인이 연화봉 정상에 도착했음을 알았다.

“사제, 들어가겠네.”

문밖에서 곽상의 목소리가 들렸다.

“사형, 어서 들어오십시오.”

황규린이 손수 문을 열어주며 곽상을 맞았다.

“신 소협, 이제 몸은 좀 괜찮으십니까?”

“네, 이제 괜찮습니다. 그간 충분히 쉬었으니까요. 화산의 검은 좀 맵더군요.”

환우의 말에 곽상이 빙그레 미소를 지었다. 자신의 사제와 화산의 검에 대한 자부심이었다.

“저에게 하실 말씀이 있다 들었습니다만……”

“네. 이번에 소림에서 온 전갈 때문입니다. 그래서 이렇게 서문 사제를 대동하고 온 것입니다.”

곽상의 말에 곁에 서 있던 서문호가 포권을 하며 인사했다.

“신 소협, 오랜만이군요.”

“네, 오랜만입니다.”

소림의 지객당 앞에서 무허 진인과의 시비가 있었을 때 환우와 무허 진인을 둘러싸고 있던 사람들 틈에서 서문호를 본 기억이 있었다.

환우는 한 번 본 사람은 절대 잊지 않았다.

단지 그가 서문호라는 것을 몰랐을 뿐이다. 소림의 방장인 불요 대사에게서 서문호의 이야기를 들었을 때도 그냥 서문 하경과 관련이 있는 사람일 거라 추측했을 뿐이다. 그런데 이제 보니 그때 있었던 사람인 것이다.

"허허. 제대로 인사를 나누지도 못했었는데 저를 기억하시 군요. 저야 신 소협에 관한 이야기는 딸아이에게서 들었습니 다. 참으로 대단한 분이시라더군요."

사실 여러 가지 의미에서 대단하다는 뜻일 것이다. 꼭 칭찬 만은 아닌 소리다.

"따님이시라면?"

"하경이를 만나셨다 들었습니다."

"아, 서문 소저 말씀이시군요? 부녀셨군요."

환우는 처음 알았다는 듯 말했다. 그리고 실제로도 처음 알 았다. 치호가 이런 것에 관해서는 쏙 빼고 이야기했기 때문이 다.

"자, 그만 앉아서 이야기하도록 하지요. 신 소협, 이리로 앉으시지요. 사형, 이쪽으로 오십시오. 막내 사제, 자네도 어 서 앉게."

황규린의 말에 다섯 사람은 작은 탁자에 둘러앉았다. 황규린이 끓인 차의 향기가 오두막을 채웠다.

크지 않은 오두막에 다섯 사람이 들어와 앉아 있으니 가득 차는 듯한 느낌이 들었다.

"사제, 이야기해 보게."

"네."

곽상의 말에 서문호가 입을 열었다.

"신 소협께서 떠나시고 난 후 소림의 방장 대사께서 급히 여러 문파의 사람을 불러 모으셨습니다. 각파의 장로들이 모여 있었으니 금세 구파일방의 회합이 이루어졌죠. 그리고 다들 알고 있지만 쉬쉬하는 용아천뢰검의 이야기가 나왔습니다. 그곳에 모인 이들은 모두 각파에서 수뇌부라 할 수 있는 사람들이기에 용아천뢰검에 대해서는 알고 있었지요. 천고의 기물이자 신병의 이야기가 갑자기 나왔기에 처음에는 다들 무슨 일인가 했습니다. 그 검에는 각파의 사정이 얽혀 있으니까요."

거기까지 이야기한 서문호는 잠시 찻물로 입술을 축였다. 환우는 담담한 얼굴로 서문호의 이야기가 이어지기를 기다렸다.

"불요 대사께서 가장 먼저 솔직하게 말씀하셨지요. 소림에서 보관 중이던 용아천뢰검을 도난당한 사실을요. 게다가 그 일이 마교에 의해 이루어진 것 같다고도 하셨습니다. 그 말씀에 당장 분위기가 술렁였습니다."

환우는 의외라는 얼굴을 했다. 설마 그 일을 불요 대사가 먼저 다른 방파의 사람들에게 알릴 것이라고는 생각지 못한 것이다. 어찌 보면 소림의 치부라고도 할 수 있는 일이었다. 그것을 소림의 방장이 먼저 다른 방파의 사람들에게 알리다니, 이해할 수 없는 일이었다.

"그 자리에 모인 사람들이 모두 경악했습니다. 설마 소림에서 그런 일이 일어날 것이라고는 상상도 할 수 없었으니까요."

당연한 일이다.

무림의 태산북두라는 소림이다. 아무리 마교라 할지라도 천년소림의 중지(重地)를 그리 함부로 드나들 수는 없는 것이다. 한데 용아천뢰검은 도난을 당했다.

"불요 대사의 그 말씀이 있고 나서 구파일방 중 네 곳에서 도난당한 사실을 이야기했습니다."

"네 곳에서 더요?"

생각지도 못한 말에 환우가 놀란 얼굴로 물음을 던졌다. 환우의 물음에 서문호는 무겁게 고개를 끄덕였다.

"네. 소림까지 모두 다섯 곳에서 용아천뢰검을 잃었습니다."

서문호는 차마 환우의 눈을 똑바로 보지 못하고 조심스럽게 말했다.

"허어."

환우는 어이가 없다는 듯 한숨을 내쉬었다.

소림에 있던 용아천뢰검이 도난을 당했으니 다른 곳에 있는 것들이라고 무사하리라는 보장은 없었다. 그랬기에 환우는 다른 곳에서도 도난 사건이 있을 것이라는 예상을 했고 각오도 했다. 하지만 구파일방 중의 절반인 다섯 곳이라니, 이건 예상을 뛰어넘은 일이다.

결국 열 자루의 용아천뢰검 중 절반이 분실된 상태인 것이다.

"그리고 도난당한 네 문파의 이야기를 들어보니 그것 역시 마교의 소행이라 판단되었습니다."

"그럴 수가."

서문호의 말에 대해 반응을 보인 것은 환우가 아니라 화산소선 곽상이었다. 화산의 장문인으로서 그는 그 말의 의미를 심각하게 받아들인 것이다.

"그 말은 곧 마교가 오십 년 만에 다시 활동을 재개할 준비를 하고 있다는 것이로군."

곽상이 침중한 어조로 말했다. 서문호는 다시 한 번 무겁게 고개를 끄덕였다.

"네, 장문 사형. 그 자리에서도 그런 결론이 내려졌습니다."

오십 년 전 마교의 발호로 인해 이루어진 정마대전.

지금이야 정마대전이라 부른다. 정파가 승리한 찬란한 전과가 있는 싸움이었기 때문이다.

하지만 정작 전쟁이 터진 오십 년 전에는 그리 부르지 않았다.

마교혈세(魔敎血世).

말 그대로 마교가 천하를 피로 물들이던 시대였다. 천하의 정파라는 정파는 모두 마교의 발호에 검이 꺾였다. 군소방파들은 말할 것도 없고 어지간한 규모의 대문파들도 마교의 공격 앞에 채 하루를 버티지 못했다.

그야말로 마교가 천하를 평정하려는 순간이었다.

구파일방과 오대세가가 힘을 모아 겨우 정파의 명맥만을 유지하던 때다. 마교에 패배한 정파인들이 한곳에 모였다. 구파일방과 오대세가라는 힘으로 모여들어 건곤일척의 승부를 준비했다.

이미 전황은 마교의 승리로 거의 결판이 나려 했지만 정파는 마지막까지 희망을 포기하지 않았다.

건곤일척의 마지막 정마대전.

자신의 손으로 마교 천하를 이루기 위해 마교의 교주가 직접 출진한 전투였다.

정파의 모든 힘을 결집한 마지막 승부. 하지만 이미 파죽지세의 기세로 밀어붙이는 마교의 힘 앞에서는 속수무책이었다. 이미 마교의 힘은 정파에서 더 이상 어찌할 수 없을 정도로 커져 있었던 것이다.

마지막 승부에서도 정파의 패색이 짙어질 무렵, 홀연히 나타난 인물이 있었다.

수천의 무사들이 뒤엉켜 피 튀기는 격렬한 전투를 벌이는 전장 한가운데.

한 젊은이가 홀연히 나타나 유유자적 걸음을 옮겼다. 그 걸음은 부드럽고 신비로웠으며 현묘했다.

그리고 전장의 한가운데 도착한 그가 떨친 양손의 끝에서 푸른 벼락이 떨어졌고 마교의 교주는 명을 달리했다.

그 순간 전세는 뒤바뀌었다.

당시 마교는 교주가 전성기를 맞아 그 힘이 최절정일 때였다. 당연히 아직 후계 구도가 정립되지 않은 상태였고, 그때에 일어난 갑작스러운 교주의 죽음은 마교를 갈라놓았다. 마교 천하를 눈앞에 두고 마교도는 그 천하를 지배할 주인을 가리기 위해 사분오열되었고 정파는 그 틈을 비집고 들어가 건곤일척의 승부에서 통쾌한 역전승을 거둘 수 있었다.

그랬기에 지금 그때의 전쟁을 정마대전이라 부르며 승리를 자축할 수 있는 것이다.

그때 떨어진 열 개의 푸른 벼락. 그것이 아니었으면 지금의 정파 천하는 없었을 것이다.

정파로서는 구세주와 같은 벼락이었지만 마교로서는 천하를 지배할 순간 그 꿈을 물거품으로 만들어 버린 저주와도 같은 벼락이었다.

그만큼 동방신협의 존재와 그의 병기인 용아천뢰검은 마

교의 입장에서는 저주와 치욕, 그리고 굴욕의 상징이었다. 오욕으로 그 끝을 맺은 오십여 년 전의 정마대전.

이제 다시 기지개를 켜려는 마교로서는 가장 먼저 그 오욕의 상징을 지우려 할 것이라는 것이 구파일방 수뇌부 회의의 결과였다. 때문에 마교에 의해 사라진 용아천뢰검 다섯 자루가 곧 마교가 다시 활동하려는 징후라고 판단한 것이다.

오두막 속의 작은 방에 적막이 흘렀다.

구파일방 수뇌부 회의 결과가 만들어낸 적막이다. 특히나 오십여 년 전 그날의 참혹한 모습을 기억하는 곽상과 황규린의 얼굴은 딱딱하게 굳어 있었다.

그때는 곽상이나 황규린이나 아직은 혈기에 넘치는 풋내기 협사이던 때다. 그 둘은 그때 그 잔인한 전쟁에서 죽어나간 무수한 선배들을 보았다. 그 선배들 중에는 사숙도 있었고 사숙조도 있었으며 가까이는 동문 사형제도 있었다. 그들은 그러한 전쟁에서 살아남았기에 다시는 그런 참혹함을 겪지 않기 위해 숨죽이고 힘을 길렀다.

그런데 그때 그 전쟁의 원흉이 다시 기지개를 켜려 한다고 한다. 곧 어지러이 변할 무림 천하가 눈앞에 그려졌다.

두 사람이 무거운 침묵을 지켰기에 오두막을 가득 차지한 적막은 가실 줄을 몰랐다.

“소림 이외에 용아천뢰검을 도난당한 문파 네 곳은 어디입니까?”

적막을 깬 것은 환우의 목소리였다. 앞으로 찾을 것이 여덟 자루나 남았는데 벌써 그중의 네 자루가 사라졌다니, 그야말로 환우로서는 억장이 무너지는 소식이었다.

사실 환우로서는 마교의 재발호 따위는 전혀 관심을 가질 거리가 아니었다. 오직 용아천뢰검이 사라진 것만이 중요했다.

"곤륜과 청성, 종남, 아미입니다."

서문호가 환우의 물음에 짧게 답했다. 그 대답을 들은 환우는 잠시 생각에 잠겼다. 그리고 치호를 쳐다보았다. 치호는 대번에 그 뜻을 알았다.

"곤륜은 청해에, 청성과 아미는 사천에, 그리고 종남은 섬서에 위치해 있습니다."

순간적으로 치호의 머릿속에 중원의 지도가 그려졌다.

"그중 청해와 사천은 이곳에서 제법 먼 곳입니다. 그리고 섬서는 두 곳에 비해서 가깝기는 합니다만 그렇다고 굉장히 가까운 곳도 아닙니다."

치호의 말에 환우의 얼굴이 찡그려졌다. 그 모습을 그곳에 모인 사람들은 가만히 지켜보았다.

"씨발."

짤막한 한마디가 환우의 입에서 흘러나왔다.

다시 한 번 오두막은 적막에 휩싸였다. 전혀 예상 못한 환우의 상소리가 불러온 적막이었다.

"신, 신 소협… 그 무슨……."

당황한 황규린은 말을 제대로 잇지 못했다. 그러고 보니 환우가 비무에서 패해 쓰러지기 전에 중얼거렸던 말이 떠올랐다.

'그래. 지랄이라고 했었어, 분명…….'

그 생각은 비단 황규린만이 아니라 곽상의 머리에도 떠올랐다 사라졌다.

서문호는 환우가 보여준 의외의 모습에 어안이 벙벙했으나 치호는 담담했다. 치호는 충분히 자신의 사숙의 못돼먹은 성질머리를 잘 알고 있는 터였다. 아니, 그러면 그렇지 하는 얼굴로 고개를 끄덕이기까지 했다.

환우가 알았으면 분명 주먹이 치호의 머리를 방문했을 일이나 지금 환우는 그런 치호의 행동에 신경을 쓸 여유가 없었다.

"아씨. 진짜. 오십 년 만에 두고 간 검 좀 찾아가겠다는데 마교 놈들은 왜 사사건건 방해야? 하나도 아니고 다섯? 하나면 그냥 어떻게 뒤져서 찾겠는데… 다섯을 어떻게 찾아? 아, 생각하니까 또 열받네."

환우의 오른손이 뒷목을 받쳤다. 정말로 환우의 얼굴은 빨갛게 달아오르고 있었다. 굉장히 흥분한 모습이다.

'이그그. 저러다가 큰일 나지…….'

치호는 왠지 불안했다.

열받았다고 냅따 자신의 사부인 개방의 방주에게 공격을
한 이가 눈앞에 있는 사숙이다. 물론 선공은 사부가 했지만
그때의 환우 모습은 충분히 상대가 선공을 하게끔 만들었다.
보통은 그런 상황까지 가면 잘못을 인정하게 마련이지만 치
호의 성질 더러운 사숙은 오히려 반격하지 않았던가.

치호는 가슴이 조마조마해지는 걸 참으며 조용히 환우의
눈치를 살폈다.

치호를 제외한 세 사람이 오히려 환우의 상태를 알아차리
지 못하고 어리둥절해할 뿐이다.

"저, 신 소협. 그만 진정하시지요. 그렇지 않아도 그런 마
교의 발호를 막고자 소림에서의 회합에서 중요한 결정을 내
렸습니다."

"그게 뭔가?"

서문호의 말에 환우는 반응을 보이지 않고 오히려 곽상이
물었다. 상황이 여기까지 이르렀다면 그가 생각하기에 그 해
결책이 오직 한 가지가 있을 뿐이었다.

"무림맹을 결성하기로 했습니다."

오십여 년 만의 무림맹 결성.

그것이 이루어지는 것이다.

놀랍다면 놀라운 일이다. 마교와의 전쟁 후 피폐해진 정파
무림은 각파의 힘을 다시 기르기 위해 무림맹을 해체했었다.
당장 자파를 지킬 힘도 없는 정파의 문파들로서는 무림맹이

라는 커다란 단체란 그야말로 무거운 짐이었던 것이다.

또한 마교가 완전히 패퇴했기에 더 이상 무림맹의 존재 의의도 없었다. 물론 중원 무림 곳곳에 사파들이 산재해 있어 그 세력들을 경계해야 했지만 마교의 침공으로 타격을 입은 것은 정파만이 아니었다. 마교의 침공로에 위치한 사파들 역시 중대한 타격을 받았다.

마교는 정파와 사파를 가리지 않았다. 그 와중에도 사파들은 정파를 적대했고 정사가 뭉치지 못했기에 중원 무림은 더 큰 타격을 받은 것이다.

그와 같이 중원 무림의 힘이 전체적으로 크게 약해졌기에 오십여 년 전에 정파의 무림맹은 해체될 수밖에 없었다. 그리고 오십 년이 흘렀다. 시간의 힘은 그때 입은 상처 대부분을 아물게 해주었고 다시금 상처를 입히려는 맹수가 나타나자 이번에는 정파에서 먼저 그 힘을 뭉치려 하고 있었다.

"역시 그렇게 되는 것이로군."

곽상은 짐작했다는 듯 말했다. 그가 생각하기에도 상황이 여기까지 이르렀다면 무림맹 이외의 대책은 생각할 수 없었다.

"네. 앞으로 여섯 달 후 정식으로 맹의 결성을 선언하기로 합의를 하고 각자 그 준비를 하기 위해 급히 자파로 돌아갔습니다."

"그러면 우리도 준비를 서둘러야겠군."

곽상 역시 서문호의 이야기는 처음 듣는 것이다. 서문호가 소림을 떠나기 전 불요 대사가 서문호를 따로 불러 구파일방의 회합에서 있었던 이야기를 반드시 환우와 함께한 자리에서 이야기하라 당부했기에 서문호는 자파의 수장인 장문 사형에게도 그 이야기를 하지 않았었다.

서문호로서는 장문 사형에게 죄를 짓는 기분이었지만 소림의 방장이 고개를 숙이며 한 부탁을 차마 거절할 수가 없었다. 무림의 태산북두라는 소림 방장의 부탁이었다. 어차피 알게 될 사실이었기에 조금 늦게 전해진다고 해도 큰 문제는 없으리라는 생각에 서문호는 장문인인 곽상에게 먼저 말하지 않았다.

대신 서문호는 불요 대사의 부탁을 솔직히 사형에게 이야기했고 이해를 구했다. 그리고 단지 소림에서 큰일에 대한 논의가 있었다고만 말을 해두었다.

화산소선 곽상은 기꺼이 서문호의 입장을 이해해 주었다. 그리고 환우가 찾아오면 환우와 함께 이야기를 듣겠노라 하였다. 어찌 보면 그때 이미 곽상은 이러한 일을 모두 예견한 것인지도 모른다.

그 무공의 경지는 화산제일검이라는 황규린에 비해 손색이 있지만 세상을 보는 혜안만은 누구도 따를 수 없을 정도로 뛰어났다. 그랬기에 세상의 눈을 가리고 화산의 힘을 모을 수 있었던 것이다.

곽상이 괜히 화산의 장문인을 맡고 있는 것이 아니었다. 그는 그만한 능력을 가진 사람이었다.

"일단 무림맹의 명칭은 천의맹(天義盟)이라 정했습니다. 그리고 불요 대사께서 초대 맹주를, 나머지 구파일방의 장문인과 오대세가의 가주들께서 장로를 맡는 것으로 잠정적으로 결정했습니다. 아직 오대세가에게는 이 일을 알리지 않았습다만 곧 소식을 전하고 천의맹에 함께할 것을 설득할 것입니다."

"그들이라면 충분히 마교의 무서움을 알 테니 기꺼이 참여할 테지."

곽상은 고개를 끄덕이며 말했다. 다만 그도 한 가지 알 수 없는 것이 이런 일을 왜 환우와 자신이 함께 들어야 하는가였다. 도무지 불요 대사의 의중을 짐작할 수가 없었다.

"불요 대사께서 제게 전하라 한 말씀이 있으실 텐데요?"

어느새 화가 좀 진정됐는지 환우가 두 눈을 날카롭게 빛내며 물었다. 무림맹에 관한 이야기를 듣는 사이 냉정을 되찾은 것이다.

"네. 불요 대사께서는 신 소협께서 천의맹의 암행감찰(暗行監察) 직을 맡아주시기를 정중히 부탁드린다고 전해달라 하셨습니다."

서문호의 말에 환우는 피식 웃었다.

"싫습니다."

환우는 단호히 칼로 자르듯 대답했다. 그야말로 서문호의 말이 끝나자마자 튀어나온 대답이다. 생각할 필요도 없다는 뜻이다.

너무나 빠른 답변에 오히려 서문호가 당황했다.

“신, 신 소협, 무림맹의 암행감찰이란 오십여 년 전에도 있던 직위로 맹주 직속의 위치로 맹주 이외에는 그 누구도 간섭할 수 없는 지고한 자리입니다. 그 임무는 중원 무림에서 강한 힘을 이용해 부당한 일을 저지르는 문파를 찾아내 그에 응당한 벌을 내리는 것입니다. 그리고 지금과 같은 마교의 발호를 대비하는 때에는 마교에 대한 조사를 벌이기도 하고요. 어차피 사라진 용아천뢰검을 찾기 위해 움직이실 신 소협이라면 더없이 좋은 자리라 생각됩니다만. 일단 천의맹의 암행감찰이 된다면 정파무림의 도움도 얻을 수 있지 않겠습니까?”

서문호는 타당한 근거를 들어 환우를 설득하려 했다.

“싫습니다.”

하지만 돌아온 환우의 대답은 같았다.

그제야 곽상은 불요 대사가 자신이 환우와 함께 이 이야기를 듣게 한 의도를 어느 정도 짐작할 수 있었다.

‘허허, 그러니까 나보고 저 소협을 설득하라 이거지요, 불요 대사?’

곽상 자신이 먼저 서문호의 이야기를 들었다면 어쩌면 환우를 천의맹의 암행감찰로 임명하는 것을 먼저 반대했을지도 모른다. 당연히 그렇다. 아무리 동방신협의 제자라 하지만 천의맹의 암행감찰은 아무나 할 수 있는 자리가 아니다. 그 가진 권한이 컸기에 그만한 인격과 품성, 그리고 실력을 갖춘 사람이 앉아야 할 자리였다.

그런 자리에 단지 동방신협의 제자라는 이유만으로 환우를 앉히려 한다면 곽상 자신의 성격상 분명 처음에 반대부터 했을 것이다.

하지만 지금은 아니다.

솔직히 곽상은 지금 약간 화가 난 상태다.

환우가 조금 전 내뱉은 상소리도 상소리지만 천의맹의 암행감찰은 자신에게 그 인선을 맡긴다고 하더라도 몇 날 며칠을 고민해서 신중 또 신중하고 사람을 뽑을 자리다. 그런 중한 자리를 생각도 해보지 않고 단박에 거절하다니 그 행동이 괘씸했다. 그리고 은근히 부아가 치밀었다.

큰 자리를 준다고 했는데도 거절을 당하니 어떻게든 그 자리에 일단 앉히고 말겠다는 고집이 생겼다.

늙으면 느는 것은 고집뿐이라더니 이제 팔순을 바라보는 나이가 되니 화산소선이라는 그도 정파의 힘이 결집된 천의맹의 중요 요직을 거부한 환우를 어떻게든 그 자리에 앉히겠다는 고집이 생긴 것이다.

분명 불요 대사는 이러한 상황을 모두 예상하고 서문호에게 그런 부탁을 한 것이리라.

화산소선은 그 사실을 깨달았으나 어쩔 수 없었다. 불요 대사의 의도대로 움직일 수밖에. 결국 일이 그렇게 되도록 되어 있었던 것이다.

"흐흠. 신 소협, 다시 한 번 생각해 보는 것이 어떻습니까? 일단 정파무림맹인 천의맹이 결성된다면 그 힘은 매우 큽니다. 당연히 신 소협이 하려는 일에도 아주 큰 도움이 되지요."

곽상이 환우를 보며 입을 열었다. 환우를 설득하여 천의맹의 암행감찰에 앉히는 것, 그것은 불요 대사가 곽상에게 낸 과제나 다름없는 것이었다.

"싫다고 했습니다."

하지만 환우는 단호했다.

아니, 곽상의 권유에 대한 거절의 말에는 조금 신경질적인 반응이 섞여 있었다.

항상 이랬다.

개방을 방문했을 때부터다. 자신은 분명 싫다고 했는데도 계속해서 권했다. 그것도 무언가 엄청난 혜택을 준다는 듯 선심 쓰듯이. 정작 자신은 전혀 필요가 없는데 말이다.

그나마 이런 일이 없었던 곳은 소림뿐이었다. 하지만 화산에 오자마자 이런 권유를 받게 되니 괜히 소림에서의 일도 의심이 갔다. 결국 이리될 것을 알고 소림에서는 순순히 보내준 것이 아닐까? 노회한 스님의 깊은 심계란 여기까지 읽고 있을

지도 모를 일이다.

"암행감찰이란 정파의 무림인이라면 누구나 바라 마지않는 자리입니다. 한데 신 소협은 어찌 거절을 하십니까? 신 소협이 하시려는 용아천뢰검을 찾는 일에도 큰 도움이 되는 자리입니다. 일단 정파에 속한 방파들은 암행감찰에게는 함부로 하지를 못하니 아직 정파에 남아 있는 나머지 세 자루의 용아천뢰검을 찾는 것도 아주 수월하실 겁니다."

곽상의 이어지는 말에 환우의 눈썹이 꿈틀 움직였다.

그 말이 환우의 귀에는 마치 암행감찰을 하지 않으면 나머지 세 자루의 용아천뢰검을 찾는 데 상당한 애로 사항이 있을 것이라는 의미로 들렸다.

"그 말씀은 조금 이상하군요. 어차피 찾아야 할 사람이 찾으러 가는데 암행감찰인 것과 아닌 것이 무슨 상관인 겁니까? 게다가 암행이라 함은 정체를 숨기고 다녀야 한다는 것인데 그렇게 제가 암행감찰이라 드러내고 용아천뢰검을 달라 한다면 그것이 무슨 의미입니까?"

환우의 조리있는 반박에 곽상은 잠시 입을 다물었다. 어떻게든 암행감찰이 가지는 이득을 강조해 설득을 하려 하였으나 쉬운 일이 아니었다.

"암행은 벌을 줘야 할 문파들에 해당하는 말입니다. 너무 정체를 숨기면 오히려 필요한 정보를 얻지 못할 수가 있지요. 특히나 지금같이 마교가 발호를 하려 해 정파가 힘을 모아야 할 때라면 더욱 그렇습니다. 모든 일에는 예외라는 것이 있는 법이지요."

하지만 늙은 생강은 매웠다. 교묘한 변명으로 환우가 지적한 모순을 구렁이 담 넘듯 스리슬쩍 넘어갔다.

"게다가 어차피 현재 다섯 자루의 용아천뢰검이 마교에 있는 상황입니다. 그것을 되찾으려면 마교에 대한 정보를 모아야 할 텐데 그것은 신 소협 혼자로서는 힘든 일입니다. 아니, 불가능한 일이지요. 지금까지 은밀히 몸을 웅크리고 숨어 있던 마교입니다. 중원의 사정을 잘 알지 못하는 신 소협으로서는 벅찬 일이지요."

분명 맞는 말이다. 환우 혼자라면 곽상의 말대로 잃어버린 다섯 자루의 용아천뢰검을 찾는 것은 절대로 불가능한 일이다.

하지만 환우는 혼자가 아니다.

환우가 슬쩍 치호를 바라보았다.

그리고 슬쩍 웃으며 다시 곽상에게로 시선을 돌렸다.

"치호의 신분이 무엇인지는 알고 계시지요?"

이미 뻔히 알고 있는 사실을 부러 묻는 환우다.

"네. 개방의 후개이지요."

"그렇다면 치호가 저를 무어라 부릅니까? 어차피 정파무림이 가지고 있는 정보라는 것이 대부분 개방에서 나오는 것 아닙니까?"

그랬다.

환우는 현재 개방 방주의 의제로 정식 개방도는 아니지만 그 대우가 개방의 장로에 버금간다. 굳이 천의맹의 정보에 의지할 이유가 없었다.

곽상은 다시 한 번 말문이 막혔다.

그와 함께 얼굴에 살짝 주름이 생겼다. 자신은 화산의 장문인이다. 그런 자신이 이렇게 몸을 낮추어 정파무림맹의 요직을 권하고 있다. 그것도 상당히 타당한 이유를 열거하면서. 그런데 눈앞의 새파랗게 어린 녀석이 요리조리 적당한 핑계를 만들며 피하고 있다.

화산소선 곽상은 서서히 자신의 별호에서 소선(笑仙)이라는 두 글자가 희미해지는 것을 느꼈다. 그의 입가에서는 어느새 미소가 사라지고 없었다.

"허어, 신 소협. 비록 개방이 방대한 정보를 수집하는 능력이 있다지만 하나의 문파일 뿐입니다. 정파 전체의 힘을 결집시킨 것에 비하면 작은 힘입니다."

곽상의 말에 치호의 얼굴이 살짝 변했다. 마지막으로 무림맹이 결성된 것이 오십 년 전이기에 치호는 잘 모른다. 하지만 들은풍월은 있었다. 무림맹이 결성될 때마다 무림맹에서 필요로 하는 정보를 얻기 위해 얼마나 많은 개방의 방도들이 희생되었는지는 귀에 딱지가 앉도록 들어왔다. 그런데 구파일방 중 하나인 화산의 장문인이 저리 말하다니. 왠지 개방의 선배들의 희생이 헛되이 느껴졌다.

"그래도 전 상관없습니다. 저에게는 그 정도면 충분합니다."

"신 소협."

환우의 거절에 곽상이 다시 한 번 환우를 불렀다. 그의 얼굴에는 엄한 기색이 어려 있었다. 이것은 천의맹에 들어와 달라는 권유의 정도를 넘어서 있었다.

환우의 표정도 변했다.

좋게 와서 좋게 넘어가는 듯했으나 마지막이 기분 나빴다.

환우의 성격은 그리 좋은 편이 아니다.

이곳에는 황규린을 만나 서로의 무공을 순수하게 겨룬 즐거움만이 있었으나 이제는 곽상으로 인한 불쾌감도 생겼다.

환우가 잠시 고개를 숙였다. 그리고 천천히 깊은 숨을 내쉬었다. 곽상은 가만히 환우의 행동을 지켜보았다.

이윽고 환우가 앞머리를 쓸어 올리며 얼굴을 들었다. 그의 얼굴에는 상당한 불만이 어려 있었다.

환우의 입이 열렸다.

곽상은 허락의 말이 떨어질 것을 기대하고 은근한 웃음을 띠며 그 움직임을 유심히 살피며 귀를 기울였다.

"어디서 뻔히 보이는 수작질이야! 씨발!"

그리고는 환우는 의자를 박차고 일어났다. 뒤도 돌아보지 않고 휑하니 오두막을 나서는 환우의 발걸음은 거칠었다.

그렇게 환우가 사라진 자리.

누구도 아무런 말도 하지 않았다.

지금 벌어진 일이 너무나 충격적이었기에 누구도 반응을 하지 못한 것이다.

심지어 치호조차도 멍하니 자리에 앉아 있었다.

오두막 안의 상황이 어떻든 관심이 없다는 듯 환우는 성큼성큼 걸어갔다.

정파의 사람들이란 하나같이 그런 것일까? 자신을 어떻게든 이용해 보겠다는 수작이 너무나 빤히 보였다. 자신은 그 의도대로 움직여 줄 생각이 전혀 없는데 말이다.

일단 황규린의 오두막을 벗어나자 환우는 화가 조금 가라앉는 것을 느꼈다. 싱그러운 화산의 기운이 그의 기분을 달래 준 것일까?

"이렇게 좋은 산에 자리한 문파의 사람이 마음을 그리 쓰면 안 되지. 쯧쯧."

혀를 차며 걸음을 옮기는 환우의 걸음은 어느새 조금씩 가벼워지고 있었다.

얼마 걷지 않아서 연화봉 아래로 내려가는 길에 접어들 수 있었다. 왔던 길로 그대로 내려가면 화산파를 거쳐 가야 했지만 환우에게 그런 것은 상관없었다. 이제 떠날 문파, 그런 것 신경 써서 무엇 하겠는가.

"그런데 이 녀석은 왜 이리 안 와? 사숙이 나오면 잽싸게 따라 나올 것이지."

환우는 자신이 오두막에서 저지른 일의 여파가 어떠한지는 전혀 짐작도 못하고 동작이 굼뜬 치호를 탓하고 있었다. 아마도 정신을 차린 치호가 헐레벌떡 쫓아오면 가장 먼저 환우의 주먹이 그 머리를 응징할 것 같았다.

치호가 쫓아오지 않았지만 그런 것은 상관없다는 듯 환우는 휘적휘적 걸음을 옮겼다.

"응?"

그런 환우의 감각에 한 사람의 기척이 잡혔다. 화산파에서 곧장 올라오는 길이니 분명 화산파의 사람이리라. 거리가 제법 있긴 했지만 곧 만날 수 있을 것 같았다.

상대방 쪽도 연화봉 정상 쪽으로 움직이고 있었다.

"아!"

오래지 않아 환우는 기척의 주인을 만날 수 있었다.

이미 안면이 있는 사람이었다.

상대는 환우를 보고 제법 놀란 듯했다. 설마 이곳에서 그를 만날 것이라고는 생각지도 못했다는 얼굴.

환우 역시 이곳에서 그녀를 만나게 될 것이라고는 생각지 못했지만 그 얼굴은 무덤덤했다. 화산파라는 곳에 가졌던 호감이 상당히 반감한 터라 상대에 대한 감흥도 별달리 일지 않았다.

왜 첫 만남에서 그렇게 가슴이 두근거렸던 것일까? 단지 얼굴이 조금 예쁜 것이었을 뿐인데.

단지 그뿐이었다.

"대, 대협."

눈앞의 여인이 당황한 목소리로 환우를 불렀다.

무림오화 중 한 명인 화산의 꽃, 화산연화 서문하경이 환우의 눈앞에 서 있었다.

"오랜만이라고 해야 하나? 그리 오래된 것 같지는 않지만."

환우는 무덤덤하게 말했다.

무림에서 가장 예쁘다는 다섯 명 중 한 명이다.

환우는 짧은 대화를 나누고서야 알았다. 그때 서문하경을 처음 보았을 때 가슴이 설레었던 것은 단지 그녀가 아름다웠기 때문이다. 단지 그뿐이었다.

아름다운 것은 사람의 가슴을 설레게 하는 힘이 있다. 그 힘에 자신의 가슴이 설렌 것이다.

그것이 전부다.

환우는 그 사실을 확인하자 절로 입가에 미소가 생겼다. 그 미소를 본 서문하경이 살짝 얼굴을 붉힌다.

틀림없이 미소의 의미를 오해한 것이리라.

서문하경은 소림에서 화산으로 돌아온 후 환우가 화산파에 왔다는 이야기를 들었다. 연화봉에 올라가 화산신검 황 사숙과 있다는 이야기에 괜히 가슴이 두근거렸다.

그리고 오늘 아버지가 장문인을 모시고 연화봉에 오른다는 이야기를 듣고 함께 오를 마음을 먹었다.

이른 아침부터 눈이 떠졌다. 그리고 커다란 동경 앞에 앉았다. 동경에 비치는 자신의 얼굴을 보면서 얼마나 단장을 했던가. 왜 그랬는지는 자신도 알지 못했다.

그렇게 준비를 한 시간이 너무 길었던 것일까? 그만 아버지를 놓쳤다. 그 사실을 알고서 이제야 헐레벌떡 연화봉 정상으로 오르는 길이었다. 아버지가 왜 올라왔냐고 물으면 무어라 대답할지 생각도 하지 않은 채 그저 마음 가는 대로 발을 움직였다.

그랬는데 연화봉 정상으로 오르는 길 중간에 이렇게 환우를 만난 것이다.

서문하경의 얼굴이 더욱 붉어졌다.

"저… 대협……."

서문하경은 떨리는 목소리로 환우에게 무언가 말을 하려 했다. 하지만 그 말을 다 하지 못했다.

"너네 그렇게 살지 마라."

그 한마디를 남긴 채 환우가 아래로 내려가는 길을 재촉했기 때문이다.

그저 얼굴을 붉힌 채 고개를 숙인 서문하경만 그렇게 서 있다가 화들짝 놀라 고개를 뒤로 돌렸다.

환우는 뒤도 돌아보지 않고는 그냥 휘적휘적 걸어 내려가
고 있었다.

환우야 정체를 알 수 없던 그 설렘의 이유를 알았으니 더
이상 서문하경에게 볼일이 없었다. 서문하경을 한 번 더 보고
싶었던 것은 단지 그녀가 아름다웠기 때문이다. 그 이상의 어
떠한 감정도 없었다. 그것이면 되었다.

"아, 저, 아……."

그런 환우의 행동에 서문하경은 무언가 말을 하려 했으나
제대로 말을 꺼내지도 못한 채 안절부절못했다.

그때.

환우가 걸음을 뚝 멈추고는 뒤를 돌아보았다. 미련은 없었
으되 갑자기 생각난 것이 있었기 때문이다.

그런 환우의 행동에 서문하경은 반색을 했다.

"너."

환우가 서문하경을 불렀다. 그것도 상당히 무례하게 불렀
다.

"네."

하지만 서문하경은 그런 것은 상관없었다. 이미 배분에서
차이가 나니 그녀로서는 전혀 기분 나쁠 이유가 없는 것이다.

"나한테 빚 하나 있는 거 잊지 마라."

그 말을 남기고는 환우는 다시 휭하니 몸을 돌려 내려갔다.
걸음이 좀 더 빨라진 듯했다.

“대, 대협…….”

울상을 지은 서문하경이 안타까운 눈으로 환우의 뒷모습을 바라보았다.

“그나저나 이 녀석은 왜 이리 안 와?”

화산파의 건물들이 눈에 들어올 정도로 연화봉을 내려왔는데도 치호가 쫓아오는 기색이 없자 결국 환우의 입에서 투덜거림이 나왔다.

환우가 투덜거리는 그때.

황규린의 오두막은 여전히 정적에 휩싸여 있었다. 너무나 충격적인 일이 벌어졌기에 그것을 어찌 받아들여야 할지 다들 갈피를 잡지 못하고 있었다.

다만 치호는 이제 어느 정도 정신을 차리고 있었다. 사숙이 자신의 상상을 훨씬 뛰어넘는 인물이라는 것을 새삼 재확인한 것이다.

이제 정신을 차렸기에 치호는 얼른 환우를 쫓아가야 함에도 아무런 행동도 취하지 못하고 있었다. 자신의 주변을 감싸고 있는 적막이 무겁게 어깨를 짓누르고 있는 때문이다.

‘쩝. 때를 놓쳤네. 사숙이 나가실 때 잽싸게 쫓아갔어야 했는데 내가 너무 놀라서 그만 정신을 놓아버렸으니…….’

뒤늦게 후회를 해봐야 이미 쏘아진 화살이다. 치호는 그저 언제 나가야 하나 하고 눈치를 살필 뿐이다.

그때 작은 소리와 함께 오두막의 문이 살며시 열렸다. 당연히 모두의 시선은 그곳으로 향했다. 얼마나 큰 충격에 빠졌으면 누군가가 문을 열 때까지 그 기척을 느끼지도 못하고 있었겠는가.

문이 열리면서 작은 얼굴이 빼꼼히 오두막 안으로 나타났다.

정말로 인세에 다시없을 아름다운 얼굴의 여인이었다.

연화봉 정상으로 오르는 길에서 환우에게 황당한 꼴을 당한 서문하경, 그녀였다.

"저……."

서문하경이 조심스레 입을 열었다. 그녀도 문을 열자마자 오두막 안을 짓누르고 있는 묵직한 분위기를 느낀 것이다. 절로 조심스러워질 수밖에 없었다.

"허어."

그녀의 등장이 적막을 깨뜨렸다.

곽상의 헛웃음이 시작이었을까? 서서히 오두막 안의 적막이 사라져 갔다.

"거참."

"후우."

황규린과 서문호의 한숨도 이어졌다.

세 사람은 어이가 없는 지경을 넘어 현재 심리 상태를 무어라 표현해야 할지조차 감을 잡을 수가 없었다.

"수작질, 수작질이라……."

곽상이 어이가 없다는 듯 중얼거렸다.

"씨발이라는 말도 했지요."

서문호가 이마를 짚으며 말했다. 그의 음성에는 노기가 서려 있었다.

"설마 그런 인품일 줄이야……."

자신에게 패해 쓰러질 때 환우가 했던 말을 분명히 기억하고 있었다. 하지만 그것은 패배의 분기로 인한 것이라 이해를 했었다. 하지만 이번은 경우가 달랐다. 천의맹의 암행감찰을 맡기겠다는데 그런 반응이라니, 이것은 말도 안 되는 일이다. 천의맹의 암행감찰에 임명된다는 것은 정파의 무림인이라면 일생의 영광으로 알아야 할 일이 아니던가.

황규린은 무의식중에 잊고 있었다, 환우가 중원 정파의 인물이 아니라 해동에서 온 인물임을. 마교의 마수에서 중원 무림을 구해줬던 동방신협도 결국은 중원 정파의 인물이 아니라 해동에서 온 사람임을 말이다.

그들은 그렇게 자신들에게 유리한 대로만 생각을 이끌고 있었다. 누구도 환우의 입장에서 생각하지 않았다.

"무, 무슨 일이신지요?"

알 수 없는 분위기에 잔뜩 움츠러든 서문하경이 조심스레 물었다.

"네가 알 일이 아니다."

서문호가 고개를 가로저으며 대답했다.

"그런데 여긴 어쩐 일이냐?"

갑작스러운 딸아이의 출현이 궁금했던 서문호가 이어서 물음을 던졌다.

"그, 그것이… 아버님께서 연화봉에 오르셨다기에 저도 오랜만에 황 사숙님을 뵙고 싶어서……."

우물쭈물 대답을 하는 모습이 무언가 있는 것 같았지만 환우가 남겨둔 충격 때문에 세 사람은 그런 것에는 신경 쓰지 않았다.

"설마 동방신협의 제자의 인품이 겨우 그 정도라니……. 사람이 못 돼먹었어요. 호부 밑에 견자가 나온 것과 다를 바 없지요. 에휴."

곽상은 환우에게 무척이나 실망한 듯했다. 그의 얼굴에 어린 역력한 불쾌함이 그것을 말해주고 있었다.

그들이 어디 그런 욕설을 들어보았겠는가? 저잣거리의 왈패들이나 할 법한 말이었다.

씨발이라니.

정파무림의 명숙인 그들 앞에서 감히 누가 그런 언사를 내뱉는가 말이다.

마치 한순간 뒷골목의 파락호로 전락한 기분마저 들었었다.

그런 세 사람의 대화는 더욱 치호를 안절부절못하게 만들었다. 어떻게든 빨리 이 자리를 벗어나 사숙의 뒤를 쫓아가야 했다. 보나마나 사숙은 지금 자신이 잽싸게 쫓아오지 않는다고 화를 내고 있을 것이 분명하다.

치호는 빠른 속도로 환우에게 적응해 가고 있었다.

"저……."

조금이라도 빨리 가야 덜 맞는다는 것을 알기에 치호는 주변의 눈치를 살피며 조심스레 입을 열었다.

"응? 아, 장 소협."

곽상이 치호에게 시선을 주고서야 세 사람은 다시금 치호의 존재를 인식했다. 만약 치호가 입을 열지 않았다면 그들은 치호의 존재를 잊고 환우의 성품에 대해 성토하고 있었을 것이다.

"큼큼. 우리의 말이 좀 지나친 것 같을지도 모르겠지만 장 소협도 신 소협의 언행을 보지 않았는가? 장 소협 앞에서 사숙의 험담을 해서 기분이 좋지는 않겠지만 지금 우리의 심정도 헤아려 주게나."

아직 어리디어린 후배라 하나 개방의 차기 방주라는 후개다. 그랬기에 곽상 등은 그 앞에서 환우의 욕을 한 것이 조금 켕긴 것이다.

치호로서는 반가운 일이다. 사숙이 벌인 일의 불똥이 자신에게 튀지나 않을까 걱정했는데 그것은 기우에 불과했으니 말이다. 하지만 그런 내색을 보이면 자신의 손해. 치호는 오히려 안색을 더욱 굳혔다. 환우 곁을 따라다니면서 쓸데없는 처세술만 늘고 있었다.

"아닙니다. 제가 보기에도 사숙의 언행이 좀 지나쳤습니다. 하지만 그래도 개방 방주님의 의제이신 분인데……."

아니라고 하면서도 은근히 말꼬리를 흐리는 치호의 대답. 당연히 세 사람의 입장에서는 찝찝할 수밖에 없었다.

"컴. 장 소협이 우리 입장을 헤아려 주게나. 어디 뒷골목의 파락호들이나 쓸 법한 말을 우리가 면전에서 들어본 적이 있어야지 말이야."

그건 그랬다. 거지들이 모인 개방이라면 몰라도 이런 명문 정파에서는 상상도 할 수 없는 말이긴 했다.

"알겠습니다. 그렇다면 저도 이만 가보도록 하겠습니다. 제가 계속 있으면 오히려 어르신들만 불편하게 할 것 같군요."

그러면서 치호는 자연스럽게 일어나 인사를 하고는 오두막을 나섰다. 곽상을 비롯한 황규린과 서문호는 그런 치호를 고이 보내주었다. 그들로서도 치호가 어서 떠나주는 것이 도와주는 것이기에.

그렇게 치호는 일견 어려운 자리를 아주 부드럽게 빠져나왔다.

오두막을 빠져나온 치호는 처음에는 느긋하게 걸었다. 오두막 안의 황규린만 하더라도 자신의 기척을 능히 느낄 수 있기에 조심하는 것이다.

그리고 연화봉 정상에서 조금 내려온 곳에 이르자 그때부터 치호의 걸음걸이가 조금씩 빨라지더니 이윽고 꽁지에 불붙은 망아지처럼 죽어라 달렸다.

"일각이라도 빨리 따라잡아야 내가 산다!"

절규와도 같은 외침이어야 했지만 그저 치호의 입 안에서 맴돌 뿐이다. 쓸데없이 큰 소리를 질렀다가 귀신같은 사숙의 귀에 들어가면 자신만 손해인 것이다.

한편 치호가 사라진 오두막 안의 세 사람은 여전히 불쾌한 얼굴로 앉아 있었다. 단지 서문하경만이 대체 무슨 일인지 몰라 어리둥절해하며 서 있을 뿐이었다.

아직 누구도 그녀에게 앉으라는 말을 하지 않았기에 그녀는 어색한 자세로 엉거주춤 서 있었다.

그사이 환우는 어느새 화산파의 정문을 나서 화산을 내려가고 있었다. 도무지 치호가 쫓아오지 않아 아주 죽어보라는 마음으로 걸음을 빨리한 때문이다.

"흐음. 어느 정도 알고는 있었지만 확실히 아직 많이 부족해. 용아를 굴복시켜야 해, 어떻게든지. 용아를 굴복시켜 다룰 의지력을 가지지 못한 채 용아만 찾아봐야 소용이 없지. 쓰지 못하는 검은 그저 짐이야."

환우는 그렇게 나직이 중얼거리며 걸음을 더욱 빨리했다.

　그런 환우를 치호는 자신이 아는 최고의 경공을 펼치며 쫓
았다. 그래도 다행히 환우가 일부러 흔적을 남기며 이동했기
에 뒤를 따를 수는 있었다.
　단지 아무리 죽어라 달려도 사숙의 흔적만 보일 뿐 그림자
조차도 보이지 않는 것이 치호로서는 굉장히 난감한 일일 뿐
이었다.

第二章 용이 잠자는 곳

"사람이 아니야… 사람일 리 없어. 그래. 동방의 하늘에서 내려온 천신(天神)일 거야. 틀림없어."

해동에서 온 백의 사내. 한 번의 손짓에 열 개의 벼락이 떨어지고, 마교의 혈사는 그 앞에 침묵한다. 열 개의 벼락을 중원에 남겨두고 홀연히 떠났다.

그리고 오십 년 후. 다시금 중원이 어지러워지려 할때 그의 후예가 중원으로 향한다.

푸른 하늘에 열 개의 벼락이 다시 떨어지는 순간 천하는 그 앞에서 무릎 꿇으리라.

화산을 내려가는 동안 치호는 머리를 계속해서 문질렀다.
죽을 둥 살 둥 쫓아갔으나 이미 화산의 중턱 아래로 내려가서
야 사숙을 따라잡았던 것이다.

'치이, 이렇게 빨리 달려가니 내가 어떻게 쫓아가? 분명히
날 더 괴롭히려고 더 빨리 내려간 걸 거야.'

짐작은 하지만 어찌 그 불만을 표현하리요. 그러면 돌아오
는 것은 더 큰 응징의 주먹인 것을 잘 아는 터이니. 그저 배분
이 원수요, 약자의 설움일 뿐이었다.

환우의 거침없는 걸음을 치호는 조용히 따를 뿐이다.

"치호야."

“네.”

아무 말 없이 걷던 사숙의 부름에 치호가 잽싸게 대답했다. 일 초라도 늦으면 어찌 될지는 뻔했다.

“지금 무림에서 가장 강한 사람이 누구지?”

“전에 말씀드리지 않았었나요?”

“다시 한 번 말해봐.”

치호의 되물음에 환우는 무미건조한 대답을 돌려줬다.

“네. 일존, 쌍마, 쌍은, 그리고 오성. 이렇게 열 명이 현재 무림에서 가장 강한 사람들이에요.”

“화산신검의 수준이 오성을 넘어섰다고 했었지?”

“네.”

환우의 물음에 치호가 고개를 끄덕이며 대답했다.

“좋아. 그럼 오성을 제외하면 다섯 명이로군.”

“네?”

환우의 중얼거림에 치호가 고개를 갸웃거리면서 물었다. 도통 알 수 없는 말이었다.

“그럼 일단 밑에서부터 시작하면 쌍은부터인가?”

환우의 중얼거림에 치호는 머리만 긁적일 뿐이다. 저 괴팍한 사숙이 지금 무슨 생각을 하는지 짐작도 할 수 없는 것이다.

“왜 그러시는데요?”

모르면 일단 물어야 한다. 괜히 모른 채로 계속 있다간 더

혼나는 수가 있다.

"일존, 쌍마, 쌍은을 찾아간다."

"네?"

환우의 말에 치호는 깜짝 놀랐다.

"그러면 검을 찾으러 나머지 구대문파를 도는 것은요?"

"찾아봐야 쓰지도 못하는 검 찾아서 뭐 해. 일단은 쓸 수 있게 만들어야지. 그리고 놔두면 마교 놈들이 알아서 모을 거 같은데 뭐. 그놈들이 다 모으면 내가 한 번에 접수해 주면 끝이야."

엄청난 말을 환우는 너무나 쉽게 하고 있었다.

그 말에 치호는 그저 입을 떡 벌리고 그 자리에 멈춰 서 있을 뿐이었다.

"안 오고 뭐 해? 니가 없으면 내가 그 사람들을 어떻게 찾아?"

환우가 재촉했으나 치호는 여전히 서 있었다. 그 정도로 놀란 것이다. 하지만 환우가 주먹을 치켜들자 이내 정신을 차리고 환우 뒤를 따라붙었다.

"그러니까 사숙 말씀은 마교에서 검을 먼저 가져가든 말든 일단 검을 쓸 수 있을 정도로 강해지신 후 마교가 모아놓았으면 그것을 다시 빼앗겠다는 말씀이신가요?"

"빼앗기는? 돌려받는 거지. 원래 그건 내 거야. 정확히는 사부님 거지만 사부님이 나보고 찾아오라고 하셨으니 내 거지."

참으로 편한 사고방식이다. 그 일이 얼마나 어려운지는 관심이 없는 듯했다.

"그러면 지금은 어디로 가시려고요?"

"강해지는 데 실전만큼 좋은 것도 없지. 일단 화산신검과 붙어봤으니 그보다 센 사람들하고 한판 해봐야지."

환우가 두 눈을 빛내며 말했다.

"그래서 오성은 제외하신 거예요?"

"그래. 화산신검이 그 사람들보다 더 세다며?"

"그렇긴 하죠. 화산 장문인의 말씀이셨으니 분명할 거예요."

치호가 고개를 끄덕이며 대답했다. 그 모습이 자못 진지한 것이 일순 개방 후개의 모습이 드러나 보였다.

"그런데 사숙."

"응?"

"화산신검께도 지셨는데 그분보다 강한 분들이랑 싸워서 이길 수 있겠어요?"

치호는 잠시 정신이 나간 것이 분명했다. 저런 적나라한 물음을 환우 면전에 대놓고 직접 묻다니. 환우의 무공 실력과 일존, 쌍마, 쌍은의 실력을 비교하면서 자신만의 세계에 몰입한 때문일 것이다.

말을 내뱉은 순간 치호는 아차 했지만 이미 쏟아진 말이다. 치호는 고개를 폭 꺾었다. 머리 위로 따가운 시선이 느껴졌다.

'이제 곧…….'

치호는 어마어마한 충격이 머리를 강타할 것을 예상하고 두 눈을 질끈 감았다. 몸이 부들부들 떨렸다. 겁에 질린 가련한 한 마리 양과도 같은 모습이다.

하지만 환우에게선 아무런 반응이 없었다. 응당 자신의 머리에서 충격이 느껴져야 하는데 느껴지지 않으니 그것도 또 불안했다.

치호는 꼭 감았던 눈을 살짝 뜨고는 슬그머니 환우를 쳐다보았다.

사나운 눈으로 치호를 노려보고 있었으나 그뿐이다. 두 주먹을 꽉 쥔 채로 그렇게 서 있었다.

"사, 사숙……."

무언가 불안한 치호는 조심스레 환우를 불렀다.

하지만 환우는 대답이 없었다.

아니, 이제 보니 노려보고 있는 시선도 치호 자신을 향한 것이 아니었다. 시선의 방향은 자신을 향하고 있었지만 그 시선이 노려보고 있는 것은 치호가 아닌 다른 누군가였다. 환우의 눈에만 보일 누군가를 환우는 그렇게 노려보고 있었다.

"사숙……."

한 번의 부름에 반응이 없자 다시 한 번 더 조심스럽게 불렀다.

“아, 그래.”

그제야 정신을 차린 환우. 이번에는 사나운 눈길의 목표가 확실히 치호였다.

“힉.”

갑자기 자신을 향한 살기에 치호는 저도 모르게 깜짝 놀랐다.

“젠장. 괘씸한 말이기는 한데 사실이니…….”

환우도 알고 있었다. 강해지기 위해서는 강자와의 실전이 최고라고는 하지만 지금의 상태에서는 그저 무의미할 뿐이라는 것을.

화산신검에게도 패하는 실력으로 어찌 그 위의 경지에 있는 고수들과 자웅을 결할 수 있을까? 패할 것이 뻔한데 말이다.

“후우.”

치호에게서 시선을 돌린 환우가 땅이 꺼져라 한숨을 쉬었다. 치호는 그런 사숙의 모습에 깜짝 놀랐다. 늘 자신만만하고 건방졌던 사숙에게서 저런 모습을 보게 될 줄은 몰랐기 때문이다.

환우로서도 답답한 노릇이다. 스스로의 강함에 자신이 있었지만 세상은 넓었다. 십대고수라고는 하지만 사실 그 외에도 더 강한 사람들이 있을 것이다. 드러나지 않은 사람들. 그런 사람들이 진정으로 무서웠다.

화산신검이 그랬고 개방 방주가 그랬다. 개방 방주의 실력이라면 능히 십대고수에 꼽히고도 남을 텐데 꼽히지 않고 있었다. 그것은 소천걸이 스스로를 숨기기 위해 꼼수를 썼다는 것을 의미했다.

"확실히 세상은 넓고 나는 아직 부족해. 조금 더 강해질 필요가 있어."

환우가 다시 걸음을 옮기면서 중얼거렸다. 치호가 그 뒤를 따라붙었다.

"가자."

"네?"

무작정 가자고 하면 어떡하란 말인가. 그래서 치호는 되물었다.

"적당히 수련 좀 할 수 있는 곳으로."

"여기도 좋은데요? 화산신부 장 소협이 있는 곳 정도면 딱 좋지 않을까요?"

치호는 솔직히 멀리 가는 것도 귀찮았고 그런 곳을 찾는 것도 귀찮았다. 마침 가까운 곳에 적당한 곳이 있었으니 대뜸 그곳을 말했다. 게다가 그곳에는 이미 지낼 만한 거처도 마련되어 있지 않은가.

"너, 내가 화산을 떠날 때 무슨 소리를 하고 나왔는지 벌써 잊었냐?"

환우가 아무리 막 나가도 최소한의 염치는 있었다. 화산의 장문인에게 그런 소리를 하고 나왔는데 화산의 제자와 함께 있으면서 수련을 할 수 있을 리 없었다.

"아."

그제야 치호는 얼마 전 등이 땀으로 축축이 젖어들었던 그 상황을 떠올렸다. 오래 지난 것도 아니고 바로 얼마 전인데 벌써 그 일을 까먹다니. 아마도 사숙을 어떻게든 따라잡아야 한다는 생각이 그 일을 살짝 가린 모양이었다.

"에휴."

치호의 입에서 한숨이 새어 나왔다. 새로 수련을 할 만한 장소를 물색해야 한다니 그 고생이 눈앞에 훤해서 나온 한숨이다.

"웬 한숨이냐?"

곱지 않은 목소리로 환우가 물었다. 치호의 머리 꼭대기에 앉아 있는 그다. 지금의 한숨이 어떤 의미인지는 충분히 알 수 있었다.

"아, 아니에요."

치호는 재빨리 손을 저으며 걸음을 빨리해 환우 앞으로 나섰다. 그리고는 점점 더 그 속도를 높였다.

그 모습에 환우는 피식 웃으며 그 뒤를 따랐다.

보통 사람이 보기엔 굉장히 빠른 걸음이지만 환우에게 그 정도는 별것이 아니었기에 별말없이 뒤를 따랐다.

"아무 곳으로나 가면 알지?"

등 뒤에서 들려오는 사숙의 목소리에 치호의 얼굴이 잠시 하얗게 질렸다가 원래의 색을 회복했다.

"네!"

힘찬 대답이다.

순간적으로 머리에 떠오른 생각이 치호로 하여금 힘찬 대답을 할 수 있게 해줬다.

예전에 무영개 장로에게서 들은 말이 생각난 것이다.

'융중(隆中)에는 용이 잠자고 있고 기련(祁連)에는 호랑이가 엎드려 있다고 하셨지?

쌍은에 대한 이야기를 하면서 무영개가 지나가듯 치호에게 한 이야기였다.

기실 무림의 그 누구도 쌍은이 어디에 있는지 모른다. 실제로 그들을 만난 사람은 무영개 혼자였고 그 소문도 그가 낸 것이기에 과연 쌍은이 실제로 존재하는 사람들일까라고 의심하는 사람들도 있었다.

하지만 그렇게 의심만 하기에는 그간 쌓은 무영개의 이름이 너무 컸다. 그가 지금까지 허튼 말을 한 적이 없었던 것이다. 그랬기에 강호쌍은이라는 명호가 당당히 중원십대고수의 반열에 올라 있는 것이다.

치호와 이야기를 하면서 무영개는 정말로 지나가듯 그런 말을 했었다. 과연 무심코 한 말인지, 아니면 기회가 되면 한 번 찾아가 보라고 그렇게 넌지시 일러준 것인지는 알 수 없었지만.

하나 그 말이 가리키는 뜻은 뻔했다. 하남 융중산에 잠룡은 검이 있고 감숙 기련산에 복호비창이 있다는 소리다.

'뭐, 강호쌍은씩이나 되는 인물들이 숨어서 수련을 하는 곳이니 수련하기 좋은 곳도 많겠지. 감숙은 너무 머니까 일단 융중산으로 가자.'

그렇게 행선지를 정했기에 치호의 목소리에는 힘이 실려 있었고 걸음도 당당했다. 환우는 그런 치호의 뒤를 그냥 따라갔다.

치호가 감히 자신을 엉뚱한 곳으로 데리고 갈 배짱 따위를 가지고 있을 리 없었기 때문이다.

그렇게 두 사숙질은 화산을 뒤로하고 관도를 따라 걸었다.

*　　　*　　　*

고즈넉한 기운과 향로에서 피어오르는 향이 마음을 편안하게 해주는 선방이다. 사방 일 장의 작은 방.

바로 소림의 방장실이다.

한쪽에는 소림의 방장 불요 대사가 염주를 굴리며 눈을 감은 채 정좌를 하고 있다. 맞은편엔 젊은 승려가 무릎을 꿇은 공손한 자세로 앉아 있었다.

"그래, 화산에서 소식이 왔다고?"

"네."

"어찌 되었느냐?"

"그것이, 실패했다고 합니다."

"그래?"

그렇게 되묻는 불요 대사의 입가에는 미소가 어려 있었다. 마치 그렇게 될 것을 알고 있었다는 듯이 말이다.

"한데…….."

젊은 승려는 이야기를 해야 할지 말아야 할지 고민하는 듯 머뭇머뭇 입을 열었다.

"무슨 일이기에 그러느냐? 말해보거라."

불요 대사의 말에 고민하던 승려는 어렵사리 입술을 움직였다.

"신 소협이 화산에서 상당한 무례를 저질렀나 봅니다. 그래서 화산의 장문인께서 굉장히 화가 나신 듯합니다."

차마 그 이상은 말을 못하겠다는 듯 승려는 고개를 푹 숙였다.

"허허. 지한아, 왜 그러느냐? 더 자세한 사정이 전해져 왔을 것 아니냐?"

불요 대사는 젊은 승려 지한의 행동이 조금 답답한 듯했다. 환우가 자신의 요청을 거절할 것은 어차피 알고 있었다. 그래도 혹시나 하는 생각에 화산에 부탁을 했을 뿐이다.

환우가 암행감찰 직을 수락한다면 천의맹의 입장에서는

좋은 일이고 거절한다 하더라도 그뿐이다. 그런 생각에서 은근하게 화산에 부탁을 했던 것이다.

한데 그 일의 결과를 말하는 제자 지한이 저리 쩔쩔매다니, 환우가 화산에서는 또 어떤 사고를 쳤는지 궁금했다. 수양이 깊은 소림의 방장이 제자의 행동에 자신도 모르게 답답함을 느낄 정도로 말이다.

"저잣거리의 파락호들이나 담는 상소리를 입에 담았다고 합니다. 그것도 화산의 장문인과 화산신검께요."

지한이 어렵게 말을 마쳤다.

"허허, 허허허허허."

저잣거리의 파락호들이 입에 담은 상소리라. 뻔했다. 육두문자가 섞인 욕설일 것이다. 그런 말을 화산파의 장문인에게 거침없이 내뱉다니, 참으로 환우답다면 환우다운 일이다.

그랬기에 불요 대사는 그저 허허로운 웃음을 흘릴 뿐이다.

"화산에서 상당히 화가 났겠구나."

"네. 화산에서는 공식적으로 신 소협을 천의맹에 영입하는 것을 반대한다고 전해왔습니다. 만약 신 소협이 천의맹에 입맹하게 된다면 화산의 지원을 대폭 줄이겠다고요."

불요 대사는 작게 고개를 끄덕였다. 그런 치욕을 당했으니 당연하다면 당연한 반응이었다. 단지 동방신협의 제자를 놓치기가 아까울 뿐이다.

"그 성정만 잘 다스리면 참으로 크게 쓰일 수 있는 인물이

거늘… 아미타불."

불요 대사는 환우의 행동으로 인한 결과에 대해 상당히 안타까운 듯 나직이 불호를 읊조리며 눈을 감았다.

그 행동에 지한은 조용히 일어서 방장실을 빠져나갔다. 소림의 방장실에 다시 고요가 깃들었다.

*　　　*　　　*

"어떻게 되었나?"

천마공자 위청운이 태사의에 앉은 채 아래를 내려다보며 물었다. 그의 눈에는 무료함이 가득했다. 지금 교에서 진행 중인 일들은 모두 순조롭게 진행이 되어가고 있었다.

"네. 화산에서 뇌룡아를 회수해 화산을 떠났다고 합니다."

"흠. 그건 그렇게 될 일이었으니. 뭐 다른 일은 없었나?"

위청운의 물음에 귀연수가 눈을 빛냈다.

"그것이 그가 화산을 떠나면서 상당한 분탕질을 쳤다고 합니다."

"분탕질?"

"네."

"자세히 설명해 봐."

위청운의 눈에서 무료함이 서서히 사라져 갔다.

"정파 놈들이 모여서 다시 무림맹을 결성하려는 것 같습니다만. 그거야 교주님의 계획 속에 포함된 일이니 별일은 아니지요."

"그렇지. 어차피 우리 교의 계획대로 진행이 되어가는 일이니까."

위청운이 고개를 끄덕였다.

"천의맹이라 이름을 붙였는데 소림의 불요 대사가 화산에 요청을 했나 봅니다. 그가 천의맹의 암행감찰을 맡게끔 설득을 해달라고요. 그래서 화산의 장문인인 화산소선이 친히 나서서 설득을 했다고 하더군요."

"그래서?"

"한데 실패했다고 합니다."

"으음. 그런데 분탕질이라니?"

"거절을 했는데 그냥 한 게 아니랍니다."

"그냥 하지 않았으면?"

"어디서 뻔히 보이는 수작질이야! 씨발! 이라고 했답니다."

귀연수의 말에 위청운은 잠시 멍한 얼굴로 그를 바라보았다. 귀연수가 참으로 실감나게 그 말투까지 흉내 냈기 때문이다. 처음에 들었을 때는 마치 귀연수가 자신을 향해 그 말을 하는 줄 알았을 정도이니 말이다.

하지만 곧 커다란 웃음이 터져 나왔다.

"푸하하하하하하! 화산의 장문인 면상에다 그런 말을 했단 말이지? 크하하하하! 과연 엄청난 분탕질이야. 그 고고한 정파의 구파일방 중 하나라는 화산파의 장문인이 그런 상소리를 들었으니. 크하하하. 내가 다 통쾌하군.”

위청운은 정말로 기꺼이 웃었다.

“저도 상상도 못한 일입니다.”

귀연수는 쓴웃음을 지으며 말했다. 마제갈이라는 그가 아직 한 인물의 성정을 제대로 파악하지 못하고 있다는 것이 찝찝했던 것이다.

“뭐, 듣던 대로 상당히 재미있는 녀석이군. 과연 교주님께서 유심히 지켜보라고 하셨을 만해.”

위청운이 미소를 지으며 말했다.

“그래서 다음 행보는? 다음 뇌룡아를 찾으러 갔겠지? 어느 쪽으로 갔지?”

뻔하지만 확인한다는 투로 물었다.

하지만 돌아온 대답은 그의 기대를 배반했다.

“일단은 호북성으로 가고 있습니다만… 무당은 아닌 듯합니다.”

귀연수의 말에 위청운은 고개를 갸웃거렸다.

“그래? 호북이라면 당연히 무당의 뇌룡아를 회수하러 가야 할 텐데 다른 곳으로 향하고 있단 말이지?”

“네. 화산에서 곧장 남쪽으로 향하면 쉬이 무당으로 향할 수 있는데 굳이 섬서에서 하남을 거쳐 호북으로 향하고 있다 합니다. 목적지가 무당이라면 너무 돌아가는 길입니다. 아마도 다른 곳을 향하고 있는 듯합니다.”

귀연수의 설명에 위청운은 턱을 괴고는 생각에 잠겼다.

“호북인데 무당이 아니라… 대체 무슨 생각인 걸까? 뇌룡아야, 넌 혹시 알겠느냐?”

품 안에 들어갔다가 나온 위청운의 왼손에는 다섯 자루의 용아천뢰검이 들려 있었다. 그들은 뇌룡아라 부르는 검. 그것이 맑은 빛을 발하고 있었다.

“뭐, 좋아. 굳이 찾지 않겠다면 우리가 먼저 찾으면 그뿐이지. 아직 이 다섯 자루 중에는 용(龍)은 없으니까.”

위청운이 다시 용아천뢰검을 품에 넣으면서 중얼거렸다.

“나머지 뇌룡아를 회수하는 작업에도 차질이 없도록 해.”

“알겠습니다.”

위청운의 지시에 허리를 숙인 귀연수가 곧 그 방에서 물러났다.

열 자루가 모여야 진정한 힘을 발휘하는 교의 신물 뇌룡아. 그들의 목적을 이루려면 반드시 모두 모아야 했다.

교의 수호신공을 펼치려면 반드시 필요한 신물, 그것이 뇌룡아다.

*　　　*　　　*

널찍한 관도를 따라 두 사람이 걷고 있었다. 이제는 가을의 끝자락에 접어들어 길가에 떨어진 낙엽들이 찬바람에 휘날렸다. 하지만 두 사람은 그런 바람은 상관없다는 듯 걸음을 옮길 뿐이었다. 다른 이들이 보면 추워 보이는 옷차림이었지만 그들의 안색은 평범하기 그지없었다.

환우와 치호였다.

"이 길은 한 번 온 기억이 있는데? 혹 소림에서 화산으로 갔던 길 아냐?"

그랬다.

지금 두 사람은 하남성에서 섬서성으로 갈 때의 길을 그대로 돌아가고 있었다.

"네, 맞아요."

치호는 순순히 대답했다.

"설마 숭산으로 가겠다는 것은 아니겠지?"

환우의 눈꼬리가 살짝 올라갔다.

숭산의 기운은 좋았지만 그곳에는 소림사가 있었다. 불요 대사는 속을 알 수 없는 스님이다. 이미 자신이 화산에서 한 일에 대한 이야기가 흘러들어 갔을 테니 다시 숭산으로 가는 것은 내키지 않았다. 그리고 불요 대사는 소림의 방장임에도 불구하고 어딘가 환우를 찜찜하게 만드는 기운이 있었다.

"아니에요. 하남으로 넘어가서 다시 남쪽 호북성으로 갈 거예요."

"호북성?"

환우가 물었다.

"네, 하남성과 붙어 있는 성이죠. 하남에서 호북으로 넘어서 조금만 내려가면 돼요."

치호는 아직 행선지를 말하지 않았다. 환우는 아무것도 모르는 채 치호의 뒤를 따르고 있을 뿐이었다. 그런데 낯익은 길이 나와서 치호에게 물은 것이다. 그 길은 분명 화산으로 갈 때 보았던 길이었기에.

"으음. 대체 어디로 가는 거지?"

이제 슬슬 목적지를 알아두어야겠다는 생각이 든 것인지 환우가 물었다.

"융중산이오."

"융중산?"

"네."

"어디선가 들은 듯하기도 하고……."

중원에 있는 산이니 환우가 알 리가 없었다. 하지만 마치 어디선가 들은 듯했기에 고개를 갸웃거렸다.

"들으셨을 거예요. 유명한 산이니까요."

"유명해? 하지만 네가 나에게 설명해 준 중원의 유명한 산 중에서는 빠져 있는 것 같은데?"

"그럴 수밖에요. 명산이거나 큰 문파가 있다거나 해서 유명한 곳은 아니니까요. 하지만 굉장히 유명해요."

치호가 빙긋 웃으며 말했다. 이렇게라도 환우를 놀릴 수 있다는 것이 그에게는 낙이라고 하면 낙일까? 감히 사질이 사숙을 놀리는 하극상을 저지르고 있지만 평소 치호가 당하는 것이 있으니 그 정도는 애교였다.

융중산(隆中山).

호북성의 서쪽에 위치해 있는 산으로 양양과 번성의 서쪽 육십 리 정도에 있으며 또한 한수의 남안에 위치한 산이다.

융중산이라는 본래의 명칭보다는 오히려 복룡산(伏龍山)이라는 이름으로 더욱 유명한 곳이다.

바로 그 유명한 촉의 제갈무후의 은거지였던 곳이 지금 치호가 향하고 있는 융중산인 것이다.

"그래?"

치호의 설명에 환우는 놀란 듯했다. 하늘마저 속이는 신묘한 지략을 가진 것으로 유명한 제갈공명이 은거했던 곳이라니 놀랄 만도 했다.

중원인이라면 모르지만 환우는 해동에서 왔기에 그 놀람이 큰 듯했다.

"흐음. 제갈공명이 있던 곳이라면… 뭐, 가보지 않아도 산의 기운은 굉장하겠군. 천기를 읽는 능력을 지녔던 인물이 택한 곳이니 말이야."

"그렇겠죠. 전 사숙께서 말씀하시는 산의 기운이라는 것을 느끼지 못하니 알 수는 없지만요. 사실 그곳으로 가는 이유는 한 가지가 더 있어요."

“한 가지 더?”

“네. 보통 사람들에게는 복룡산으로 유명한 곳이지만 지금도 그곳에는 용이 한 마리 웅크려서 잠자고 있거든요.”

“용이?”

“공명이 과거의 용이라면 지금 그곳에서 잠자고 있는 용은 현재의 용이죠. 융중에는 용이 잠자고 있고 기련에는 호랑이가 엎드려 있다. 무영개 사숙께서 하신 말씀이에요. 그분께서 현재 용과 호랑이라고 칭하는 인물은 딱 둘이에요.”

“누구지?”

“잠룡은검과 복호비창. 바로 강호쌍은이지요.”

득의만만한 미소를 짓고 있는 치호의 말에 환우는 두 눈을 부릅떴다.

“그럼 그곳에 잠룡은검이 있다는 말이냐?”

“사숙께서 그리 말씀하셨으니 분명할 거예요. 사실 강호의 그 누구도 모르지요. 오직 그분만이 아시니까요. 저에게 일부러 말씀해 주신 것인지 무심코 말씀하신 건지는 모르겠지만 저는 분명히 그렇게 들었어요.”

치호의 말에 환우의 두 눈이 불타올랐다. 수련을 위해 가는 곳에 강자가 있다 하니 한 번 겨뤄보고 싶은 호승심이 생긴 것이다.

‘하지만 지금은 아니지. 두 녀석을 고분고분하게 만든 다음이야.’

가슴에서 끓어오르는 호승심을 환우는 그렇게 달랬다.

"그래도 정확히 어디에 있는지는 몰라요. 그저 사숙께서 융중이라고만 말씀하셔서요."

"그 정도면 충분해."

그렇게 높은 평가를 받을 정도의 인물이라면 아무 곳에나 있지는 않을 터. 산에서 피어오르는 기운을 살피면 대강은 짐작할 수 있을 것이다.

융중산으로 향하는 환우의 걸음이 조금씩 빨라졌다. 목적지에 대해서 알고 나자 조금 더 빨리 가고 싶은 마음이 생긴 때문이다.

환우와 치호가 융중산에 도착했을 때는 이미 계절이 겨울의 초입에 들고 있어서인지 바람이 제법 쌀쌀했다.

일단 융중산에 도착하자 더 이상 치호가 할 일은 없었다.

환우는 산의 기운에 심취해 그저 걸음이 닿는 대로 움직이고 있었고 치호는 그 뒤를 쫓기 바빴다. 대저 환우가 말하는 산의 기운이라는 것이 무엇인지 느끼지 못했기에 치호는 숨가쁘게 사숙의 뒤를 따를 뿐이다.

"녀석. 이렇게 좋은 곳을 알고 있었다니. 제법이구나."

웬일로 환우가 칭찬까지 했다. 융중산의 기운이 무척이나 마음에 든 듯했다.

"중원에서 이렇게 순수하고 맑은 기운을 가진 산은 두 번

째야. 가히 금정산이나 백두산에 비할 만해. 공명이 달리 이곳에서 은거를 했던 것이 아니로구나.”

환우는 지치지도 않고 융중산의 곳곳을 헤집고 다녔다. 수련을 하기에 적당한 장소를 찾는 것이다. 그가 느끼기에 맑은 기운이 특히 밀집해 있는 곳을 하나하나 짚어나갔다.

그사이 해는 저물고 있었지만 환우는 개의치 않았다. 그저 그 뒤를 쫓는 치호만 죽어날 뿐이다.

그렇게 얼마나 산속을 돌아다녔을까? 서서히 먼동이 터오를 무렵에야 환우는 걸음을 멈췄다.

“이곳이 좋을 듯하군.”

환우의 입가에는 만족의 미소가 어려 있었다.

그리고 치호의 입가에도 미소가 어렸다. 더 이상 움직이지 않아도 된다는 사실에서 오는 안도의 미소였다.

“헉헉헉. 사숙, 그럼 앞으로 이곳에서 머무는 건가요?”

“그래.”

환우의 확답이 떨어지자 치호의 입가에 맺힌 미소는 더욱 짙어졌다.

“다행이다.”

그 말이 마지막이었다. 그대로 치호는 옆으로 쓰러지며 실신했다.

환우는 밤새도록 융중산 곳곳을 구석구석 뒤지고 다녔다. 융중산은 그다지 큰 산은 아니었다. 하지만 그렇다고 보통 사람이 하룻밤을 새서 모두 돌아볼 수 있을 정도의 크기도 아니었다. 산이라 불리는 것이 아무리 작다 한들 한낱 인간에게 그 모든 모습을 단 하루의 시간 만에 허락할 리 없었다.

그랬기에 환우는 경공을 사용했다. 본인은 경공이란 의식 없이 그저 걸음을 빨리한 것이지만 그것을 쫓는 치호로서는 절정고수의 경공보다도 빠른 움직임이었다. 사실 치호는 몇 번이나 환우의 모습을 놓쳤고 겨우겨우 흔적을 쫓아 뒤를 따른 것이 한두 번이 아니었다.

환우의 움직임은 치호로서는 그 정도로 힘든 것이었다. 그런 고된 일을 하루 종일 하고 나자 결국은 내공과 체력이 모두 고갈된 것이다. 이제 끝이라는 안도감이 마지막 의지력으로 유지하고 있던 치호의 정신을 앗아간 것이다.

"응?"

갑자기 풀썩 쓰러지는 치호의 모습에 환우는 혀를 찼다.

"쯧. 약해 빠져서는."

그리고는 쓰러진 치호를 적당한 나무 그늘에 옮겨놓고는 머물 곳을 마련하는 작업을 시작했다.

사실 치호가 약해 빠진 것이 아니라 환우가 이상한 것이다.

"흐음. 아직 못 돌아본 곳도 제법 있지만 이 정도면 충분해."

아무리 환우라도 하룻밤 사이에 산 하나를 구석구석 뒤지는 것은 불가능했다. 최대한 꼼꼼히 뒤지다가 마음에 드는 곳을 발견하고는 멈춘 것이다.

적당한 공터가 있고 우거진 나무들 사이로 서너 사람이 머물 만한 동굴이 있는 곳.

마치 수련을 위해 마련된 장소라고도 할 수 있는 곳이 환우의 눈에 띈 것이다. 그리고 가까운 곳에 작지 않은 샘도 있었기에 식수 걱정도 없었다.

"흐음. 이런 곳이면 잠룡은검이라는 자가 머물 만도 한 곳인데?"

동굴을 둘러보는 환우는 고개를 갸웃거리며 중얼거렸다.

수련을 위해 더없이 좋은 만한 이곳에 사람이 다녀간 흔적이 없는 것이 기이했던 것이다.

게다가 이곳은 산의 기운이 모이는 곳 중 한 곳이었다. 금정산이나 백두산은 오직 한 곳에 산의 기운이 집중되어 그곳에서 주변으로 기운이 흐른다.

백두산은 천지가 그랬고 금정산은 금정이 그랬다. 하지만 융중산은 달랐다. 산의 기운이 여덟 곳에 나뉘어 고여 있었고, 지금 환우가 찾은 곳은 그 여덟 곳 중 한 곳이었다.

사실 환우는 이렇게 기운이 모이는 곳에 머물 만한 장소가 있을 것 같지 않아서 머물기 좋은 곳을 중심으로 산을 뒤졌다. 그런데 기운이 모이는 곳의 조건이 이렇다니 정말로 절묘하달 수밖에 없는 곳이다.

"뭐, 나머지 일곱 곳 중의 한 곳에 있겠지."

환우는 그렇게 중얼거리며 동굴에서 나왔다. 장소를 정했으니 앞으로 지낼 생필품을 마련해야 했다. 먹는 것이야 사냥을 해서 해결한다고 하지만 다른 것들은 그럴 수 없었다. 결국은 사람이 사는 마을로 나가서 사 와야 했다. 환우는 나무 아래 눕혀놓았던 치호를 동굴로 옮겨놓으면서 품을 뒤졌다. 돈은 모두 치호에게 맡겨놓았기 때문이다.

치호의 품에서 돈주머니를 통째로 꺼낸 환우는 그대로 걸음을 옮겼다. 산을 오르면서 봐둔 마을이 있었기에 그곳으로 방향을 잡았다. 마침 그곳으로 가는 길에 다른 일곱 곳 중 한 곳이 있었기에 들러볼 생각도 했다.

이제 머물 곳을 정했기에 급할 것은 없었다. 환우는 그다지 빠르지 않은 걸음으로 움직였다. 하지만 보통 사람이 본다면 무척이나 빠른 속도였다.

"응?"

그렇게 얼마나 걸었을까? 기운이 모이는 또 다른 장소에 이르자 그곳에 작은 집이 보였다. 산의 거의 끝자락이었기에 집을 짓기에 부족함이 없었다.

"이런 곳에 집이라니, 누군지 몰라도 대단하군."

산의 기운이 모여 흐르는 곳이니 집터로 좋을 수밖에 없는 곳이었다.

환우는 기운이 모인 곳에 지어진 집으로 가보았다. 정문 위에 걸린 현판에는 유려한 필체로 네 글자가 쓰여 있었다.

제갈초려(諸葛草廬).

"으음. 이곳이 공명이 은거했다는 곳인가? 과연 공명이
야."

환우는 고개를 끄덕였다. 당장 그 이름만 보아도 공명이 머
물렀다는 것을 알 수 있는 집이다. 또한 그 위치가 그랬다. 잠
시 제갈초려를 지켜보던 환우가 길을 계속 가려는 순간 초려
의 문이 열렸다.

"뉘십니까?"

문이 열리며 백발이 성성한 문사가 나타나 환우를 향해 물
었다. 어떻게 밖의 인기척을 느끼고 문을 열고 나왔는지는 모
르겠지만 분명 그는 환우가 있다는 것을 알고 나와본 것이었
다.

"네. 산이 좋아 산속에서 좀 지내려고 터를 알아보고 나오
는 길에 이곳을 보고 잠시 걸음을 멈춘 과객입니다. 남의 집
을 이렇게 지켜보는 것이 실례입니다만 워낙 터가 좋은 데다
또 제갈초려라는 저 현판이 제 발을 잠시 붙잡았습니다."

환우는 공손히 대답했다. 문을 열고 나온 노문사의 몸에서
는 결코 무시할 수 없는 기운이 흘러나오고 있었다.

"그러셨군요. 이곳의 터가 좋습니다만 이곳 융중은 워낙
그 산의 기운이 좋아 이런 곳이 일곱 곳은 더 있답니다."

노문사는 웃으며 환우에게 말해주었다.

"네, 알고 있습니다. 그래서 저도 무척이나 놀랐습니다."

환우의 대답에 노문사의 눈이 짧게 빛났다. 융중에 모인 기운을 읽어낼 수 있다니 필시 보통 사람이 아니라는 느낌을 받은 것이다.

이곳이야 융중산인데다가 제갈초려라는 이름이 있으니 누구나 어떤 곳인지 알 수 있는 곳이다.

하지만 다른 일곱 곳은 보통 사람은 절대로 알 수 없는 곳이다. 한데 그곳을 발견했다니 관심을 가질 수밖에.

"하면 그곳에서 머물 생각이십니까?"

"네. 작지 않은 동굴도 있어 머무르기에는 부족함이 없더군요. 해서 몇 달 머무르는 데 필요한 물품들을 구하려고 나온 참입니다."

환우의 대답에 노문사는 지그시 환우를 바라보았다.

환우는 당당히 그 시선을 받았다.

그렇게 얼마나 시간이 흘렀을까? 노문사는 웃음을 지으며 고개를 끄덕였다.

"길이 바쁘지 않다면 잠시 들렀다 가시겠습니까?"

"제갈무후께서 머무르셨던 집인데 저야 영광이지요."

환우는 웃음을 지으며 노문사의 권유에 응했다.

"그럼, 들어오시지요."

환우는 노문사의 안내에 따라 초려 안으로 들어섰다. 제갈

량이 지낸 흔적이 남아 있는지는 모르겠지만 초려 전체에 어
린 정갈하면서도 맑은 기운은 역시라는 생각이 절로 들게 하
였다.

환우는 초려의 모습을 둘러보면서 천천히 노문사의 뒤를
따랐다.

"이쪽입니다."

노문사는 아담한 정자와 같은 곳으로 환우를 이끌었다. 그
곳에는 작은 탁자가 가운데 놓여 주변의 풍광을 지켜보기 좋
게 마련되어 있었다.

"잠시 기다리시지요."

환우가 그곳에 앉자 노문사는 잠시 어딘가로 향했다. 환우
는 제갈초려의 모습을 느긋이 감상했다. 과연 곳곳에 현기가
어린 집이라는 생각이 들었다.

"제갈량이라……."

환우는 가만히 읊조렸다.

얼마의 시간이 흘렀을까? 환우가 제갈초려의 모습에 흠뻑
빠진 사이 다시 노문사가 돌아왔다. 노문사의 기척보다도 먼
저 느껴지는 향긋한 다향이 그의 등장을 알렸다.

"좋은 향기로군요."

노문사가 정자 근처에 다가왔을 때쯤 환우가 웃으며 말했
다.

"네, 좋은 향기지요. 제갈차의 향기는 십 리 밖에서도 느껴

진다고 하니까요."

환우의 칭찬에 노문사는 웃으며 대답했다.

"제갈차요?"

들어본 적이 없는 차다. 망아 스님이 차를 즐기기에 몇 종류의 차 이름은 들어본 적이 있었고 중원의 차에 대한 이야기도 많이 들었다. 그래서 마셔본 적은 없지만 어지간히 유명한 차에 대해서는 안다고 생각했는데 처음 듣는 차의 이름에 고개를 갸웃거렸다. 이렇게 좋은 향기라면 당연히 굉장히 유명한 차일 거라 생각한 때문이다.

"예전 제갈무후께서 이곳에 은거를 하시면서 농사를 짓고 생활하실 때 융중산의 기운이 좋은 몇 곳에 차나무를 심으셨답니다. 그것이 지금까지 내려와 저희 집안에서 가끔 찻잎을 따다가 이렇게 손님들께 내놓는답니다. 그래서 저희는 제갈차라 부르지요. 중원에서 오직 이곳에서만 맛볼 수 있는 차랍니다."

노문사의 설명에 환우는 고개를 끄덕였다. 제갈량이 직접 심은 차나무에서 딴 찻잎이라니 차의 향기가 더욱 깊고도 은은하게 느껴졌다.

"과연 훌륭한 차군요."

차를 한 모금 입에 머금어 그 맛을 음미하다가 삼킨 환우는 진심으로 감탄했다. 차를 좋아하는 스승 덕에 맛 좋은 차를 많이 마셔보았지만 단연 이 제갈차의 향과 맛이 발군이었다.

금정에서 딴 찻잎으로 우려낸 차와 비견할 만한 차였다.

"저는 제갈우(諸葛愚)라고 합니다."

역시 차를 한 모금 마신 노문사가 자신의 소개를 했다.

"이런, 여태껏 제 소개도 하지 않고 있었군요. 이런 무례가……. 전 해동에서 온 신환우라고 합니다."

"신 공자셨군요. 괘념치 마십시오. 저 역시 마찬가지이니까요."

제갈우는 별일 아니라는 듯 웃으며 고개를 저었다.

"한데 어인 일로 이곳 융중에까지 오신 겁니까?"

제갈우의 물음에 환우는 그간의 일을 간략하게 이야기했다. 이야기해서는 안 될 부분은 적당히 빼고 상대가 자신의 사정을 알 수 있게끔 설명했다. 처음 만난 사람임에도 왠지 그래야 할 것 같은 느낌을 받은 탓이다. 이런 느낌은 숭산에서 만난 만해 스님의 그것과 비슷했다.

"허어, 그러셨군요. 참으로 대단하십니다."

"대단할 것이야 없지요."

제갈우의 칭찬에 환우는 작게 고개를 저었다. 화산신검에게 패배한 이후로 환우 자신도 느끼지 못하는 사이에 어느 정도 자신감을 잃고 있었다.

하늘 밖의 하늘을 봤을 때의 충격이란 환우 역시 다른 사람과 다를 바가 없었던 것이다.

"이미 짐작하고 계시겠지만 저는 제갈무후의 후손입니다.

촉한이 망한 후 저희 일가는 이곳으로 돌아와 대대로 살아왔습니다. 세상에서 큰 뜻을 펼칠 수도 있지만 굳이 그러고 싶지 않았기에 세상 사람들이 알든 모르든 그냥 이렇게 살아왔습니다. 이곳의 기운도 좋았고 말이죠.”

제갈우는 자신에 대해서 천천히 이야기했다. 상대의 사정을 들었으면 자신의 이야기도 하는 것이 예의였다.

“신 공자께서도 아시다시피 이곳에는 여덟 곳에 산의 기운이 모이는 곳이 있습니다. 한데 그곳의 위치를 모두 아십니까?”

제갈우의 물음에 환우는 곰곰이 기억을 떠올렸다. 융중에 들어서는 순간 강렬하면서도 포근하고 부드러우면서도 거친 기운이 모이는 곳 여덟 군데가 느껴졌었다. 기운이 모이는 곳은 머물 만한 곳으로 마땅치 않을 것 같아서 주변만 둘러보다가 우연히 머물 만한 곳이면서 기운이 모이는 곳을 찾았다. 기운이 모이는 곳에 온 것은 이곳이 두 번째다.

“대강 여덟 곳의 위치는 알 수 있을 것 같습니다.”

환우의 대답에 제갈우는 역시라는 웃음을 지었다.

“그러면 주역을 공부해 보신 적은 있습니까?”

제갈우의 물음에 환우는 얼굴을 찡그렸다. 공부와는 거리가 먼 사람이 환우다. 게다가 주역과 같이 어려운 책이라니, 생각도 하기 싫었다. 환우도 들은풍월이 있어 주역이 얼마나 어려운 책인지는 잘 알고 있었다.

"제가 부족하여 그리 어려운 책을 공부할 능력이 안 됩니다."

대답에 앞서 보여준 표정에서 제갈우는 이미 그러한 사실을 짐작할 수 있었다.

"기운이 모이는 여덟 곳은 융중산의 정상 봉우리를 중심으로 여덟 방위로 뻗어 있습니다. 봉우리로부터의 거리는 제각각이지만 방위만은 신기할 정도로 들어맞아 있습니다. 바로 주역에서 말하는 팔괘의 방위이지요. 이곳은 팔괘 중 산의 괘인 간의 방위로 융중산의 정상에서 동북의 방위에 자리한 곳입니다."

제갈우의 설명에 환우는 의외의 사실을 알았다는 듯 놀란 얼굴을 했다. 팔괘라는 것에 대해 들은 적은 있었고 각 괘가 어떤 기운을 의미하는지 정도는 알고 있었다.

"제갈무후께서 만드신 팔진도는 사실 이곳의 기운의 흐름에서 그 이치를 깨달으신 것입니다."

환우의 놀란 얼굴을 보는 것이 즐거운 듯 제갈우는 또 하나의 비사를 풀었다. 환우의 얼굴에 맺힌 놀란 기색이 더욱 커졌음은 말할 것도 없었다.

"대단하군요."

팔진도.

공명이 육손을 단지 돌무더기만으로 가뒀다고 하는 전설의 진법이다. 공명의 장인인 황승언이 아니었으면 육손은 분명 그곳에서 죽었을 것이다.

그런 팔진도가 사실은 이곳 융중산에서 시작이 되었다니, 그 사실을 아는 이는 아무도 없을 것이다.

"제가 이런 말씀을 드리는 것은 신 공자와도 관련이 있기 때문입니다. 융중산의 기운은 팔괘의 방위를 따라 흘러 모이는데 그것이 또 각 방위마다 그 괘에 해당하는 기운을 강하게 띱니다. 이곳은 간의 방위이기에 산의 기운이 특히 융성한 곳이지요. 그리고 또한 팔괘 중 진(震)은 뇌의 기운을 가진 괘이지요. 신 공자가 익힌 무공이 뇌기를 띤 것이라 하니 진의 기운이 모이는 곳에서 수련을 하시면 더욱 성취를 높이실 수 있을 겁니다."

"아!"

제갈우의 설명에 환우는 진실로 찬탄한 표정을 지었다. 그리고 그의 얼굴은 제갈우의 조언에 대한 감사로 가득 찼다.

"정말 감사합니다."

환우는 마치 큰 깨달음이라도 얻은 양 공손히 제갈우에게 인사를 했다. 하지만 제갈우는 손을 내저었다.

"아닙니다. 감사를 받을 일은 아니지요. 사실 신 공자에게는 이런 말이 필요가 없을 테니까요. 진의 방위는 정동(正東)입니다. 바로 지금 신 공자가 자리한 그곳이지요. 신 공자는 스스로 뇌의 기운이 가장 강한 곳을 느끼고 그곳에 자리하신 겁니다. 저는 단지 그러한 사실을 알려 드린 것뿐이고요."

　제갈우의 말에 환우는 자신이 그곳에 도착했을 때의 느낌을 떠올려 보았다. 기운이 모이는 곳의 느낌은 분명했다. 하지만 왠지 그것 외에 무언가 따스해지는 느낌을 받은 것도 같았다.

　"그런 겁니까?"

　"네. 신 공자의 기운을 느끼는 감각은 참으로 탁월하다 할 수 있습니다. 평생을 그것에 매달려 공부한 저도 놀랄 만큼 말입니다."

　"아닙니다. 노사의 가르침이 없었다면 알지도 못했을 일입니다. 가르침에 감사드립니다."

　환우는 제갈우를 노사라 불렀다. 짧은 만남이지만 그사이 환우가 그에게 그만한 존경심을 느꼈다는 반증이다.

　"허허허. 괘념치 마십시오. 그저 신 공자의 주변에 어린 기운에 반한 것뿐이니까요. 아, 앞으로 생활에 필요한 것을 구하러 간다 하셨지요? 그러면 멀리 마을로 나가지 말고 이곳에서 가져가십시오. 그래도 작지 않은 가족이 사는지라 물건들은 풍족히 준비해 두었으니까요."

　"아닙니다. 더 이상 폐를 끼칠 순 없습니다."

　"제가 좋아서 그러는 것이니 거절치 마십시오. 거절하시면 오히려 제가 불편합니다."

　제갈우가 다시 한 번 말했다. 이번에는 정색을 하고 말했기에 환우로서는 도저히 거절할 수가 없었다.

"그렇게까지 말씀하신다면… 알겠습니다, 염치불구하고 신세를 지겠습니다."

그제야 제갈우의 얼굴에 다시 미소가 감돌았다.

"허허허. 잘 생각하셨습니다. 늙은 나이에 비로소 마음이 맞는 친구를 만난 듯하군요."

우연한 만남이고 짧은 시간을 함께했지만 두 사람은 서로 마음이 통하는 것을 느꼈다. 그러고 나서 둘은 시간 가는 줄 모르고 이런저런 대화를 나누었다.

배고픔도 잊었다.

서서히 사방에 깔리는 어둠에 그들은 시간이 그만큼이나 흐른 것을 알았다.

"이런, 벌써 해가 지다니. 참. 무슨 정신인지 모르겠습니다."

주변을 둘러본 제갈우가 고개를 저으며 말했다.

"그건 저도 마찬가지입니다. 노사님과의 대화에 시간을 잊었군요."

환우가 미소를 지으며 대답했다. 그만큼 환우에게는 즐겁고도 유익한 시간이었다. 시간도 허기도 잊을 만큼.

"이런, 그러고 보니 이른 아침에 초대를 하고서는 밥 한 끼 대접하지 못했군요. 이거 이런 실례가……."

그제야 허기를 느낀 제갈우는 하루 종일 식사를 하지 않은 사실을 떠올렸다. 자신이 환우를 만난 것이 이른 아침 식전이었으니 당연한 일이었다.

"아닙니다. 저도 이만 가봐야 할 것 같습니다. 저 같은 무인은 끼니를 몇 거른다고 해도 별 지장이 없으니 걱정 마십시오."

환우가 자리에서 일어서며 말했다.

"벌써 가려는 겁니까?"

아쉽고도 아쉬웠다. 늙은 나이에 비로소 마음이 맞는 사람을 만났는데 이렇게 보내기는 싫었다.

"앞으로 종종 들르겠습니다. 그리고 노사께서 주신다고 한 생필품도 받아가야 하지 않겠습니까? 제 일행이 그곳에 홀로 있어 걱정이 되어 이만 가려는 것입니다. 그리 섭섭해하지 마십시오."

그제야 제갈우의 얼굴에서 아쉬움이 가셨다. 하지만 그 흔적은 희미하게나 남아 있었다.

"그렇다면 더 이상 잡을 수는 없겠군요. 일행이 홀로 기다리고 있다니 그만 가보십시오."

"네."

환우와 제갈우는 정자에서 내려와 문을 향해 걸음을 옮겼다.

"신 공자는 이곳에 무공 수련을 위해 왔다고 했지요?"

"네."

"이곳에 무공 수련을 하는 이가 한 명 더 있습니다. 저도

만난 적은 없습니다만, 간혹 융중산을 오르노라면 그에 의해
기운이 요동치는 것을 한두 번 느낀 것이 아닙니다."

제갈우의 말에 환우의 눈이 빛났다. 이곳에서 기운을 요동
치게 만들면서 수련을 할 만한 인물은 단 하나뿐이었다. 치호
가 이야기했던 잠룡은검. 그일 것이다.

"그분도 기운을 읽는 능력이 탁월한지 여덟 곳 중 한 곳에
자리하고 있지요."

"그곳이 어디입니까?"

환우가 관심을 드러내자 제갈우는 미소를 지었다. 아마도
이러리라 생각을 하고 말을 꺼낸 것이다. 무인이란 강한 무인
을 만나고 싶어하게 마련 아닌가. 그는 그저 평범한 문사였지
만 무인들의 그런 마음을 알 것도 같았다. 그도 항상 학식이
깊은 다른 문사를 만나고 싶었으니 말이다.

"건의 방위에 있습니다. 그러니까 융중산 봉우리에서 서북
방향이지요. 신 공자가 있는 곳과는 거의 반대편에 가까운 곳
이로군요. 신 공자도 융중산에 오르시면 기운이 요동치는 것
을 느낄 수 있을 겁니다."

"네. 그렇지 않아도 이곳에 대단한 무인이 있다는 이야기
를 듣고 왔던 차입니다. 아마도 그가 그인 모양이군요."

"그렇겠지요. 요동치는 기운을 느끼고 있노라면 마치 한
마리의 용이 구름을 헤치고 승천하는 듯한 착각을 하게 됩니
다. 그야말로 융중에 숨어 자고 있는 용이라 할 만한 무인일

겁니다.”

만난 적도 없다 했다. 그리고 문사이기에 무림의 소식에 밝지도 않다. 그럼에도 제갈우는 잠룡은검을 용이라 표현했다. 그만큼 대단한 인물인 것이다.

환우는 세차게 뛰기 시작한 심장을 주체할 수가 없었다.

‘잠룡은검이라… 기다려라.’

환우의 두 눈이 빛났다.

사람이 아니야… 사람일 리 없어. 그래, 동방의 하늘에서 내려온 천신(天神)일 거야. 틀림없어…

해동에서 온 백의의 사내. 한 번의 손짓에 열 개의 벼락이 떨어지고, 마고의 혈사는 그 앞에 침묵한다. 열 개의 벼락을 중원에 남겨두고 홀연히 떠났다.

그리고 오십 년후. 다시금 중원이 어지러워지려 할때 그의 후예가 중원으로 향한다.

푸른 하늘에 열 개의 벼락이 다시 떨어지는 순간 천하는 그 앞에서 무릎 꿇으리라.

참으로 힘든 이동이었다. 그리고 그 이동이 끝나는 순간 정신을 놓았다. 그리고 얼마나 시간이 흘렀을까? 서서히 몸에 활력이 돌아오는 것을 느끼면서 정신이 들었다. 눈을 떴을 때 주위는 깜깜했다.

거친 돌벽이 어둠을 뚫고 눈에 들어왔다.

"끄응. 여긴 어디지?"

바닥에서 몸을 일으키는데 몸 구석구석이 비명을 질렀다. 무리하게 혹사당한 근육이 아직 모두 회복되지 않은 것이다. 그럼에도 치호는 억지로 몸을 일으켰다.

"동굴 같은데?"

자신이 쓰러졌던 곳은 동굴이 아니었다. 그것은 분명히 기억한다. 그런데 동굴이라니, 어찌 된 영문인지 알 수가 없었다. 일단 밖으로 나가봐야 할 듯했다.

비명을 지르는 근육을 억지로 움직여 걸음을 옮겼다. 한 걸음 한 걸음이 그렇게 힘겨울 수가 없었다.

드디어 동굴 밖으로 나온 치호의 눈에 주변의 풍경이 들어왔다. 이미 사방에 어둠이 깔렸지만 주변을 살피는 데 큰 어려움은 없었다.

분명 자신이 쓰러졌던 곳 같았다. 설마 그곳에 이런 동굴이 있을 줄은 몰랐다.

"응? 이제 깨어난 거야?"

옆에서 들려오는 익숙한 목소리에 치호의 고개가 돌아갔다.

"사숙."

환우가 한 손에 토끼를 두 마리 들고 서 있었다. 막 도착한 듯한 모습이다.

제갈초려를 떠나온 환우는 산을 지나면서 저녁 식사용으로 토끼를 두 마리 잡아왔다. 치호가 깨어나 당황해하지는 않을까 염려가 되어 상당히 빠른 속도로 달려왔다.

자신에게 달린 혹이라 여겼지만 그렇게 든 미운 정도 정인지라 은근히 걱정이 되었다. 한데 이제야 깨어난 듯한 모습이니 한편으로는 안심이 되었지만 다른 한편으로는 한심하기도 했다.

"대체 네가 한 게 뭐가 있다고 하루 종일 정신을 잃고 누워 있냐?"

걱정이 사라지자 목소리에 살짝 가시가 돋쳤다. 치호는 그 기색을 느끼고 찔끔한 얼굴로 환우를 쳐다보았다.

"그게……."

솔직히 치호는 자신의 한계를 열 번도 더 넘었으나 그렇게 말한다고 통할 상대도 아닌지라 입술만 달싹일 뿐 아무런 말도 하지 못했다.

"됐다. 저녁이나 준비해."

그런 치호 앞에 환우는 잡아온 토끼 두 마리를 던져 놓고는 동굴 안으로 들어갔다.

치호는 단전에 깊숙이 잠든 내공을 일깨워 일단 몸을 회복시켰다. 그다지 많은 시간이 없었으므로 겨우 움직일 수 있을 정도로만 회복하자 서둘러 나뭇가지를 모아 불을 지폈다. 저녁 준비가 늦으면 불호령이 떨어질 것이다.

산토끼는 노린내가 심하다. 야생에서 잡은 동물은 뭐든지 노린내가 심해 보통 사람이 먹기에는 힘들다. 하지만 산속이라 가진 것이 없으니 어쩔 수 없었다.

"아, 소금!"

그때 치호는 자신의 품에 소금이 있음을 떠올렸다. 거지에게 소금이라니 굉장한 사치였지만 그래도 소금 한 줌만 가지고 다니면 구걸을 하면서도 어느 정도 맛있는 식사를 할 수 있었기에 챙겨 다녔다. 그것도 치호가 후개이기에 가능한 일이었다.

치호는 서둘러 품을 뒤졌다. 그러다가 품을 뒤지던 손이 멈췄다. 소금은 금세 찾았다. 하지만 있어야 할 것이 없었다.

"도, 돈주머니가……."

품에서 손을 뺀 치호는 서둘러 윗도리를 풀어헤쳤다. 혹시 어디로 흘러내린 것은 아닌가 하고 옷을 벗어 샅샅이 뒤졌지만 없었다.

있을 리가 없었다.

돈주머니는 지금 환우의 품속에 있었으니까.

"거… 거기엔……."

치호는 멍한 얼굴로 말을 잇지 못했다. 당연했다. 돈주머니에는 앞으로 쓸 전 재산이 들어 있었다.

하지만 그뿐이 아니었다.

돈주머니엔 또 다른 것이 들어 있었다. 바로 허리끈이었다. 개방의 후개임을 증명하는 매듭이 매어져 있는 낡은 허리끈. 잘 감아서 작게 만들어 돈주머니에 보관하고 있었다. 환우의 등살에 누더기를 벗은 후로 허리끈을 하고 다닐 수가 없어서 돈주머니에 넣어둔 터다.

그게 없어졌으니 지금 치호에게는 저녁 식사가 문제가 아니었다.

"치호야, 아직 멀었냐?"

그때 배가 상당히 고파졌는지 환우가 어슬렁거리면서 동굴에서 나왔다.

"응? 고기 탄다?"

이미 토끼 고기는 불에 올려져 있었다. 하지만 타지 않게 잘 돌려가면서 구워야 하는데 치호는 윗도리를 벗은 채 멍한 얼굴로 있으니 토끼 고기가 조금씩 타고 있었다.

환우는 서둘러 토끼 고기를 뒤집으며 치호를 노려보았다.

"고기 탄다니까 뭐 하는 거야?"

환우의 날카로운 목소리에 치호는 정신이 좀 돌아오는 듯했지만 그래도 꿈쩍도 하지 않았다. 평소라면 자신이 소리를 치면 재빠르게 움직이는 치호였기에 환우는 의아함을 느꼈다. 확실히 이상했다.

"왜 그래?"

"사, 사숙."

"왜?"

"없어졌어요."

"응? 뭐가?"

"제 돈주머니요."

치호가 고개를 푹 숙였다.

환우는 치호의 돈주머니에 뭐가 들었는지 모른다. 아니, 돈주머니이니 당연히 돈이 들었을 거라 생각했다.

그리고 지금 그것은 자신의 품에 있었다.

"에이, 난 또 뭐라고. 겨우 그깟 돈주머니가 문제냐?"

그렇게 말하며 환우의 손이 품으로 움직였다. 꺼내줄 요량이었다. 하지만 치호는 그런 환우의 움직임을 보지 못했다.

"겨우 그깟이라니요! 그게 어떤 건지 알아요? 사숙 같은 사람이 그것의 가치를 아냐고요!"

현재 치호의 심리 상태는 매우 헝클어져 있었기에 관찰력과 판단력이 급격히 떨어져 있었다. 그랬기에 이런 큰 사고를 치고 말았다.

"뭐라?"

환우의 눈썹이 치켜 올라갔다.

하지만 이미 치호의 정신은 반쯤 나간 상태다. 개방의 제자에게 가장 중요한 매듭을 잃었으니 어찌 그렇지 않겠는가.

"사숙을 따라 나오는 게 아니었어요. 그것 때문에… 그것 때문에……."

치호가 제대로 미쳤다.

퍽! 퍼퍼퍼퍽!

말이 필요없었다. 환우는 딱딱하게 굳은 얼굴로 치호를 두들겨 팼다. 평소와는 그 정도가 전혀 달랐다. 정말로 독하게 팼다. 치호는 반항은커녕 아무런 움직임도 보일 수가 없었다. 그저 처참하게 두들겨 맞을 뿐이었다. 입술 한 번 움직일 여유도 없었다.

그렇게 얼마나 팼을까? 환우의 손이 멈췄다. 그리고 다시 품으로 들어간 손에는 치호의 돈주머니가 들려 있었다.

"옜다."

치호 곁에 툭 떨어지는 돈주머니.

"꺼져."

차가운 한마디를 남기고 환우는 동굴로 들어갔다.

치호는 자신의 얼굴 옆에 있는 돈주머니를 멍한 얼굴로 쳐다보았다. 설마 이게 사숙의 품에 있을 줄이야…….

일단 돈주머니를 찾자 치호는 급격히 빠른 속도로 정신을 차렸다. 그리고 조금 전에 있었던 일들이 빠르게 머리를 스쳐 지나갔다.

자신이 했던 말, 사숙의 표정, 사숙의 주먹.

"후우."

치호의 입에서 한숨이 새어 나왔다.

사고를 쳐도 아주 큰 사고를 쳤다.

그렇게 쓰러진 치호의 한숨과 함께 두 마리의 토끼 고기가 작은 모닥불에 타 들어가고 있었다.

아침이 밝았다.

산의 아침은 그 상쾌한 공기가 폐부 깊숙이 들어와 기분을 좋게 만들어준다.

환우는 날이 밝자 동굴 밖으로 나왔다. 전날 치호 때문에 받아오지 못한 생필품을 받으러 가기 위해 나선 것이다.

동굴 입구에는 치호가 무릎을 꿇고 앉아 있었다.

일의 발단을 만든 것은 말도 없이 치호의 돈주머니를 꺼내 간 환우에게 있었지만 분명 치호는 사숙에게는 해서는 안 될 말을 했다. 잘못은 치호에게 있었다.

환우는 그런 치호를 그냥 지나쳐 갔다.

환우가 치호에게 꺼지라고 하는 순간 환우에게서 장치호라는 인간은 이미 사라진 인간인 것이다.

그렇게 제갈초려를 다시 찾은 환우는 제갈우를 만나 잠시 담소를 나눈 후 그가 준비해 준 생필품을 챙겨 지게에 지고 돌아왔다. 한두 달은 너끈히 지낼 수 있을 정도의 양이었다. 동굴에 짐을 정리한 환우는 곧 수련을 위해 산속으로 들어갔다. 그때까지 치호는 여전히 무릎을 꿇고 앉아 있었지만 환우는 여전히 무시했다.

나무가 우거진 숲에서 기운이 가장 강하게 모여드는 곳, 기운의 중심지에 널찍한 바위가 있었다.

환우는 그 위에 올라가 가부좌를 틀고 앉았다. 두 눈을 감고 명상에 잠겼다.

천뢰무위공.

망아 대사에게 배운 무공이다. 이 무공을 배울 때 망아 대사가 해주었던 말을 하나도 빠짐없이 되새겼다. 그리고 용아천뢰검에 대해 망아 대사가 해주었던 말 역시 하나도 빠짐없이 되뇌었다.

 기억의 깊숙한 곳에서 잠자고 있던 것들을 꺼내어 다시 한 번 보고 또 봤다.

 "환우야."

 "네."

 "용(龍)에 대해서 아느냐?"

 "네? 용이요?"

 "허허. 그래, 용 말이다."

 "용이면 용이지 또 뭐가 있나요?"

 "그럼. 무언가가 있지. 네가 그토록 갖고 싶어하는 용아천뢰검과도 관련이 있단다."

 "뭔데요?"

 용아천뢰검 이야기나 나오자 어린 환우의 눈이 반짝반짝 빛났다.

 "허허허. 녀석."

 급변하는 환우의 표정에 망아 대사는 너털웃음을 터뜨렸다.

 "본디 용에게는 아홉의 자식이 있단다. 이들을 구룡자(九龍子)라 한단다."

 "헤? 용에게도 자식이 있어요?"

 "물론이지. 첫째가 비희(贔屭), 둘째가 이문(螭吻), 셋째가

포뢰(蒲牢), 넷째가 폐안(狴犴), 다섯째가 도철(饕餮), 여섯째
가 공복(蚣蝮), 일곱째가 애자(睚眦), 여덟째가 산예(狻猊), 막
내인 아홉째가 초도(椒塗)란다. 이 구룡자들은 각각의 성격과
특성이 있지. 그리고 아홉 자식들에 아비인 용을 더하면 모두
열이 되지. 용아천뢰검은 그렇게 모두 열 자루란다.”

“네? 그런 거였어요?”

“그렇지. 그래서 열 자루의 단검에는 각각의 이름이 있지.
용의 단검은 용아(龍牙), 나머지는 각각 구룡자의 이름이 붙
어 있어. 그중 중심이 되는 것은 용아이니 용아가 없다면 나
머지 구룡자의 단검을 모두 가진들 용아천뢰검의 진정한 위
력을 발휘할 수 없단다. 그렇다고 자식들이 없는 용 역시 제
힘을 발휘하지 못하지.”

“에이, 결국 열 자루 다 모으면 되는 거잖아요.”

“허허허. 그렇지.”

환우의 치기 어린 말에 망아 대사는 다시 한 번 너털웃음을
터뜨렸다.

“열 자루의 용아천뢰검은 모두 자신의 의지를 가지고 있는
데 그중 용아의 의지가 가장 강하단다. 용아를 다룰 수 있다
면 다른 아이들을 다루는 데는 크게 어려움이 없을 것이야.”

“용아는 어디 있는데요?”

“가장 믿을 만한 곳에 맡겨두었단다.”

그리고 망아 스님은 대웅전으로 들어가셨다.

아주 어린 시절의 기억이다. 네 살이던가? 다섯 살이던가? 언제인지도 제대로 기억나지 않을 때의 기억. 왜 이 대화가 이제야 기억이 난 것일까. 그동안 왜 까맣게 잊고 있었던 것일까. 왜 망아 스님은 이후로 그에 대한 말을 한 번도 해주지 않은 것일까.

아니, 한 번 더 해주었었다. 하지만 그건 용의 자식들인 구룡자에 관한 이야기였다.

기억을 떠올린 환우는 천천히 눈을 떴다. 그리고 품속에서 두 자루의 용아천뢰검을 꺼냈다. 왼쪽의 것은 개방에서 받은 것이고 오른쪽의 것은 화산에서 받은 것이다.

이렇게 나란히 놓고 보니 두 자루의 모양이 미묘하게 달랐다. 같은 용아천뢰검이되 서로 다른 검인 것이다.

환우는 한 손에 한 자루씩 쥐고 천뢰무위공의 기운을 일으키기 시작했다.

천뢰무위공 중 시명공(視名功).

명칭 그대로 이름을 보는 무공이다. 그것도 이제야 기억해 냈다. 그동안은 검을 다루는 데만 집중해서 이런 무공이 있다는 것도 잠시 잊고 있었다. 왜 좀 더 차분히 되돌아보지 못했을까?

집착에 얽매여 너무 작은 세상에서 발버둥 친 듯한 느낌이다.

시명공의 기운이 환우의 팔을 타고 손을 지나 용아천뢰검
으로 흘러들자 두 자루의 검신에서 빛이 나기 시작했다.

새하얀 검신에서 올라오는 파란 광채. 그 광채는 각기 글자
를 형성했다.

왼손에서는 용아라는 글자가, 오른손에서는 애자라는 글
자가 떠올랐다.

"훗. 네가 용이로구나. 열 자루의 용아천뢰검 중의 구룡자
의 아비라는 용, 용아(龍牙)."

환우의 입가에 미소가 감돌았다.

망아 대사가 가장 믿을 만한 곳이라 평한 곳은 개방이었다.

마교의 소교주 위청운이 찾고 있는 용은 이미 환우의 손에
들려 있었다.

물끄러미 용아를 바라보던 환우의 시선이 오른손에 있는
단검으로 향했다.

애자(睚眦).

푸른 광채가 그리고 있는 또 다른 용아천뢰검의 이름이다.

"훗. 애자라… 그럼 네가 일곱째로구나."

환우가 낮게 중얼거렸다. 그리고 망아 대사에게서 들은 애
자에 대한 내용을 떠올렸다.

"싸움하고 살생하기를 좋아한다고 하였던가?"

그러고 보니 유독 투기와 살기가 강한 것 같았다.

"어쩌면 지금 나에게 딱 필요한 검인지도 모르겠군."

환우의 입가에 미소가 스친다.

검의 이름을 확인한 환우는 다시 두 눈을 감았다. 망아 대사에게서 들은 가르침들을 다시 한 번 정리하기 위함이다. 이것이 환우에게는 곧 수련이었다.

그동안 강해지는 것에만 너무 집착하여 정작 중요한 것을 놓치고 있었다. 망아 대사의 가르침을 다시 한 번 되새기는 것만으로도 환우에게는 새로운 세계가 펼쳐졌다.

"환우야, 천뢰무위공은 의지로써 용아천뢰검을 움직인다만 단지 의지만으로 되는 것은 아니란다. 진정 강한 의지란 그 속에 거대한 기운을 담고 있단다. 의지란 곧 그것만으로도 강한 힘이기 때문이지."

무수히 들었던 말이고 지금껏 지켜왔다고 생각했던 말이다. 하지만 이렇게 마음을 가라앉히고 곰곰이 생각하니 또 다른 의미가 있는 것만 같았다.

환우는 깊은 명상에 잠겼다.

"응?"

얼마나 시간이 흘렀을까?

환우는 뺨을 스치는 차가운 기운에 두 눈을 떴다.

하얀 것이 어둑해지는 하늘에서 떨어져 내리고 있었다.

"눈인가?"

이제 겨울에 접어들었음을 알리려는 듯 융중산에는 첫눈이 내리고 있었다.

"오늘은 여기까지 하고 이만 들어가야지."

그래야 했다. 하늘도 이미 어두워지고 있으니 오늘은 이 정도면 충분했다. 이미 큰 소득을 얻지 않았던가.

뽀드득, 뽀드득.

조금씩 내리기 시작하던 눈은 어느새 함박눈이 되어 쌓여갔다. 잠시 걸음을 옮기는 사이 눈 밟는 소리가 날 정도로 말이다.

동굴로 돌아가는 길에 환우는 날렵한 돌팔매질로 막 하늘로 날아오르려던 꿩 한 마리를 잡았다. 오늘의 저녁은 이것으로 해결된 것이다.

그렇게 동굴에 도착한 환우의 눈에 치호가 들어왔다. 치호는 여전히 꿇어앉아 있었다. 머리끝에서 양 어깨를 거쳐 온몸에 쌓여 있는 하얀 눈은 치호가 꼼짝도 하지 않고 그렇게 있었음을 보여주고 있었다.

하지만 환우는 힐끗 한 번 쳐다본 것을 끝으로 치호를 무시했다.

이미 완전히 내치기로 마음먹은 터다. 치호가 저러고 있든 말든 환우와는 상관없는 일이었다.

자신이 직접 나뭇가지를 모아 불을 지피고 꿩의 배를 갈라 내장을 꺼내고 다듬어 고기를 구워 먹는 것은 무척이나 귀찮은 일이었지만 한두 번 해본 것도 아니었다. 굳이 이런 귀찮음을 면하고자 치호를 용서할 성격은 아닌 것이다.

제갈우에게서 얻어온 소금과 향신료를 약간 치자 더없이 향긋한 냄새가 꿩고기에서 피어올랐다.

그렇게 마련된 저녁을 환우는 맛있게 먹었다. 그리고 동굴로 들어갔다. 치호는 전혀 신경도 쓰지 않았다. 환우가 떠난 자리에는 이제 꺼져 가는 모닥불에서 회색 연기만이 외로이 피어오를 뿐이었다.

치호는 고개를 숙이고 있었기에 그런 연기조차 보지 못했다.

환우는 적당히 짚단을 깔아놓은 간이 침상에 몸을 뉘었다. 충분한 양을 가져다 깔았기에 푹신한 것이 잠이 드는 데는 아무런 불편함이 없었다.

그렇게 하룻밤이 지나갔다.

*   *   *

"융중산으로 들어갔다고?"

"네."

귀연수의 대답에 위청운의 얼굴이 찌푸려졌다. 지금 그가 융중산에 들어가서 있을 이유가 없었다. 한시라도 빨리 뇌룡아를 모아야 할 사람이 갑자기 산속에 들어가다니, 이해할 수 없었다.

"왜 그런 것이라 생각하나?"

"아마도 화산신검에게 패한 때문이라고 생각됩니다. 천방지축에 안하무인인 성격에 하늘 높은 줄 모르고 설치던 자였으니 패배의 충격이 제법 컸으리라 생각됩니다."

마교에서는 대체 어떻게 환우에 대한 정보를 모으고 있는 것일까? 상당히 정확하게 환우의 성격을 분석해 놓고 있었다.

"그럴 수도 있겠군."

위청운은 귀연수의 말에 고개를 끄덕였다.

"어차피 그가 가진 뇌룡아는 겨우 두 자루뿐입니다. 그자를 무시하고 우리는 나머지 뇌룡아를 찾으면 됩니다."

"그렇긴 해. 하지만 재수없게 그 녀석이 가진 뇌룡아 중 용이 있으면 어떻게 하지?"

위청운의 물음에 귀연수는 입을 닫았다.

소교주의 말대로 될 확률은 겨우 이 할이다. 하지만 결코 무시할 수 있는 확률도 아니었다.

"그럼 우선 그자의 것부터 회수하는 것이 어떻겠습니까? 마침 인적이 드문 곳에 숨었습니다. 교의 척살대를 보낸다 한들 별다른 흔적이 남을 위험도 없습니다."

귀연수의 말에 위청운은 잠시 생각에 잠겼다. 분명 매력적인 제안이었다.

현재 그자의 실력은 근소한 차이지만 어쨌든 화산신검에게 패하는 정도다. 즉, 오성은 몰라도 쌍은에는 미치지 못한다는 것이다.

그렇다면 척살대 하나만 보내도 어찌 해결이 될지도 모른다. 거기까지 생각이 미치자 구미가 당겼다.

"그렇다면 그렇게 해보도록 할까? 뭐, 그 녀석의 실력이 정확히 어느 정도인지 알아도 볼 겸."

화산신검과의 비무로 대강의 실력은 추측이 가능했지만 사실 화산신검의 실력도 대강 짐작하고 있는 정도이니 정확한 실력은 알 수가 없었다.

이번에 그를 시험해 본다면 그의 실력이나 화산신검의 실력도 제대로 알아볼 수 있을 것이다.

"적마대(赤魔隊)를 준비시키도록 하겠습니다."

"흐음. 적마대라… 그 정도면 적당할지도 모르겠군."

적마대는 마교의 전투 부대 중 서열 사위의 사마단(四魔團) 중의 한 분대이다. 사마단은 적마대, 청마대, 흑마대, 백마대의 네 분대로 구성이 되며 각 분대는 특성에 따라 나누어져 있었다.

그중 적마대는 살수들로 이루어진 분대였다.

"가능하면 그 녀석을 쓰러뜨리고 뇌룡아 두 자루를 모두 회수해 오면 깔끔할 텐데……."

위청운이 가는 미소를 지으며 낮게 중얼거렸다.

"적마대라면 가능할지도 모르겠습니다."

귀연수가 허리를 숙이며 말했다.

*　　　*　　　*

날이 밝았다.

간밤에 내린 눈으로 융중산은 새하얀 옷을 입었다. 환우는 동이 틀 무렵 동굴 밖으로 나왔다. 겨울에는 해가 늦게 뜨는 것을 생각하면 제법 늦게 일어난 것이다.

뽀드득, 뽀드득.

동굴 입구까지 쌓인 눈에 진한 발자국이 찍히면서 상큼한 소리가 울렸다.

"응?"

환우의 눈에 사람의 허리까지 쌓인 눈덩이가 보였다. 분명 전날 치호가 무릎을 꿇고 앉아 있던 자리였다.

환우가 손을 한 번 휘저었다. 환우의 기운이 실린 손바람에 눈이 흩날렸다. 눈이 날리고 남은 자리에는 입술이 파랗게 변하고 얼굴이 하얗게 질린 치호가 정신을 잃은 채 무릎을 꿇고 앉아 있었다.

그 모습에 환우의 얼굴에 주름이 생겼다.

"쯧쯧쯧."

혀를 차는 환우. 더 이상 가만히 내버려 둔다면 곧 얼어 죽

을 것이다. 자신이 내쳤지만 그래도 개방의 방주가 자신에게
맡긴 개방의 후개다. 이런 곳에서 얼어 죽어버린다면 환우로
서도 상당히 곤란했다.

환우는 치호에게로 다가가 안아 들었다. 정신을 잃고 몸이
축 늘어져 제법 무거웠다. 환우는 다시 동굴로 들어가 짚단
위에 치호를 눕혔다. 그리고 치호의 옷을 모두 벗긴 후 제갈
우에게서 받아온 모포를 덮어주었다.

"이번에는 여기 두지."

옷을 벗기며 떨어진 돈주머니를 치호의 머리맡에 둔 환우
는 동굴을 벗어나 마른 나뭇가지들을 한 아름 구해와 불을 지
폈다.

조금 있으면 동굴 안에 훈훈한 기운이 감돌 것이다.

"뭐, 이 정도면 죽지는 않겠지."

환우는 몸을 돌려 전날 수련하던 곳으로 향했다.

어제 앉아 있던 바위 역시 새하얀 눈옷을 입고 있었다.

환우는 개의치 않고 눈이 쌓인 바위 위에 올라가 가부좌를
틀고 앉았다. 옷이 눈에 젖어들며 차가운 기운이 올라왔다.
하지만 그 기운이 오히려 시원하게 느껴지는 환우였다.

환우는 두 눈을 감았다. 그리고 망아 대사에게 배운 것들을
다시 한 번 되새겼다.

머릿속을 스쳐 지나가는 망아 대사의 한마디 한마디가 환
우의 가슴 깊이 아로새겨졌다. 어느 것 하나 소홀히 할 수 없

는 말들이었다.

‘의지란 그것만으로 강한 힘이다.’

전날 가슴에 던져진 화두에 대해 환우는 고민하고 또 고민했다.

용아를 고분고분하게 만드는 단서가 왠지 그 말속에 담겨 있는 것만 같았다.

‘분명히 의지는 힘이야.’

환우가 두 눈을 떴다. 그리고 하얀 눈이 쌓여 앙상함을 감춘 나뭇가지를 쳐다보았다.

빠직.

환우가 쳐다보자 나뭇가지가 부러졌다.

“나는 저 나뭇가지가 부러지기를 바라는 의지를 보였고, 그 힘에 나뭇가지는 부러졌어.”

환우의 중얼거림. 이것은 아주 기초적인 것이었다. 천뢰무위공 중 용아천뢰검을 사용하기 위한 벽천뇌검공(碧天雷劍功)을 익히기 위한 첫 단계가 의지로 나뭇가지를 부러뜨리는 것이다.

벽천뇌검공은 결국 의지로써 용아천뢰검을 움직이는 검공이었다.

“의지가 힘이란 것은 결국은 이것과 같다는 건데… 큰 스님의 말씀에는 이것과 다른 무언가가 있는 것 같으니…….”

환우는 다시 고민에 휩싸였다.

자신이 아는 의지는 곧 힘이라는 것과 망아 대사가 말한 의
지는 곧 커다란 힘이라는 것은 전혀 다른 의미인 것만 같았
다.

"뭘까?"

환우는 품에서 두 자루의 용아천뢰검을 꺼내서 내려다보
면서 중얼거렸다.

용아와 애자.

둘은 새하얀 검신을 날카롭게 빛내고 있었다.

"응?"

그때 환우는 무언가 이질적인 기운을 느꼈다. 기운의 진원
지는 용아였다. 또 그 비슷한 기운이 애자에게서도 흘러나오
고 있었다.

그간 품에만 두고 꺼내본 적은 드물었다. 벽천뇌검공을 쓸
때나 사용한 정도다.

그러고 보니 그토록 가지고 싶어하면서도 정작 관리에는
소홀했다는 생각이 들었다. 늘 소중하게 품에 품고 있었지만
제대로 꺼내서 살펴본 적이 손가락으로 꼽을 정도였으니.

품에 있을 때는 느낄 수 없던 기운이 지금 펼쳐서 지켜보니
두 자루의 검에서 천천히 흘러나오고 있었다.

신기했다.

일개 금속 조각에 지나지 않는 검이 스스로 기운을 내뿜는
다니.

용아천뢰검은 뇌룡의 이빨로 만들었기에 스스로 뇌기를 품고 있으며 또한 주변의 자연지기를 끌어 모으는 효능이 있다는 것은 알고 있었다. 하지만 이렇게 스스로 기운을 방출하는 것에 대해서는 들은 바가 없었다.

"어떻게 된 걸까?"

환우는 용아와 애자를 번갈아 보면서 다시 고민에 빠졌다.

"의지는 커다란 힘이다. 그리고 힘은 곧 기운이고……."

환우는 머릿속에 희미하게 떠오르는 것들을 중얼거렸다. 가만히 머릿속에서 생각하는 것보다는 고민이 있을 때 이렇게 중얼거리는 것이 환우의 버릇이었다.

차분한 명상과는 또 다른 환우만의 방법이었다.

두 가지 모두 환우에게 있어 상당한 효과를 지난 방법들이었다.

"의지는 힘이지… 의지는 힘이야… 그러면…… 힘은?"

그때 환우의 머리를 스치고 지나가는 생각.

"의지는 힘으로 바뀔 수 있다. 그렇다면 힘은 의지로 바뀔 수 없는 것일까?"

의지라는 것은 사고(思考)를 할 수 있는 존재가 가지는 어떤 일을 하고자 하는 굳은 마음이다. 그 마음이 힘으로 바뀌는 것이다.

그렇다면 힘이란 무엇인가?

그저 세상에 존재하는 무언가를 바꿀 수 있는 능력이 힘이다. 가만히 있는 돌이 굴러가거나 나무에 매달린 사과가 떨어진다거나 호랑이가 빠른 속도로 달린다거나 하는 것들이 힘인 것이다.

힘이란 사고를 하지 못하는 존재에도 있다. 길바닥을 구르는 한낱 돌멩이도 힘을 가질 수 있는 것이다. 하지만 그것은 살아 있지 않다. 죽은 것이고 자아가 없으며 당연히 사고도 하지 못한다.

의지란 자아를 가진 존재가 스스로 생각함으로써 나오는 것이다.

그렇기에 의지는 힘이 될 수 있는 것이다.

하지만 힘은 그렇지 않다. 단순히 무언가를 바꿀 수 있는 능력이 있다고 하여 그것이 의지가 되지 않는다.

자아가 없기 때문이다. 사고를 할 수 없기 때문이다.

"그래, 의지는 힘이 될 수 있지만 힘은 의지가 될 수 없지."

환우는 순간 머리를 스쳐 간 영감을 고개를 저으며 부정했다.

그때 용아가 가늘게 떨렸다.

그 어떠한 외력이 없었음에도 스스로 떨었다.

그것을 느끼지 못할 환우가 아니다.

"응?"

환우의 시선이 용아를 향했다.

용아는 여전히 떨고 있었다. 아니, 이제는 애자도 떨고 있다. 과연 무엇이 이것들을 떨게 만든 것일까?

두 자루의 단검에서 흘러나오는 기운이 조금 전보다 강해져 있는 것을 느낄 수 있었다.

"뭐지?"

환우는 두 단검의 변화를 유심히 살폈다.

지금 용아와 애자는 스스로 떨고 있었다. 어떠한 힘이 가해지지 않았음에도 스스로의 힘으로 스스로에게 변화를 주고 있었다. 단순히 검에서 기운이 흘러나오는 것과는 달랐다.

"힘도 의지가 될 수 있다는 것인가……."

벼락처럼 머리에 꽂히는 생각에 환우는 멍하니 중얼거렸다. 용아와 애자가 그 말에 만족을 했음인가? 떨림이 서서히 멎었다.

환우는 믿을 수 없다는 눈으로 두 자루의 단검을 내려다보았다.

"의지라… 힘이 곧 의지가 된다라……. 결국은 그 말씀이었는가? 용아 역시 의지를 지니고 있다. 의지에 기운을 실으라는 것은 나의 의지에 기운을 실으라는 것이 아니라 용아의 의지에 기운을 실으라는 뜻인가. 그리고 기운 역시 의지가 될 수 있으니 결국은 용아의 의지에 나의 의지를 더하라는 것이로군."

환우는 나름대로 망아 대사의 말을 그렇게 해석했다. 그렇게 받아들이자 머릿속이 환해지면서 앞으로 해야 할 일이 보이는 듯했다.

어떻게 수련을 해야 하는지 정했으니 망설일 것은 없었다.

환우는 애자를 품속에 넣고 일단 용아만을 꺼낸 채 두 눈을 감고 용아의 의지를 느끼는 것에 집중했다. 용아의 의지에 자신의 의지를 더하려면 일단 용아의 의지를 느끼는 것이 먼저였다.

第四章 더러운 기분

「사람이 아니야… 사람일 리 없어. 그래, 동방의 하늘에서 내려온 천신(天神)일 거야. 틀림없어.」

해동에서 온 백의의 사내. 한 번의 손짓에 열 개의 벼락이 떨어지고, 마교의 협사는 그 앞에 침묵한다. 열 개의 벼락을 중원에 남겨두고 홀연히 떠났다.

그리고 오십 년 후. 다시금 중원이 어지러워지려 할 때 그의 후예가 중원으로 향한다.

푸른 하늘에 열 개의 벼락이 다시 떨어지는 순간 천하는 그 앞에서 무릎 꿇으리라.

"으음……."

　모닥불 곁에서 정신을 잃고 누워 있던 치호의 입에서 신음 소리가 새어 나왔다. 새파랗게 질렸던 입술도 이제는 붉은 기운이 감돌고 혈색도 어느 정도 돌아와 있었다.

　체온이 정상으로 돌아온 덕일까? 이제는 정신이 드는지 치호의 몸이 꿈틀꿈틀 움직였다.

　치호가 서서히 눈을 떴다.

　"여긴……."

　아직 초점이 잡히지 않는지 치호는 눈을 몇 번 깜빡였다. 그사이 등으로 느껴지는 푹신한 감촉이 무척이나 좋았다. 아니, 그것보다도 자신이 있는 공간 전체를 감싸고 있는 훈훈한 기운이 좋았다.

온몸을 둘러싸던 눈의 그 지독하게도 차가운 기운은 다시는 생각하고 싶지 않았다.

세상을 아름답게 물들이는 눈이지만 치호에게만은 아니었다. 온몸을 하얗게 감싼 후 자신의 몸속으로 흘러들어 오는 그 냉기란 참으로 끔찍했다.

그 경험 덕에 치호는 이 공간을 채우고 있는 훈기가 얼마나 고마운지 몰랐다.

천장의 울퉁불퉁한 돌벽이 눈에 들어왔다.

이곳에서 이렇게 눈을 뜨는 것은 두 번째였다. 치호는 이번에는 이곳이 어딘지 바로 알 수 있었다.

바로 환우가 머무는 동굴이었다.

"사숙……."

분명 사숙이 자신을 이곳에 데려다 놓은 것이리라.

눈에서 눈물이 핑 돌았다.

환우로서는 그저 죽게 할 수 없어 놔둔 것뿐이었지만 치호는 그 뜻을 확대해서 받아들였다.

"끙."

신음 소리와 함께 치호가 몸을 일으켰다.

상체가 들리자 치호의 몸을 덮고 있던 모포가 스스르 흘러내렸다.

"엇?"

실오라기 하나 걸치지 않은 나신이라는 사실을 그제야 알아차렸다.

자신이 아무것도 걸치지 않은 채 있다는 것을 알아차리자마자 치호는 황급히 주변을 살폈다. 자신의 옷을 찾기 위함이다. 아니, 정확히는 품 안에 있던 주머니를 찾기 위함이다. 치호는 자신이 찾으려던 것을 금세 찾을 수 있었다. 바로 머리맡에 주머니가 놓여 있었던 것이다.

치호는 멍하니 그 주머니를 바라보았다.

"후우. 도대체 나란 놈은……."

스스로를 자책하는 얼굴로 머리를 저었다.

자신이 도대체 왜 동굴 밖에서 무릎을 꿇고 앉아 용서를 구하고 있었던가. 모두 저 주머니 때문이었다. 그런데 이번에도 주머니를 먼저 찾게 되다니. 주머니 안의 개방의 매듭이 치호에게는 정말로 세상에서 가장 소중한 것이기는 하나 결국은 한낱 물건이다.

설사 그것을 잃는다 하더라도 장치호는 장치호였다. 왜 그것을 깨닫지 못해서 사숙에게 그런 무례를 저지른 것일까? 사숙이 자신을 내쳐도 도무지 할 말이 없는 치호다.

동굴 한쪽에 있는 옷을 걸치고 치호는 동굴 밖으로 나섰다. 여전히 공기는 차가웠고, 냉기는 치호의 몸에 침습하려 했다.

아직 완전히 해소되지 않고 몸 안에 남은 냉기의 영향인지 치호는 몸이 으슬으슬 떨리는 것을 느꼈다. 이곳에 오는 동안 혹사당한 몸을 채 추스르기도 전에 냉기의 침습을 받았기에 지금 치호의 상태는 그야말로 엉망이었다.

동굴 밖으로 나온 치호는 쉬이 사숙의 흔적을 찾을 수 있었다. 수북이 쌓인 눈이 환우가 어디로 갔는지 발자국으로 말해 주고 있었다.

절정에 이른 고수는 눈 위를 걸을 때도 발자국을 남기지 않는다고 하지만 환우는 일상생활에서 그런 식으로 무공을 사용하는 것을 쓸데없는 낭비로 치부했다.

그랬기에 깊게 파인 발자국이 숲 속으로 쭈욱 이어져 있었다.

치호는 발자국을 따라 걸었다.

한 줄의 발자국 옆에 또 한 줄의 발자국이 새겨졌다.

얼마 걷지 않아 사숙을 발견할 수 있었다.

눈이 쌓인 커다랗고 평편한 바위 위에 앉은 사숙의 모습이 보였다. 무언가를 뚫어지게 바라보고 있었다. 그 뒷모습은 감히 범접할 수 없는 어떤 기운을 뿜어내고 있었다. 치호는 가만히 그 모습을 지켜보고 있었다. 여기서는 자신이 나서서는 안 될 것 같았다.

그렇게 사숙의 모습을 확인한 치호는 다시 동굴로 돌아왔다. 그리고 다시 동굴 앞에 무릎을 꿇었다. 조금 전 본 사숙의 뒷모습에서 알 수 있었다. 사숙은 아직 자신을 용서한 게 아니다. 그렇다면 마음 편히 있을 때가 아니었다. 설혹 얼어 죽는 한이 있어도 무릎을 꿇고 있어야 했다.

다시금 바닥에 깔린 냉기가 스멀스멀 몸속으로 들어오기 시작한다. 그래도 좋았다. 무릎을 꿇은 채 치호는 가만히 눈을 감았다.

치호가 다녀간 사이에도 환우는 뚫어져라 용아만 바라보았다. 용아의 의지를 느끼려 했지만 도무지 느껴지지가 않았다.

그사이 누군가가 왔다 간 것은 느낄 수 있었지만 굳이 신경 쓰지 않았다. 왔다 간 이가 지나가는 나그네든 제갈초려의 제갈우든 동굴에 눕혀놓았던 치호이든 상관없었다.

지금 그런 것들은 환우와는 아무런 상관이 없는 것들이다. 환우는 오직 용아의 의지를 느끼는 것에만 모든 것을 집중했다.

시간이 얼마나 흘렀을까? 배고픔도 느껴지지 않았다. 환우가 잠시 용아에게서 눈을 떼었을 때는 이미 사방에 어둠이 깔린 후였다.

그렇게 또 하루가 지나갔다.

"오늘은 여기까지만 해야겠군."

환우는 바위에서 내려와 동굴로 향했다. 동굴로 돌아가는 길에 오늘은 아무런 산짐승이 보이지 않았다.

제갈우가 챙겨준 것 중 먹을 것은 쌀과 육포 정도가 전부였다. 밥은 있는데 반찬이 없었다. 그래서 산짐승이 보일 때면 사냥을 했던 것인데 오늘은 그냥 거르기로 했다. 하루 정도 육포로 저녁을 때운다고 큰일이 생기는 것도 아니었으니 말이다.

"응?"

동굴에 다다른 환우의 눈에 치호가 들어왔다. 언제 정신을 차린 것인지 다시 무릎을 꿇고 있었다. 계속해서 저런다면 분명 죽는다. 그건 분명하다. 아무리 내공을 가진 고수라고 해도 지금 치호의 몸 상태는 말이 아니었다. 그것은 환우도 잘 알고 있었다.

어쩔 수 없었다.

저놈의 고집은 환우 못지않았다. 이번에는 환우가 졌다. 치호가 죽게 놔둘 수 없는 환우의 입장이 그로 하여금 치호에게 지게 만든 것이다.

"일어나라."

하지만 입 밖으로 나온 목소리는 여전히 차가웠다.

치호는 일어나지 않았다.

환우의 눈썹이 꿈틀 움직였다. 시키는 대로 재빠르게 움직여도 미울 판에 자신의 말을 무시했으니 환우의 반응이 좋을 리 없었다.

"일어나라."

환우는 같은 말을 다시 한 번 반복했다. 환우로서는 무척이나 이례적인 일이다.

하지만 이번에도 아무런 반응이 없었다. 치호는 그저 두 눈을 감고 고개를 숙인 채 무릎을 꿇고 있을 뿐이다.

"스읍."

환우가 크게 숨을 들이켰다. 몸 밖으로 뻗쳐 나오는 화를 억제하기 위한 수단이다.

"일.어.나.라."

한자한자 끊어 뱉는 환우의 말속에는 상당한 분노가 자리하고 있었다.

이렇게까지 했는데도 일어나지 않는다면…

그렇다면 그것은 환우의 책임이 아니다. 그렇다. 그런 거다.

치호는 여전히 미동도 하지 않았다.

결국 환우의 얼굴은 분노로 가득 찼다.

"내 말이 말 같지가 않은 거냐?"

마지막 기회다. 정말로 마지막 기회다. 벌써 같은 말을 세 번씩이나 했다. 게다가 이번에는 이렇게 묻기까지 했다. 환우로서는 정말 많이 참은 것이다. 오늘 하루 자신의 인내심이 몇 배는 늘어난 것 같았다.

"아닙니다."

처음으로 치호의 입이 열렸다. 몸의 기력이 모두 쇠했을 텐데도 목소리는 또렷했다.

"그렇다면 일어나라."

자신이 같은 말을 네 번이나 반복하게 되다니, 도무지 믿을 수가 없었다. 짧은 인생이지만 지금껏 자신이 이런 적이 있었는가 곰곰이 돌아보아도 분명 처음이었다.

치호는 고개를 들어 눈을 뜨고 환우를 보았다.

그러나 일어나지는 않았다. 여전히 무릎을 꿇은 채다.

툭.

환우는 드디어 인내심이 끊어지는 것을 느꼈다. 얼마나 한계를 넘어서 참았는지 마치 무언가가 끊어지는 소리가 머리에서 울리는 듯한 느낌도 받았다.

퍽!

일단 인내심이 끊겨 버리자 발이 빨랐다. 환우의 발끝은 그대로 치호의 명치에 들어박혔다.

"큭. 쿨럭쿨럭."

뒤로 멀찍이 날아가 뒹구는 치호는 잠시간 호흡이 멎었다가 심하게 기침을 해댔다. 명치에 강한 충격을 받으면 나타나는 자연스러운 현상이다. 그래도 저런 반응만을 보인 것은 환우가 발에 내력을 싣지 않은 덕이다.

내력이 실린 발이었다면 아마도 죽었으리라.

"내 말이 말 같지 않느냐고 했을 때는 아니라더니 또 씹어? 네가 아주 죽으려고 환장을 했구나!"

분노에 가득한 말과 함께 환우의 양발이 움직였다.

퍽. 퍼퍼퍽. 퍼퍼퍼퍽. 퍼퍽.

요란한 소리와 함께 환우의 발이 치호의 전신을 골고루 두드리며 지나갔다. 참으로 현란한 발길질이다.

"저, 저는 일어날 수 없습니다."

그래도 치호의 몸 상태를 고려해서 환우가 사정을 봐주었는지 치호는 어렵게나마 말을 하고 있었다. 전날 맞을 때는 입도 제대로 움직이지 못했던 것을 생각하면 정말 많이 봐준 것이다.

"까고 있네. 일어나라면 일어나는 거지 못 일어나는 건 뭐야?"

같잖다는 듯 말을 하는 환우의 얼굴에는 짜증이 가득했다. 그 와중에도 환우는 발길질을 멈추지 않았다. 손을 쓰기도 귀찮다는 기색이다.

"저는 아직 용서받지 못했습니다. 그저 그냥 일어나라고 하신다면 그것은 저를 내치는 것은 변함없다는 말씀이지 않습니까? 그렇다면 저는 일어날 수 없습니다."

대단한 고집이다.

치호도 그렇게 심하게 맞는 와중에 할 말을 다 했다.

"뭐?"

환우의 움직임이 멈췄다.

그리고 치호를 내려다보았다. 치호도 그 시선을 마주 본다.

두 사람 사이에 침묵이 감돌았다.

"다시 한 번 말해봐."

낮은 목소리가 환우의 입에서 새어 나왔다.

"저를 다시 받아들여 주실 때까지 전 이러고 있을 겁니다."

치호는 환우의 눈을 똑바로 보고 말했다. 환우는 어이없다는 얼굴로 가만히 그런 치호를 내려다보았다.

"너는 내가 너를 다시 받아들여 줄 거라 생각하나?"

치호는 고개를 저었다.

"아니요."

한 치의 망설임도 없었다.

"알고 있으면서 왜 이러고 있어?"

환우의 얼굴에 짜증이 어린다. 정말로 환우는 치호를 다시 받아들일 마음은 추호도 없었다.

"그래도 용서를 받아야 하니까요."

"안 될 거 알고 있다면서?"

"불가능을 가능하게 해야 합니다."

똑 부러지는 대답이다.

"나참."

환우는 어이없다는 헛웃음을 흘렸다.

"사숙께서 용서를 해주시면 일어나는 것이고 용서를 못하신다면 전 계속 이러고 있을 겁니다."

"그러다가 죽는다."

"상관없습니다."

단호했다. 과연 이 녀석에게 이런 면이 있었나 하는 생각이
들 정도로 한 치의 흔들림도 없었다.

이제 난감한 것은 환우다.

용서 안 해주면 죽겠단다. 죽는 것 따위 두렵지 않다는 눈
이다. 이런 놈은 고생을 안 해봐서 죽음을 너무 우습게 안다.
정말로 죽을 고생을 해봐야 죽는다는 것이 얼마나 두렵고도
무서운 것이며 생명이라는 것이 얼마나 소중한 것인지 알게
된다.

"알았다. 굳이 자살하겠다는데 내가 말릴 이유는 없지."

그리고는 휑하니 몸을 돌리고 동굴 안으로 들어갔다.

갑자기 그렇게 단호하게 돌아서자 치호의 눈에는 당황이
스쳐 지나갔다.

치호 생각에도 자신이 죽으면 곤란한 것은 환우다. 개방 방
주가 직접 맡긴 후개가 자신 아니던가. 그런 자신이 환우 때
문에 죽으면 환우도 그 책임을 면키 어렵다. 상당히 난감한
입장에 처하게 되는 것이다.

치호가 이곳에 꿇어앉을 때 그런 계산이 아주 없었던 것은
아니다. 진심으로 뉘우치고 용서를 받아야 한다는 생각도 했
지만 그런 환우의 입장 때문에 자신을 용서할 수밖에 없을 거
라는 기대도 있었다.

한데 환우의 태도는 치호의 예상을 완전히 벗어났다.

게다가 '자살'이라고 말함으로써 환우는 치호의 죽음에는 아무런 책임도 없다는 뜻을 명확히 밝히고 사라졌다.

이렇게 되면 난감한 것은 치호였다. 정말로 이대로 이틀만 더 있으면 자신은 죽을지도 모른다. 현재 몸이 그 정도로 약해져 있었다.

그렇다고 용서받기 전에는 일어서지 않겠다고 했는데 개방 방도로서 그 말을 어기고 일어설 수도 없었다.

이럴 수도 없고 저럴 수도 없는 그야말로 난감한 상황이었다.

'이런 걸 사면초가(四面楚歌)라고 하는 건가?

조금 전까지 괜찮던 다리가 저려온다. 게다가 몸도 으슬으슬 떨리기 시작했다.

잊고 있었던 몸의 고됨이 서서히 그 모습을 드러내기 시작했다.

하지만 동굴 안에서는 아무런 기척도 없었다.

'제깟 놈이 어디서 대갈빡을 굴려. 감히 죽겠다고 나를 협박해? 하는 꼴 봐서 적당히 봐주려고 했더니 아주 괘씸해. 그래, 어디 한번 죽어봐라.'

짚단에 누운 환우는 동굴 벽을 바라보고 있었다.

환우의 눈에는 치호가 어디에 기대는지가 뻔히 보였다. 원래 용서할 생각은 없었다. 하지만 오늘 아침 눈에 싸인 그 모습을 보고 마음이 아주 약간 움직였다. 그래서 앞으로 하는 행동을 보고 진정 뉘우치는 기색이 있으면 용서해 줄 수도 있지 않을까 생각을 했다.

그런데 자신의 목숨을 담보로 협박을 하다니.

치호가 죽으면 환우가 곤란해지는 건 사실이다. 귀찮은 것은 질색인 환우이기에 그런 곤란한 상황은 피하고 싶은 것이 솔직한 심정이었다.

'네가 얼마나 통뼈인지 한번 보자. 그래, 버틸 때까지 버텨서 살면 사는 거고… 죽으면? 그깟 개방이 대수냐? 한판 뜨면 되지. 어차피 나는 싫다는데 억지로 맡긴 거잖아.'

하지만 이제는 기꺼이 그런 귀찮음도 감수할 마음이 생겼다.

결국 치호는 스스로를 옭아매는 자충수를 둔 것이다.

그렇게 밤이 깊어갔다.

이틀이 흘렀다.

여전히 치호는 무릎을 꿇고 있었다.

이제는 눈이 스르르 감긴다. 눈이 감길라 치면 치호는 얼른 머리를 흔들며 정신을 차렸다.

내공도, 기력도, 체력도 모두 바닥난 상태다.

이제 치호는 자신이 왜 여기서 이러고 있어야 하는지도 의문이었다. 대체 자신이 꼭 사숙에게 용서를 받아 사숙과 함께 있어야 하는 이유조차도 의문이었다.

극심한 고통은 자신이 하는 일에 대한 당위성에 계속해서 의문을 던졌고, 그런 의문에 대한 답은 나오지 않았다.

조금씩 지금의 자신에게 회의가 들었다.

치호가 그러든 말든 환우는 오늘도 아침 일찍 자신의 수련 장소를 찾았다.

그야말로 치호에 대해서는 무관심으로 일관했다.

“후우. 아직도 의지가 느껴지지 않으니…….”

실마리를 찾았을 때는 이제 다 이룬 것 같은 기분이었으나 그리 쉬운 일이 아니었다. 아무리 정신을 집중해도 용아의 의지를 느낄 수가 없었다.

오늘로 사흘째다. 하지만 용아는 용아일 뿐이다. 여전히 검에서 기운은 흘러나오지만 의지라는 것은 씨알도 없었다.

“쳇. 네놈이 정말 의지를 가지고 있기는 한 거냐?”

우우웅.

너무 막막해서 무심코 던진 말에 용아가 검신을 떨었다.

“얼씨구? 그런 존심은 있구나? 그러면서 왜 나에게는 의지를 안 보여주는 거야?”

자신의 말에 반응을 하는 것에 환우는 더 어처구니가 없었다. 분명 스스로의 의지를 지니고 있음을 명확히 보여주면서 왜 의지 그 자체는 보여주지 않는 걸까? 답답해졌다.

그렇게 시간은 흘렀다.

환우는 용아의 의지를 느끼려 노력했고 용아는 계속해서 그 의지를 감췄다.

"응?"

순간 환우는 가슴에서 떨림을 느꼈다. 용아는 가만히 있었으나 품속의 애자가 갑자기 떨기 시작한 것이다.

"왜 그러지?"

환우는 품에서 애자를 꺼냈다.

우우우웅.

그러자 떨림이 더 커졌다.

갑작스러운 떨림에 알 수 없다는 듯 환우는 고개를 갸웃거렸다. 하지만 그런 행동은 오래가지 않았다. 서서히 환우의 얼굴이 굳어들었다.

"누군가가 온다, 상당히 많이."

환우는 낮게 중얼거렸다.

수십의 사람들이 자신을 중심으로 둥글게 둘러싼 채 서서히 거리를 좁혀오고 있었다.

은밀한 움직임이다. 평소라면 조금 더 후에 그 기척을 느꼈을 것이다. 하지만 이번에는 애자 때문에 더 빨리 기이한 이들의 접근을 알아차릴 수 있었다.

기척들이 가까워질수록 애자의 떨림은 서서히 멎어갔다. 대신 강렬한 기운이 뿜어져 나왔다.

“대체 이건?”

환우는 애자의 이해할 수 없는 변화에 고개를 갸웃거렸으나 더 이상 생각할 시간은 없었다.

자신을 향한 명확한 살기.

사방에서 자신을 에워싸고 있었다.

환우의 주변으로 기운이 고요히 가라앉았다. 환우는 용아와 애자를 품에 넣고 열 자루의 벽고목검을 꺼냈다. 순간 살기가 씻은 듯 사라졌다.

그리고 기척은 더욱 은밀해졌다.

환우가 온 정신을 집중해야만 희미하게 움직임을 느낄 수 있을 정도로.

'전문적으로 살기와 기척을 지우도록 훈련을 받은 녀석들이다. 이 녀석들이 그 살수(殺手)라는 놈들인가? 그런데 갑자기 왜 나에게?

환우는 자신을 향해 느껴진 살기에 의문을 가졌다. 비록 천방지축으로 날뛰었다고는 하나 이렇게 살수가 자신을 찾아올 정도로 원한을 진 기억은 없었다.

일단 자신의 목숨을 노리는 자들을 가만히 둘 순 없었다. 배후를 알아내는 것은 저들을 처리한 후의 일이다.

환우의 몸이 순식간에 사라졌다.

환우도 살수들과 마찬가지로 숲의 나무 속으로 사라진 것이다.

수십의 사람이 둘러싸고 있는 공간이라고는 믿어지지 않는 고요가 사방을 지배했다.

폭풍 전야의 고요다.

서로가 서로를 향한 살기를 가슴에 품은 지금 이러한 고요는 그저 겉으로 드러난 허상일 뿐인 것이다.

"큭."

낮은 신음과 함께 새하얀 옷에 역시 하얀 복면을 한 이가 풀썩 떨어졌다. 왼쪽 가슴에서 붉은 피가 뿜어져 나왔다. 단번에 심장을 꿰뚫렸다.

순간 거대한 동요가 그곳을 지배했다. 살수들은 설마 이렇게 쉽게 자신들의 위치가 파악될 줄은 몰랐던 것이다. 목표에게 공격에 대한 경고로 단 한 번 강하게 살기를 뿜어낸 것이 자신들을 드러낸 유일한 행동이었다.

그런데 이렇게 빨리, 더군다나 자신들은 목표의 흔적을 잡지도 못한 상태에서 선공을 당하다니. 아무리 그들이라도 동요하지 않을 수 없었다.

하지만 동요는 금세 가라앉았다. 그들은 노련한 전문가다. 의외의 사태에 동요할 수는 있지만 그렇다고 임무에 대한 냉정함을 잃지는 않는다.

'어떻게 이렇게 간단히⋯⋯.'

적마대장 구양병은 도무지 알 수가 없었다. 어찌 그토록 간단히 자신들을 찾아냈을까? 다른 대원들은 몰라도 자신은 대

장이다. 빨리 상대의 실력에 대한 파악을 마쳐야 적절히 작전
을 변경해 명령을 내릴 수 있다. 지금과 같은 상황은 전혀 작
전에는 없는 것이었다.

“큭.”

그사이 또 한 명이 쓰러졌다.

하지만 여전히 기척을 느낄 수가 없었다.

‘대체…….’

구양병의 미간에 주름이 졌다.

그들로서는 절대로 알 수가 없었다. 환우가 익힌 무공은 그
들이 익힌 무공과는 전혀 그 궤를 달리한다는 것을 말이다.

환우가 익힌 천뢰무위공은 주변의 기운을 흡수하여 다시
주변으로 뿜어내는 공부다. 주변의 기운을 몸에 저장했다가
사용하는 중원의 무공과는 그 뿌리가 다르다.

즉각 주변의 기운을 몸 안으로 끌어들여 다시 몸 밖으로 뿜
어내기에 환우는 기운에 대해 대단히 민감하다. 더군다나 지
금은 천뢰무위공을 운용하고 있는 상태. 아무리 살수가 기척
과 기운을 감추는 데 뛰어나다 하지만 천뢰무위공을 운용한
이상 환우는 개미가 다리 하나 움직이는 것에 의한 기운의 변
화까지 감지할 수 있었다.

즉, 지금 환우는 자신을 습격하려는 적마대원 구십팔 명의
일거수일투족을 속속들이 알고 있는 것이다.

“켁.”

그사이 또 한 명이 쓰러졌다.

이제는 인정할 수밖에 없었다.

기척을 지우고 숨어 상대를 기습하는 것은 상대가 자신들보다 몇 수나 위다.

마교 내 최고의 살수 집단이라는 자부심이 이곳에서 여지없이 무너졌다.

하지만 자부심도 중요했지만 임부의 완수가 더 중요했다. 이렇게 숨어서는 답이 안 나온다.

암습의 경우 상대방에게 생각지도 못한 의외의 공격을 할 수 있다는 장점이 있지만 반대로 움직임이 자유롭지 못하다는 단점 역시 가지고 있었다.

더군다나 지금처럼 상대는 기척을 지우고 자유로이 이동이 가능하면서 자신들의 위치를 쉬이 잡아낼 때와 같은 경우는 그저 죽여달라고 손 놓고 기다리는 것 이상도 아니었다.

구양병은 결단을 내렸다.

"전원 모습을 드러내고 공격한다. 목표는 저 바위 위."

일단 자신들이 모습을 드러내면 상대도 모습을 드러낼 수밖에 없었다. 이미 세 명이 죽었지만 아직 남은 인원은 구십칠 명이다. 살수가 정면 대결에는 약하다고 하지만 자신들은 마교의 적마대다. 설마 새파랗게 젊은 애송이 하나를 상대하지 못할 거란 생각은 전혀 하지 않았다.

전음으로 전해진 구양병의 명령에 순식간에 하얀 옷을 입은 이들이 환우가 수련을 하던 바위를 둘러싸며 나타났다.

적마대원들은 신중히 주변을 살폈다. 자신들의 목표는 아직도 모습을 드러내지 않고 있었다.

눈에 반사된 햇빛을 받은 아흔일곱 개의 검날이 날카롭게 번득였다.

사방을 경계하는 적마대원들의 얼굴에는 긴장이 감돌았다. 긴장과 함께하는 적막. 하지만 환우는 모습을 드러내지 않았다.

그렇게 대치한 채로 잠시의 시간이 흘렀다.

아무리 경계를 하고 있어도 상대가 등장하지 않자 긴장이 풀리려고 했다.

"모두 경계를 강화한다."

그런 기색을 느낀 구양병은 사전에 그런 행동을 차단했다. 대장다운 관찰력과 명령이었다.

구양병은 눈을 날카롭게 번득이며 주변을 살폈다.

그때.

쐬액~!

바람을 가르는 소리와 함께 무언가가 날아왔다.

소리가 귀에 들린 순간 이미 그것은 열 명의 적마대원 몸에 틀어박혔다.

"큭."

"컥."

"헉."

곳곳에서 짧은 신음 소리가 터져 나왔다.

그것은 나무로 만들어진 짧은 단검이었다. 하지만 모두 다 적마대원의 왼쪽 가슴 깊숙이 박혀 있어서 검병만이 가슴 위로 드러나 보일 뿐이었다.

"대체……."

어이가 없다는 듯 허망한 목소리가 어느 대원의 입에서 새어 나왔다.

"나에게는 무슨 볼일이지?"

그때 아름드리 나무 위에서 낭랑한 목소리가 들렸다. 모두의 시선은 목소리가 들린 곳으로 향했다. 굵지 않은 나뭇가지 위에 환우가 여유로운 모습으로 뒷짐을 지고 서 있었다.

분명 조금 전까지 그곳에는 아무도 없었다. 그것은 구양병이 똑똑히 확인했다. 바로 자신이 지켜보던 곳이 아니던가.

그런데 갑자기 단검이 날아와 시선을 돌린 사이에 저렇게 나타나 있었다.

보통 고수가 아니었다.

'귀연수 네 이놈… 어렵지 않을 거라 하더니 우리를 사지로 몰아넣었구나.'

구양병이 입술을 깨물었다.

"자네가 신환우인가?"

어쨌든 임무는 수행해야 했다. 구양병의 입에서 차가운 목소리가 흘러나왔다. 하지만 그의 목소리에는 긴장한 기색이 역력했다.

"분명 내가 신환우인 것은 맞지. 한데 나에게 무슨 볼일이 지? 그렇게 강렬한 살기를 뿜으면서 다가오다니 말이야. 나 는 두 번 말하는 걸 싫어해. 이번이 처음이라 넓은 마음으로 이해하고 넘어가 주는 것이니 빨리 대답하는 것이 좋을 거 야."

환우의 입가에 차가운 미소가 맺혔다. 지금 환우의 몸 주위 는 진득한 살기가 자리해 있었다.

"우리는 네가 가진 두 자루의 단검을 가지러 왔다."

"단검?"

"그렇다. 네가 가진 두 자루의 뇌룡아. 그것만 넘긴다면 곱 게 물러나 주겠다."

구양병이 말했다.

'이런 상대를 상황을 보아가면서 죽일 수 있으면 죽이라 고? 훗. 과연 뇌룡아라는 것을 찾아갈 수나 있을지 모르겠구 나. 귀연수… 네가 사람 보는 눈이 없구나. 마제갈이라는 별 호가 아깝다.'

구양병의 표정과 속마음은 전혀 달랐다. 머릿수에서 오던 자신감은 순식간에 사라졌다. 어디서 날아오는지도 모르는 단검에 열 명이 명을 달리하는 것은 그야말로 눈 깜짝할 사이 였다.

“뇌룡아? 그게 뭐지?”

환우는 처음 듣는 이름이다. 뇌룡아라니, 대체 그것이 무엇이란 말인가.

“모른단 말이냐? 네가 던진 목단검과 비슷한 두 자루의 단검이다.”

재차 이어진 구양병의 말에 환우는 그가 말하는 뇌룡아라는 단검이 용아천뢰검임을 쉬이 짐작할 수 있었다.

“이것 말인가?”

환우의 품에서 잠시 용아와 애자가 모습을 드러냈다가 다시 숨었다.

“그래, 그것.”

구양병의 짧은 대답에 환우의 얼굴에 비웃음이 어렸다.

“이것을 노리는 것을 보니 그 가치는 알고 있겠군. 그렇다면 내가 순순히 이것을 내줄 것이라 생각하나?”

“훗. 말로 안 되면 힘으로 가질 뿐.”

구양병의 대답에 환우의 입가에 걸린 비웃음은 더욱 진해졌다.

“큭. 힘으로? 지금 네 녀석들의 한심한 꼬라지를 보고도 그런 말이 나오냐? 누가 누구를 힘으로 어찌한다는 거지?”

환우의 말에 구양병의 꽉 쥔 주먹이 부르르 떨렸다. 하지만 감히 어떤 반응을 보이지는 못했다. 환우의 말이 사실임을 그도 잘 알고 있었다.

‘오늘은 오직 흉(凶)밖에 보이지 않는구나.’

마교의 전투 부대 중 한 곳인 사마단의 적마대 대장을 맡은 후 벌써 수년이 지났다. 그 수년의 세월 동안 단 한 번도 느껴보지 못한 불길함이 오늘 구양병의 전신을 감싸고 있었다.

“알량한 실력을 너무 믿지 마라. 네놈은 하나고 우리는 수십이다.”

구양병은 쉬이 흥분하지 않고 침착을 유지한 채 말했다. 어차피 현재 불리한 쪽은 자신들이었다.

“글쎄. 벌써 저승으로 간 녀석들이 십수 명은 될 듯한데?”

사실이다. 정말 십수 명의 대원들이 목숨을 잃는 데 잠시의 시간이 걸렸을 뿐이다.

“그런데 뇌룡아라니? 내가 가진 이것은 다른 이름인데… 네놈들 어디서 나왔냐?”

환우의 눈이 빛났다.

지금 중요한 것은 이 녀석들을 처리하는 것이 아니라 그 배후를 캐는 것이다. 잘 훈련된 살수들이 이 정도의 규모로 움직인다면 분명 그 뒤에는 거대한 힘을 가진 배후가 있는 법이다.

“네놈이 알 것 없다. 네놈은 그저 그 뇌룡아만 넘기고 조용히 사라지면 된다.”

씨알도 안 먹힐 소리라는 것을 알면서도 구양병은 그 말을 할 수밖에 없었다. 그것이 대장이었다.

"어디 자신있으면 힘으로 가져가 봐."

그 말이 신호였을까? 구양병이 별도의 명령을 내리지 않았음에도 순식간에 열 명의 대원이 환우를 향해 몸을 날렸다.

"훗."

그 모습에 환우는 천천히 양손을 움직였다.

그 순간, 열 명의 적마대원의 가슴에 박혀 있던 벽조목검이 쑤욱 빠져서는 환우를 향해 몸을 날린 적마대원들의 등을 향해 날아갔다.

푹.

열 자루의 단검이 박혔음에도 울린 소리는 단 한 번이다.

허무했다.

목표의 근처에 가보지도 못하고 이렇게 어이없이 당하다니.

그들의 눈은 그렇게 말하고 있었다.

그런 그들의 죽음과는 상관없이 구양병은 두 눈을 부릅떴다. 지금 있을 수 없는 일이, 믿을 수 없는 일이 그의 눈앞에서 벌어졌다.

"허공섭물? 아니야. 절대로 허공섭물로는 저런 위력이 나오지 않아……. 그렇다면… 설마……."

구양병은 믿을 수 없다는 듯 중얼거렸다. 그러나 더 이상 감히 자신의 생각을 입 밖으로 내뱉지 못했다. 그랬다가는 그 생각이 현실이 될 것만 같은 두려움 때문이다.

"이기어검… 이기어검이다……."

구양병이 억지로 삼킨 그 말. 그 말이 다른 누군가의 입에서 흘러나왔다. 그 결과는 컸다. 두려움이라는 것이 살아남은 대원들의 얼굴에 급속히 번져 갔다.

'젠장.'

이럴 줄 알았다. 그래서 구양병은 그 말을 억지로 삼킨 것이다.

"모두 쳐라!"

어쩔 수 없었다. 마교에서 임무의 실패는 곧 죽음. 결국은 죽음이다. 그렇다면 실낱같은 가능성이라도 임무를 성공시키기 위해 모든 것을 던져야 했다.

그것은 대원들 모두 알고 있었다.

그랬기에 구양병의 명령에 두려움을 떨치고 검을 곧추세워 환우를 향해 달려들었다.

그야말로 불 속으로 날아드는 부나방과 같은 모습이었다. 환우의 얼굴에는 다시 한 번 웃음이 스쳐 지나갔다. 살기 가득한 그 웃음에서는 비릿한 피 내음마저 느껴졌다.

환우의 양손이 다시 춤을 춘다.

거기에 맞춰 열 자루의 벽조목검도 춤을 춘다. 열 자루의 벽조목검은 화려한 춤을 추며 환우를 향해 달려드는 살수들에게로 날아갔다.

하지만 이미 한 번 본 덕일까? 쉬이 당하지는 않았다. 자신들이 아는 모든 무공을 총동원해 벽조목검을 막거나 피했다. 하지만 그것도 오래가지는 않았다. 하나둘 환우의 검에 당해 쓰러졌다.

쉬지 않고 달려들었다. 오직 그것만이 살길인 양 적마대원들은 그렇게 환우를 공격해 왔다.

환우 역시 무아지경에 빠진 듯 손을 움직였다. 그 손의 움직임에 따라 환우의 의지가 벽조목검을 움직였다. 손의 움직임은 의지력의 전달을 좀 더 구체화하여 쉽게 하기 위한 수단일 뿐이었다.

의지에 따라 움직이는 검은 멋지게 적마대원 사이를 헤집고 다니면서 유린했다.

구양병은 그 모습에 입술을 피가 나도록 꽉 깨물었다. 그 자신은 피가 나고 있다는 것도 모르는 듯했다.

하나둘 쓰러지는 수하들의 모습에 결국 그도 검을 들고 환우를 향해 달려들었다.

과연 대장인지라 벽조목검에 쉬이 당하지 않았다. 아니, 오히려 위험에 처한 대원들을 도와주면서 조금씩 환우를 향해 다가오고 있었다.

그가 검을 뽑아 든 순간부터 쓰러지는 적마대원의 수가 급격히 줄었다.

환우의 얼굴에 의외라는 표정이 어렸다. 저들의 대장으로 보이는 자의 실력이 예상외로 제법이었던 것이다.

“제법인데.”

큰 칭찬이다. 환우가 인정을 한 것이다.

“응?”

그때 환우는 무언가를 느꼈다. 그것의 진원지는 자신의 적들이 아니었다.

가슴이었다. 품에서 무언가가 느껴졌다. 익숙하지만 무언가 이질적인 어떤 것. 기운이라 칭하기에는 그 느낌의 형체가 너무 공허했다.

환우는 그것을 꺼냈다.

애자였다.

보일 듯 말 듯, 느껴질 듯 말 듯 몸을 가늘게 떨고 있는 애자에게서 거대한 기운이 뿜어져 나오는 듯했다. 하지만 환우에게 느껴지는 기운은 없었다.

“이것은?”

적마대원들이 살기를 풀풀 날리며 자신을 향해 달려드는 이때 환우는 두 손을 멈췄다. 그와 동시에 벽조목검들도 힘없이 땅에 떨어졌다.

손을 멈춤과 동시에 환우의 의지도 멈췄기 때문이다. 지금 환우의 의지는 모두 애자에 집중되어 있었다.

전투 도중에 느껴진 애자의 급격한 변화.

지금 환우에게는 그것이 더 중요했다. 어쩌면 자신이 고민하는 것을 해결하는 실마리일지도 몰랐다.

"죽어라!"

어느새 다가온 것일까? 적마대원 하나가 큰 소리와 함께 검을 휘둘렀다. 은밀하지 못하고 거칠기까지 한 검이다. 살수부대인 적마대의 대원이 떨친 검이라고는 믿을 수 없었다. 그들이 그만큼 환우를 두려워하고 있다는 반증이리라. 그들은 검을 휘두르면서도 환우에 대한 공포 때문에 본연의 모습을 잃고 있었다.

검이 날카롭게 빛나며 빠르게 움직였다. 검은 순식간에 환우의 목에 다다를 듯했다.

하지만 환우는 그 검을 무시하고 멍하니 애자만을 보고 있었다.

곧 검날이 환우의 목에 닿을 듯한 절체절명의 순간.

구양병을 비롯한 적마대원들은 지금의 모습을 믿을 수 없다는 듯 바라보았다. 자신들을 그렇게 고생시킨 것에 비해 너무 허무하게 결말이 나려 했기 때문이다.

자신들의 눈앞에 있는 저 괴물은 절대 이렇게 당할 인물이 아니었다.

아니, 그보다 전투 중간에 저렇게 넋을 놓고 있다니, 오히려 불안함이 밀려왔다.

챙!

그때 검과 검이 부딪치는 소리가 울렸다.

금세라도 환우의 목을 자를 것만 같았던 검. 그 검은 작은 단검에 막혀 있었다.

애자였다.

스스로 환우의 손바닥을 벗어나 환우의 목을 베려 하던 검을 막은 것이다.

"이것은……."

환우는 무언가를 깨달았음인가? 얼굴에 환희가 들어차기 시작했다.

"저것이 뇌룡아란 말인가?"

스스로 날아가 검을 막는 애자의 모습에 구양병이 중얼거렸다. 소교주와 귀연수가 왜 혈안이 되어 찾으려고 하는지 충분히 이해가 되었다.

구양병은 뇌룡아에 대해서 아는 것이 없었기에 그저 그 모습을 보고 그렇게 생각한 것이다.

"애자는 싸움하고 살생하기를 좋아한다."

환우는 가만히 중얼거렸다. 그리고 손을 움직여 허공에 가만히 떠 있는 애자의 검병을 잡았다. 그와 동시에 환우의 다리가 화려하게 움직였다. 선무도의 각법이 펼쳐진 것이다.

환우의 발에 차인 적마대원은 볼품없는 모습으로 바닥에 나동그라졌다.

갑작스레 일어난 일에 모두들 가만히 멈춰 서서 환우의 모습을 주시하고 있었다.

"후훗. 그런 것이었나? 의지란 것이 그런 것이었나?"

환우의 얼굴에 진한 웃음이 어린다.

애자가 환우를 향해 날아오는 검을 막는 순간 환우는 명확히 느낄 수 있었다. 애자에게서 뿜어져 나오는 그 모호한 느낌, 그것의 정체는 바로 애자의 의지였다.

용아천뢰검의 의지를 드디어 느낀 것이다.

환우는 그것이 어떠한 의지인지도 느낄 수 있었다.

지금 애자는 싸움을 원했다. 살생을 원했다.

애자는 스스로의 몸을 사용하여 적마대원과 전투를 치르겠다는 의지를 뿜어내고 있었다. 환우는 그 의지를 고스란히 느낄 수 있었다.

'하지만 살기가 너무 강해.'

검의 의지를 느낀 것은 기뻤지만 그 의지가 마음에 걸렸다. 진득한 살기와 함께하는 적을 죽이겠다는 의지.

거부감이 가슴 한쪽에서 올라오려 했지만 환우는 그것을 억지로 내리눌렀다.

지금 환우가 해야 할 것은 검의 의지에 자신의 의지를 더하는 것.

곧 의지에 기운을 싣는 것이다.

그런 상황에서 검의 의지에 대한 거부감이라니, 절대로 안 될 말이다.

환우는 애자를 한 손에 꼭 쥐고 몸을 날렸다. 그와 동시에 땅에 떨어졌던 열 자루의 벽조목검이 다시 떠올랐다.

전투는 다시 시작했다.

"죽여라!"

구양병의 외침과 함께 남아 있는 사십여 명의 적마대원이 악착같이 환우를 향해 달려들었다.

쉐엑.

그 순간 날카로운 파공음과 함께 은빛 검이 춤을 추며 허공을 갈랐다.

깔끔하게 한 적마대원의 팔을 가르고 지나간 애자의 검신에는 단 한 방울의 피가 묻어 있었다. 피가 요사스레 빛나자 애자의 움직임이 더욱 활발해졌다.

환우는 자유자재로 애자를 움직일 수 있었다. 또한 열 자루의 벽조목검들도 제각각 움직이고 있었다.

열한 자루의 단검을 움직임에도 환우는 충분히 여력이 있었다. 용아천뢰검을 움직일 때 찾아오는 그런 기력 소모도 없었다.

지금까지 자신의 의지력이 약해서 용아천뢰검을 쓸 수 없다고 생각했었다. 하지만 그것이 아니었다. 지금까지 환우는 용아천뢰검을 쓰는 방법을 모르고 있었던 것이다.

"큭."

"컥."

"으헉."

갖가지 비명이 울리며 하나둘 적마대원들이 쓰러져 갔다.

그렇게 남은 적마대원이 단 한 명이 되는 데 걸리는 시간은 차 한 잔 정도 마시는 시간에 지나지 않았다.

"네놈……."

홀로 남은 구양병.

환우를 향한 그의 목소리에는 분노와 허탈함이 함께 있었다. 그동안 동고동락해 온 대원들이 모두 죽는 데 불과 반 시진도 걸리지 않다니 허탈했다. 그리고 화가 치밀어 올랐다. 이렇게 쉽게 대원들을 죽여 버린 눈앞에 있는 적에게 분노가 솟았다.

그의 두 눈이 분노로 이글이글 타올랐다.

"젠장. 나도 지금 기분 더러우니까 그딴 눈으로 쳐다보지 마. 안 그러면 계획과 다르게 죽여 버릴지도 모르니까."

환우의 목소리가 사나웠다. 아니, 기세도 사나웠고 기분도 사나워 보였다.

환우의 얼굴에는 불쾌함이 역력했다.

"죽여라."

구양병은 모든 것을 포기했다는 듯 단호히 말했다. 하지만 환우는 고개를 저었다.

"어디지? 네놈을 보낸 곳은 어디야?"

"내가 말할 것 같은가?"

환우의 물음에 구양병은 택도 없다는 얼굴로 대답했다. 환우의 얼굴에 다시 한 번 비릿한 미소가 어린다.

"고맙다, 대답해 주지 않아서. 덕분에 내 이 더러운 기분을 풀 수 있겠구나. 사실 난 네가 순순히 불어버리면 어떻게 하나 걱정하고 있었거든."

"그게 무슨… 컥."

환우의 말에 채 대답을 하기도 전에 구양병의 목구멍을 비집고 숨넘어가는 소리가 울렸다.

환우의 발끝이 정확히 구양병의 명치에 박혀 있었다. 그리고 발길질이 시작되었다.

숭산 아래에서 정파의 후기지수들을 향했던, 그리고 얼마 전 치호를 향했던 바로 그 발길질이다.

하지만 그 위력은 천차만별이다.

지금까지 중에서 가장 강했다.

그리고 아주 교묘하게 혈도를 피해서 차고 있었다. 혈도 바로 옆에 가해지는 충격.

고통은 크지만 생명에는 지장이 없는, 그야말로 고문만을 위한 자리다. 환우는 불쾌함이 역력한 얼굴로 쉬지 않고 발을 움직였다.

생각이 바뀌었는지는 묻지도 않았다. 그런 것은 환우에게는 아무런 상관도 없었다.

그저 지금의 불쾌함을 어서 빨리 날려 버리고 싶을 뿐이었다.

그렇게 얼마나 걷어찼을까? 구양병이 축 늘어졌다. 기절한 것이다.

"젠장할 놈. 맷집도 약한 썩을 놈."

그렇게 중얼거린 환우는 구양병의 혈도를 제압해 질질 끌고 갔다.

벽조목검과 애자는 환우의 품에 곱게 들어가 있었다.

동굴까지 구양병을 끌고 온 환우는 치호의 근처에 그를 아무렇게나 던져 놓았다. 정신이 들어도 꼼짝달싹도 못하게 혈도를 제압해 놓았으니 별 걱정은 없었다.

갑자기 자신의 옆에 나타난 산송장에 치호는 놀란 듯했으나 곧 관심을 껐다. 지금 자신의 상태는 다른 것에 관심을 가질 수 있을 정도로 여유롭지 못했다.

지금 당장 죽어도 이상하지 않은 상태. 그것이 지금 치호의 상태였다. 치호 그 자신도 산송장이나 다름없었다.

그렇게 두 구의 산송장을 뒤로하고 환우는 걸음을 옮겼다. 동굴로 들어가지는 않았다. 지금 환우가 향하는 방향은 융중산의 정상 쪽이었다.

"젠장. 정말로 기분 더럽군, 더러워."

나직한 중얼거림.

적들의 대장으로 보이는 자를 죽도록 팼는데 오히려 기분이 더 더러워졌다.

살인(殺人).

살기(殺氣).

선혈(鮮血).

구역질이 치밀어 오른다.

지금까지 참아왔던 더러운 기분이 순식간에 터져 나오는 것 같다.

공포와 절규, 두려움, 광기.

적들에게서 느껴졌던 의지다.

애자의 의지를 느끼게 되는 순간 어렴풋이 다른 이의 의지도 느낄 수 있게 되었다.

그것이 환우의 기분을 더욱 더럽게 만들었다.

"씨팔."

걸음을 옮기는 가운데 그 대상이 어딘지 모를 욕이 환우의 입에서 흘러나온다.

살인.

첫 살인.

그렇다.

지금까지 환우는 살인을 해본 적이 없었다. 목숨의 위협을 받은 적이 없었기에 다른 이의 목숨도 뺏지 않았다.

하지만 오늘은 상대에게서 자신을 죽이겠다는 강한 의지를 느꼈다. 스스로를 지켜야 했다. 그래서 죽였다.

이것이 환우의 첫 살인이었다.

살인.

말로 하는 것은 쉽다. 하지만 인간이 인간을 죽인다는 것은 결코 가벼운 일이 아니다.

죄악이다.

어쩔 수 없다는 말로 포장을 하지만 인간이 인간을 죽인다는 것은 분명 죄악이었다.

누구나 알고 있다. 그랬기에 살인을 하고 성한 정신을 유지할 수 있는 사람은 없다. 만일 있다면 그는 광인(狂人)이다.

환우는 오늘 처음 사람을 죽였다. 환우 역시 지극히 정상적인 보통 사람이다. 성한 정신을 유지할 리 없었다. 그런데도 계속해서 사람을 죽여야 했다. 자신을 죽이겠다고 달려드는 인간들이 거의 백 명에 가까웠기에.

그중 하나를 남기고 모조리 죽였다.

미치지 않고 제정신을 유지한 것만 해도 대단하다.

더군다나 애자의 의지를 느낀 순간부터 애자가 환우에게 살인을 부추겼다. 거기에 환우는 자신의 의지를 더해 애자를 사용했다.

당장 미쳐도 이상할 게 없었다.

하지만 환우는 미치지 않았다. 기분이 무척이나 더러울 만했다. 환우는 지금 자신의 이런 기분을 어찌해야 할지 알 수가 없었다.

금정산이 생각났다. 범어사가 떠올랐다. 망아 대사의 얼굴이 아른거린다. 금정의 그 시원한 물을 한 바가지 떠서 들이켜고 싶었다.

그러면 가슴을 가득 채운 이 더러운 기분과 답답함이 씻겨 내려갈 것 같았다.

하지만 그럴 수가 없었다.

그래서 무작정 융중산의 정상으로 올라갔다.

차가운 바람이 몸을 스치고 지나갔지만 차가운 줄도 몰랐다.

그렇게 환우는 처음으로 사람을 죽이면서 무려 백에 가까운 이의 생을 앗았다.

융중산의 정상으로 향하는 환우의 걸음이 거칠었다.

환우는 여전히 혼란한 상태였다.

第五章 후회와 회한

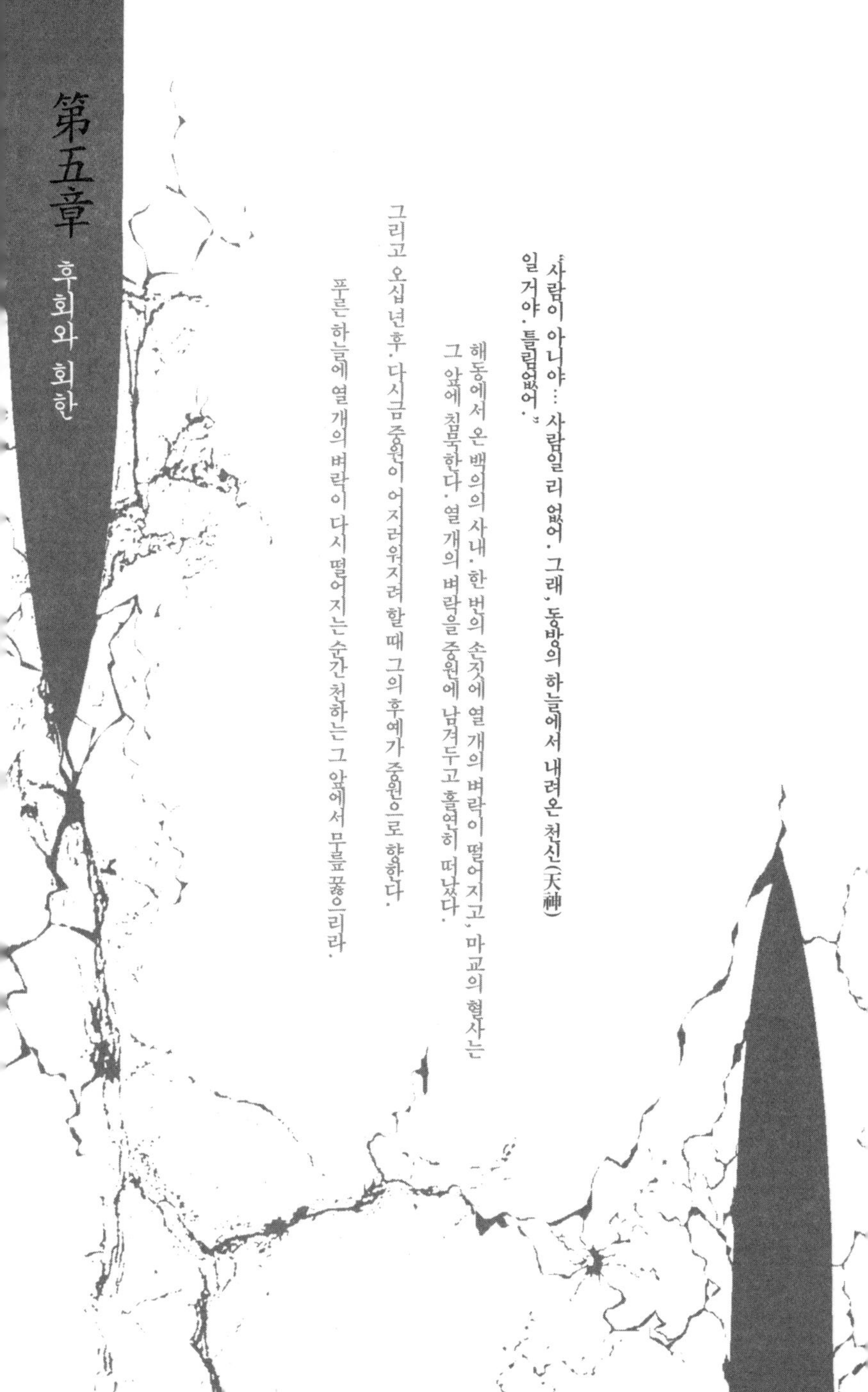

사람이 아니야… 사람일 리 없어. 그래, 동방의 하늘에서 내려온 천신(天神)일 거야. 틀림없어.

해동에서 온 백의의 사내. 한 번의 손짓에 열 개의 벼락이 떨어지고, 마교의 혈사는 그 앞에 침묵한다. 열 개의 벼락을 중원에 남겨두고 홀연히 떠났다.

그리고 오십 년 후. 다시금 중원이 어지러워지려 할 때 그의 후예가 중원으로 향한다.

푸른 하늘에 열 개의 벼락이 다시 떨어지는 순간 천하는 그 앞에서 무릎 꿇으리라.

입을 굳게 다물고 있다.

마주한 이도 입을 굳게 다물고 있다. 아니, 입가에 가는 미소가 어린다. 그리고 발이 날아간다.

그렇게 다시 구타가 시작됐다.

하룻밤이 지났다.

하루 만에 추스를 수 있는 정신적인 충격이 아니었지만 환우는 어느 정도 평정을 되찾았다.

그리고 다시 배후를 알아내는 일에 돌입했다.

자신에게 이렇게 더러운 경험을 하게 했으니 그 천 배, 만 배로 갚아줘야 할 터. 그렇다면 일단 배후를 알아야 했다.

어지러이 날아오는 환우의 발에 구양병은 정신을 차릴 수가 없었다. 이제 정말로 그만 맞고 싶었다. 지금 환우가 묻는다면 대답할지도 몰랐다.

구양병은 이제 편해지고 싶었다.

하지만 눈앞의 괴물은 그에게 그런 기회조차 주지 않는다. 그저 쉬지 않고 찰 뿐이다.

물어야 대답을 할 텐데 묻지를 않는다.

벌써 반나절째 맞고 있다. 그런데 맞을수록 정신이 또렷해지니 미칠 노릇이다. 몸 곳곳에 안 아픈 곳이 없으나 그렇다고 망가진 곳 또한 없었다.

'크윽. 전문가다……'

구양병으로서는 그렇게 생각할 수밖에 없었다. 그렇지 않고서야 현재 자신의 상태를 설명할 길이 없었다.

어느 순간 환우의 발길질이 멈췄다.

온몸을 울리던 고통이 한순간에 사라졌다. 너무나 갑작스러웠기에 구양병은 자신의 몸에서 고통이 사라졌다는 사실을 인지하는 데도 시간이 걸렸다.

"끄응."

구양병의 입에서 제일 처음 나온 것은 신음 소리다. 부어올라 초점도 제대로 잡히지 않는 눈으로 억지로 괴물을 쳐다보았다.

괴물은 비릿한 미소를 지으며 자신을 내려다보고 있었다.

“잠시 쉬다가 다시 맞자. 반 각만 쉬자.”

비릿한 미소를 지은 채 하는 말이다.

그럴 수는 없었다. 구타를 멈추기에 드디어 자신에게 무언가를 물어볼 거라 생각했다. 그래서 애써 시선을 맞춘 것이다. 어떻게든 말을 길게 끌어 조금이라도 더 쉴 생각이었다.

그런데 하는 말이 저렇다니.

“살, 살수보다도 더 지, 지독한 놈…….”

떨리는 목소리로 구양병은 느낀 그대로를 내뱉었다. 하지만 괴물의 얼굴에 변화는 없었다. 아니, 한 가지 있다면 비릿한 미소가 더욱 진해졌다는 정도일까?

“다 쉬었나 보군.”

미소가 진해진 것은 이유가 있었다. 괴물의 발이 다시 움직이려 한다.

“바, 반 각이라고…….”

놀란 구양병이 서둘러 말했지만 한 번의 발길질이 명치에 틀어박혔다.

“커헉!”

숨이 막히는 이 답답한 느낌. 벌써 수십 번을 당했지만 당할 때마다 기분이 더러웠다.

‘이 빌어먹을 개자식은 명치 차는 걸 더럽게 좋아하는군. 씨펄 놈.’

그 와중에도 머리를 맴도는 생각. 확실히 구양병은 아직 기력이 남아 있는 모양이었다.

"네가 말하는 꼴을 보니 쉴 필요가 없을 것 같아서. 그런 말 할 기운이 남아 있다면 적어도 맞다가 죽을 것 같지는 않아 안심하고 팰 수 있겠어."

그리고 화려한 발차기가 날아온다.

환우는 안다, 이 발차기가 얼마나 현란해 보이는지. 어찌 그렇지 않겠는가. 자신이 직접 당했던 발차기인 것을.

'망오 스님, 감사합니다.'

맞은 놈이 때릴 줄도 않다. 환우는 선무도를 배울 때 자신을 정말이지 무참하게 팼던 사백 망오 스님에게 감사한 마음을 느낄 줄은 몰랐다. 그때 맞았던 경험이 이렇게 절묘하게 사람을 패는 실력을 만들어주었을 줄이야.

"커헉. 큭."

잠시라도 쉰 덕일까? 말도 못하고 맞던 구양병이 이제는 신음 소리를 흘리면서 맞았다. 사실 환우가 발차기 속도에 조금 여유를 두어서 그나마 신음 소리를 흘릴 틈이 생긴 것이다.

물론 의도한 바가 있기에 일부러 그런 것이다.

"켁. 크헉. 헉. 마……."

환우의 의도대로 일이 진행되는 것일까? 신음 소리 사이에 한마디 단어가 끼어들었다.

"마… 컥."

하지만 환우는 발차기의 속도를 늦추지 않았다. 굳이 늦추지 않아도 저놈을 불 것이다. 이미 첫 말이 나온 이상 끝난 것이다.

"헉. 큭. …교다."

신음과 신음 사이에 섞인 말이지만 환우는 똑똑히 들을 수 있었다.

'마교다.'

자신의 배후를 지칭하는 말일 것이다.

마교.

환우에 앞서 소림사의 용아천뢰검을 가져간 빌어먹을 집단. 소림뿐 아니라 다른 구파일방 중 네 곳의 것을 더 가져간 잡아 죽일 집단.

오십여 년 전 자신의 사부인 망아 스님에게 개박살이 났던 같잖은 집단.

그 집단에서 자신에게서 용아천뢰검을 빼앗겠다고 살수들을 보낸 것이다.

환우의 발길질이 멈췄다.

마교라는 단어에서 온 분노 때문에 잠시 멈춘 것이다.

'사, 살았다!'

구양병은 착각했다. 잠시 멈춘 것을 자신이 알고 싶은 것을 알았기에 영원히 멈춘 것이라 생각했다.

"마교란 말이지……."

그 음성에는 깊은 분노가 자리했다. 자신의 일을 방해하는 것도 모자라서 이제는 자신의 것까지 빼앗으려 했다. 가만히 있어도 어차피 찾아가서 자신의 것을 되찾아야 하는데 자신을 먼저 건드렸다.

펙.

"크헉."

안심하고 있던 순간 다시 환우의 발이 날아들었다. 마교에 대한 분노가 실린 발길질인지라 내공도 섞여 있었다.

"쿨럭."

지금까지와는 차원이 다른 충격이 머리끝부터 발끝까지 관통하고 지나갔다. 몸속 깊숙한 곳에서 피가 솟구쳐 올랐다.

'지… 지독한 녀석……'

구양병은 그것 말고 다른 생각을 할 수 없었다.

환우가 동굴 벽에 부딪쳐 나동그라져 있는 구양병에게 다가갔다.

"마교란 말이지?"

환우의 목소리가 심상치 않다.

"그, 그렇다. 쿨럭."

피를 게워내며 구양병이 대답했다.

"그곳에서 너의 위치는?"

"서열 사위의 전투 부대인 사마단의 네 분대 중 한 곳인 적마대의 대장이다."

목소리는 심하게 떨렸으나 적마대의 대장이라는 자부심이 가득했다.

일단 한 번 자백을 해서였을까? 이제 포기한 듯 환우가 묻는 말에 대답이 순순히 흘러나왔다.

"너의 임무는?"

"뇌룡아의 회수. 그리고 가능하다면 소유자의 제거."

짤막한 대답이지만 그것이 환우에게 웃음을 만들어주었다. 그런 거창한 임무를 가지고 찾아온 이들이 자신에게 전멸당하고 대장은 지금 잡혀서 취조를 당하고 있다.

"뇌룡아가 뭐지?"

"모른다. 우리는 그런 것이 있는지도 몰랐다. 하지만 교의 군사가 마교의 신물(神物)이라 했으니 그런 줄 알고 회수하러 왔다. 대대로 장로 급 이상의 인물들만이 아는 신물이라 했다."

이상했다.

환우가 아는 것과는 달랐다.

용아천뢰검은 해동밀교의 신물이다. 그것을 망아 스님이 가지고 계신 것이다.

현재 망아 스님이 현교의 주지를 맡고 있지만 본디 불법을 수호하기 위한 밀교 출신으로 용아천뢰검은 해동밀교 최고의 수호신물이었다.

그런데 그것을 뇌룡아라 부르면서 마교의 신물이라 하다

니. 있을 수 없는 일이다.

"너 그게 말이 된다고 생각하나?"

"모른다. 단지 나는 군사의 명을 받았을 뿐이다."

정말로 구양병은 몰랐다. 그는 뇌룡아라는 신물이 있다는 사실도 처음 알았다.

"군사라는 놈이 누구지?"

"마제갈 귀연수."

처음 듣는 명호요, 이름이다. 사실 중원 무림에 대한 지식이 일천한 환우로서는 알 수가 없었다. 게다가 마교가 벌써 오십여 년이나 숨을 죽이고 있는 이상 환우가 아니라 무림에 대한 지식이 해박한 무림인이라 할지라도 알기 어려운 정보였다.

"쳇. 모르겠군."

당연한 반응이다.

"뭐, 좋아. 그건 상관없지. 직접 찾아가서 물으면 되니까. 어디를 가면 그 귀연수인지 귀신인지 하는 놈을 만날 수 있지?"

"……."

대답이 없었다. 구양병의 입은 꽉 닫혀 있었다.

"어이, 너."

"……."

험악한 얼굴로 발을 들어 보였으나 여전히 대답이 없었다.

교의 군사인 귀연수가 있는 곳은 당연히 마교 총단이다. 아무리 맞는 것이 두렵다 할지라도 마교 총단의 위치를 불 정도는 아니다. 아직 중원에서는 마교 총단의 위치를 모른다. 오십여 년 전의 치욕스런 패배 이후 숨어든 그곳을 그리 쉽게 알릴 수는 없었다.

그러고 보니 자신이 왜 이렇게 순순히 모든 것을 말했는지 구양병은 이해가 가지 않았다. 구양병은 살수다. 살수에게는 살수의 원칙이 있다.

임무의 실패는 곧 죽음.

한데 자신은 치욕스럽게 생포당했고, 그리고 임무에 관한 내용을 말했다.

살수로서 실격이다.

먼저 죽어간 부하들을 볼 낯이 없었다. 적마대의 자랑스러운 대장이 이렇게 살수로서의 금기를 모두 깨다니.

이제야 그것을 깨달았다.

'그래, 너무 심하게 맞느라 내가 내 정신이 아니었던 거야.'

구양병은 그 원인을 환우의 무지막지한 구타에서 찾았다.

구양병의 두 눈이 빛났다. 지금까지와는 전혀 다른 눈빛이다. 환우는 상대의 변화에 고개를 갸웃거렸다. 지금까지와는 너무도 다른 당당한 모습이다.

"뭐냐?"

기분이 나빴다. 지금 당당해야 할 이는 자신이고 상대는 구차해야 한다. 하지만 그렇지 않았다.

"훗. 그래. 내가 정신이 나갔었어. 괴물 같은 네놈의 기세에 휘말려 내가 나를 잃었었다. 그 무지막지한 발길질까지 더해져서 말이야."

"너, 미쳤냐?"

갑작스레 광오하게 나오는 상대의 행동에 환우는 어이가 없다는 얼굴을 했다.

"네가 물은 것에 대한 답을 해주마. 귀연수 군사는 마교의 총단에 있다."

"총단이 어딘데?"

환우의 얼굴에 짜증이 어렸다. 총단이 어딘지를 알아야 할 것 아닌가.

"크크크. 그건 스스로 알아내 보거라. 크하하하하!"

구양병은 미친 듯이 웃었다. 웃고 또 웃었다. 커다란 웃음소리에 검붉은 피가 섞여 나왔다.

그는 전신의 모든 혈맥을 끊었다. 끊어진 혈맥에서 피가 흘러나왔다. 눈에서도 코에서도 귀에서도 피가 흘러나왔다.

자결.

이것이 그가 택한 답이다.

사실 잡히는 즉시 자결을 했어야 옳았다. 그런데 왜인지 그러지 못했다. 분명 상대의 기세에 휘말린 때문일 것이다.

실수로 훈련받은 그다. 상대에게 잡혔을 때 자결을 할 방법은 몇 가지나 가지고 있었다. 환우에게 맞는다고 그럴 여유가 없었고 또 그 생각도 못했었다.

총단의 위치에 대한 물음을 듣는 순간 마교인으로서의 본연의 자세가 깨어난 것이다.

"젠장."

피를 흘리며 쓰러지는 구양병의 모습에 환우는 기분이 더러워졌다.

자신이 사람을 죽이는 것도 기분이 더러웠지만 자신 때문에 스스로 목숨을 끊는 인간을 직접 보는 것은 기분이 더 더러웠다.

"어제 오늘 왜 이러지."

환우는 잔뜩 찡그린 얼굴로 구양병의 시체를 들고 동굴 밖으로 나왔다.

어쨌든 자신 때문에 죽은 이다. 묻어주기라도 해야 할 것 같았다.

환우는 자신이 수련을 하는 장소에서 조금 떨어진 곳으로 갔다. 그곳에는 커다란 구덩이가 파여 있었고 적마대원들의 시체가 가득 들어 있었다. 간밤에 환우가 만들어놓은 것이다.

일단 구덩이에 시체들을 모은 후 흙은 좀 천천히 덮어야지 했던 것이 또 한 구의 시신을 더하게 되었다.

환우는 구양병의 시체도 구덩이에 넣은 후 흙을 덮고는 몸을 돌렸다.

오늘은 도무지 수련을 할 기분이 아니었다.

애자의 의지를 느끼고 자신의 의지를 더하는 데 성공한 이상 이제 계속해서 수련을 하는 일만 남았지만 지금은 그럴 기분이 아니었다.

‘주화입마(走火入魔)라고 하던가? 나와는 상관이 없는 말이지만 지금 수련을 하다가는 그것과 비슷한 상태가 될지도 모르지.’

환우의 무공은 중원의 것과는 그 체계가 달라 주화입마라는 것이 없다. 하지만 그것과 비슷한 현상이 나타날지도 모른다. 환우도 그것까지는 몰랐다.

중원의 무공이든 환우의 무공이든 명경지수와 같은 깨끗한 마음으로 수련을 해야 하는 것은 같았다. 특히나 용아천뢰검의 의지를 느끼는 수련은 평정심이 가장 중요했다.

그러나 지금 환우의 마음은 심하게 흔들리고 있는 상태였다. 전날의 살인, 오늘의 자결, 그리고 마교에 대한 분노.

이 마음을 가라앉힐 때까지는 수련은 없을 것이다.

*　　　*　　　*

무거운 침묵이 감돌고 있다. 침묵보다 더한 분노가 공기를 내리누르고 있다.

그 힘에 눌렸음인가, 귀연수가 오체복지를 하고 바닥에 엎드려 있었다.

태사의에는 분노한 얼굴의 위청운이 그런 귀연수를 내려다보고 있었다.

"전멸이라지?"

낮은 목소리다. 평소와 별반 다를 것도 없는 어조다. 그럼에도 귀연수는 쩔쩔맸다. 저 목소리 속에 담긴 분노가 얼마나 깊고도 큰지 알고 있기 때문이었다.

"그렇다면 이제 사마단은 삼마단이 되겠군."

각 백 명씩 총원 사백 명의 전투 부대가 사마단이다. 많지 않은 수로 서열 사위를 차지할 정도로 소수 정예의 전투 부대다. 물론 적마대는 살수 부대로 사마단 중 가장 약한 편이다.

하지만 그 부대 하나가 전멸이라니. 커다란 손실이었다.

"죽을죄를 지었습니다."

적마대라면 충분할 것이라는 판단을 내린 것은 귀연수다. 결국 그들의 전멸에 대한 책임은 귀연수에게 있는 것이다.

"설마 자네가 이런 판단 착오를 할 줄은 몰랐어."

소교주는 손가락으로 태사의의 팔걸이를 톡톡 치면서 중얼거렸다. 작은 목소리지만 귀연수의 귀에는 똑똑히 들렸다.

"어제 교주님께 다녀왔지. 내가 어떤 꼴을 당했는지 아나?"

순간 주변을 장악하고 있던 분노의 기운이 거세게 요동을 쳤다.

귀연수의 온몸이 식은땀으로 축축이 젖어들었다.

'그렇게 괴물 같을 줄이야……'

적마대라면 설사 화산신검이라 할지라도 전멸시키는 데는 상당한 손해를 감수해야 한다. 아니, 적마대가 자신들의 특기를 잘 살린다면 화산신검의 목을 딸 수 있을지도 몰랐다.

그런데 그놈에게는 싸그리 전멸당했다. 그것도 제대로 된 피해도 입히지 못한 채.

환우의 무공과 살수의 무공은 상극이었다. 그것을 몰랐기에 적마대를 보냈고 이런 피해를 입은 것이다.

단지 화산신검의 실력과 비교하여 그놈을 평가한 것이 패착이었다.

"교주님께서 그러시더군. 놈은 신물을 사용할 줄 안다고 말이야. 배신자들은 신물의 사용법도 알고 있다 하셨어. 그렇다면 살수를 보내서는 안 되는 것이었는데 말이지……"

신물의 사용법.

그것은 하나의 무공이다.

천마뇌룡후(天魔雷龍吼).

뇌룡아로만 펼칠 수 있는 마교 최고의 수호신공이다.

그것이 어떤 무공인지는 귀연수도 모른다. 오직 교주와 소교주만이 알 뿐이다.

"후우. 용이 있어야지 비로소 완전한 수호신공의 수련을 시작할 수 있어. 그런데 용은 보이지를 않으니 결국은 반쪽짜리지……."

귀연수는 아무런 말도 못하고 있었다.

"됐어. 어차피 지난 일이니."

그 말과 동시에 공간을 지배하고 있던 분노의 기운이 사라졌다.

"후우."

그제야 귀연수는 제대로 숨을 쉴 수 있었다.

"일어서."

위청운의 말에 귀연수는 몸을 일으키고 허리를 숙였다.

"그래, 적마대의 시체를 회수했나?"

"그것이… 놈이 근처에 있어서 회수치 못했습니다. 워낙 기감이 뛰어난 녀석인지라……."

위청운은 고개를 끄덕였다. 그럴 만도 했다. 그 뛰어난 기감으로 감시에 보통 애를 먹는 것이 아니다.

"적마대의 충원은 가능한가?"

"네. 이미 적마대의 예비대로 훈련을 하던 이들 중 백을 추리라고 해두었습니다."

"제 몫을 하려면 일이 년은 기다려야겠군."

위청운의 입에 쓴웃음이 맴돌았다.

적마대를 쓰는 것을 허락한 것은 자신이다. 결국은 최종 책임은 자신에게 있는 것이다. 그래서 전날 교주에게 다녀온 것이었다.

"뇌룡아를 회수하는 작업을 중단해."

"네?"

갑작스런 명령에 귀연수는 놀라서 고개를 들었다. 물밑 작업이 거의 끝난 상태다. 이제 두 달만 있으면 그놈이 지닌 두 자루를 제외하고는 모두 회수할 있다. 그런 단계에서 회수 작업을 중단하라니, 정말로 난데없는 명령이다. 지금까지 들인 공이 아까웠다.

"교주님의 명령이다. 나도 용을 회수하지 못한 상태에서 회수를 중단하는 것이 아깝기는 하지만… 어쩔 수 없어. 용이 없는 상태에서 수련을 시작해야지."

"교주님의 명령이시라면……."

귀연수는 무척이나 아쉬운 듯했다.

"그런데 어이해 그런 명령을……."

마지막 미련이 남아서인가? 귀연수는 조심스레 그 이유에 대한 물음을 던졌다.

"훗. 그놈을 건드려서라더군. 그놈은 당한 것은 갚아주는 성격. 적마대가 우리의 짓이라는 것을 알면 당장 이곳으로 올 거라 하셨어."

"설마… 우리 짓이라고 알지는 못할 겁니다. 적마대는 철저한 훈련을 받은 부대입니다. 설사 전멸을 당한다 하더라도 우리의 정체를 알지는 못할 겁니다."

귀연수가 말도 안 된다는 얼굴로 강변했다. 그것이 소교주에 대한 무례라는 것도 잊은 채. 그는 마교에 대한 자부심이 대단한 인물이다. 그랬기에 부하들을 믿었다.

"그건 나도 그래. 하지만 그놈이라면 어떻게든 알아낼 거라 하시더군. 그리고 그렇게 그놈이 우리를 찾는 것은 아직은 때가 이르다 하셨어. 그래서 놈의 눈을 잠시 돌려놓으려면 그놈이 찾을 뇌룡아가 남아 있어야지. 그중 용이 있다는 것이 마음에 걸리기는 하지만 어쩔 수 없는 일이지."

소교주의 말에도 귀연수는 순순히 납득할 수 없었다. 자랑스러운 마교의 부하들이 적의 손에 잡혀 자신의 배후를 이야기한다는 것은 상상할 수도 없는 일이다.

"하지만……."

"그만!"

귀연수가 무어라 더 말을 하려 하자 위청운이 손을 들어 그 말을 잘랐다.

"이미 너는 나에게 충분한 무례를 저질렀어. 나도 그 심정을 모르는 바 아니기에 지금까지는 참았지만 더 이상은 곤란해."

그제야 그 사실을 깨달은 귀연수는 허리를 숙였다.

"죽, 죽을죄를 지었습니다."

"아니야. 나도 그 심정은 충분히 이해해. 나도 그랬으니까."

전날 교주를 만났을 때를 떠올린 것일까? 위청운은 쓴웃음을 지었다.

"그럼 그렇게 알고 나머지 일을 진행해. 그리고 그놈에 대한 감시는 늦추지 말고."

"알겠습니다."

*　　　*　　　*

이틀이 지났다.

환우는 이제야 어느 정도 마음이 가라앉는 것 같았다. 모처럼 수련을 위해 동굴을 나섰다.

치호는 여전히 그곳에서 석상마냥 무릎을 꿇고 앉아 있었다. 늘 그렇듯 그 곁을 스쳐 지나려는 순간 치호가 꿈틀 움직였다.

그리고 어디서 그런 기력이 생겼을까? 환우의 발목을 붙잡았다.

발걸음이 멈췄다.

시선이 치호를 향해 내려갔다.

"사… 살려주세요……."

바싹 마른 입술이 움직이면서 만들어낸 말이다.

가장 처음 한 말.

용서해 주세요가 아닌 살려주세요. 치호는 정말 이대로 있는다면 죽을 것이라 느꼈다.

"떠나면 되잖아."

무미건조한 목소리다.

"살, 살려주세요. 제가 잘못했어요. 살려주세요."

계속 같은 말만 반복한다. 새하얗게 질린 얼굴에 두 줄기의 눈물이 어린다. 바싹 마르고 언 입술이 계속해서 움직이자 입술이 터지며 피가 흐른다.

그래도 치호는 같은 말만 반복했다.

그제야 환우의 얼굴이 조금 펴졌다. 이제 이 녀석이 조금 뉘우쳤구나 하는 생각이 들었다.

그런데 무엇을 뉘우쳤을까?

환우가 스스로에게 물었다. 치호가 잘못한 것은 뭘까? 다시 한 번 스스로에게 물었다. 저리 절박한 모습을 보여야 하는 이유가 뭘까? 왜 자신은 저리 절박해질 것을 치호에게 요구한 것일까?

없었다. 자신은 그저 돈주머니로만 생각했던 것이 치호에게는 굉장히 소중한 물건이었을 뿐이다. 소중한 것이 사라지면 사람은 누구나 당황하고 이성을 상실한다.

만일 용아가 사라진다면?

환우 자신은 치호보다 더하면 더했지 덜하지는 않을 것이다. 그런데 왜 그랬을까?

자신은 왜 그리 행동했을까?

그것도 알 수가 없었다. 단지 그 순간 화가 치밀어 올랐을 뿐이다. 그것도 말도 못할 정도로 분노했다.

자신의 성격이 그때그때 기분에 따라 제멋대로인 것은 알고 있었다. 하지만 그렇게 주체를 못할 정도는 아니다.

그저 마음 내키는 대로 행동하는 것이지만 지킬 것은 지킨다. 하지만 이번에는 도를 넘어섰다.

치호가 저리 비참한 모습으로 자신에게 살려달라 매달릴 이유가 없었다.

굳이 하나 있다면 치호 자신의 목숨으로 환우를 협박한 것이 있을까? 그게 전부다. 그리고 그 협박의 단초도 환우 자신이 제공하지 않았던가.

결국은 자신이 잘못한 것이다.

자신의 속 좁음이 치호를 저리 만든 것이다.

'나의 그릇이 이렇게 작았던가?'

그동안 느끼지 못했던 것들이다. 그런데 이제는 느껴진다. 무슨 일로 이런 변화가 일어난 것일까?

'그 일이 나를 변하게 한 것일까?'

지금까지 자신을 수련도 못하고 방황하게 만든 그날의 일. 그 일이 자신을 조금 더 성숙하게 해준 걸까? 그럴 리는 없을 것 같았다. 그렇다면 세상의 살인마들은 모두 성인군자가 되어야 한다. 말도 안 되는 일이다.

하지만 말이 되는 일이기도 하다. 살인마들은 그저 살인이라는 행위에서 쾌락을 느끼는 광인들이다.

환우는 정상인이다. 사람을 죽인 행위에서 괴로움을 느끼고 또 고민하고 고민했다.

그 과정이 환우를 성장하게 만든 것이다.

아직 자신은 그런 것을 깨닫지 못하고 있을 뿐이다.

"네가 뭘 잘못했지?"

환우는 낮은 목소리로 물었다. 평소와 다름없는 목소리다. 하지만 치호에게 처음 했던 그 목소리와는 분명 달랐다. 그때는 분노가 가득했다면 지금은 후회가 가득했다.

"감히 제 좁은 안목으로 사숙을 의심하고 사숙을 욕되게 하였습니다. 잘못했습니다. 살려주십시오."

치호는 정말로 간절히 말했다. 그 모습이 환우에게 더 큰 후회를 불러왔다.

환우가 가만히 고개를 젓는다.

"아니야. 너는 잘못한 것이 없어. 그 상황이라면 누구도 그리했을 것이다. 잘못한 것은 나다. 그만 들어가서 쉬어라."

환우는 차마 치호를 똑바로 보지 못한 채 말했다. 후회와 회한이 가슴 가득 밀려온다.

굵은 눈물방울이 흐른다.

조금 전의 눈물과는 전혀 다른 눈물이 치호의 눈에서 흘러내리고 있다. 그 모습이 또 더욱 가슴 아팠다.

"감, 감사합니다."

치호가 감격에 겨운 목소리로 힘겹게 말했다.

무엇이 감사한 것일까? 잘못을 한 것은 자신일진대. 자신의 잘못으로 저리도 힘겹고 비참한 모습이 되었는데 무엇이 감사한 것일까? 알 수가 없었다. 다시 한 번 후회와 회한이 몰려온다.

"되었다. 들어가서 쉬어라."

환우가 할 수 있는 것은 조금 전에 한 말의 반복뿐이었다.

치호는 그 말에 몸을 일으키려 했다. 온몸이 부들부들 떨린다. 하지만 움직임은 없었다. 완전히 굳었고 얼었다. 몸의 뼈와 근육은 치호의 의지에 따라주지 않았다.

그 모습이 또 환우의 마음을 아프게 한다.

환우가 치호에게 다가갔다. 그리고 등 뒤 명문혈에 장심을 올렸다. 언젠가 사부에게 들었던 중원 무인들의 요상법을 떠올렸다.

주변의 자연지기를 그러모아 치호에게 불어넣어 주었다. 치호는 등 뒤에서 느껴지는 따뜻한 기운에 온몸이 편해지는 것을 느꼈다.

"감사합니다."

들으면 들을수록 괴로운 말이다. 그런데 왜 자꾸 치호는 자신을 괴롭게 만드는 것일까?

치호는 몸이 점점 더 편안해지는 것을 느꼈다. 보통의 무인이라면 이렇게 들어오는 기운을 운공해 단전에 갈무리할 텐데 치호는 그런 여력도 없었다. 그저 그 기운이 피폐해질 대로 피폐해진 몸을 치유해 주는 것에 만족할 뿐이다.

환우는 치호의 운공법을 모른다. 그래서 그저 주변의 기운을 치호의 몸에 넣어줄 뿐이다. 그렇게 들어간 기운들은 가장 크게 뚫려 있는 길로 움직였다.

기운은 움직이기 쉬운 곳으로 움직이려는 성질이 있다. 치호의 몸에서는 그것이 평소 치호가 운공을 하던 기혈이다.

서서히 기운이 치호의 몸에 차 올랐다. 그럼에도 환우는 계속해서 기운을 불어넣었다. 치호는 편안해진 얼굴로 온몸이 나른해지는 것을 느꼈다. 그리고 스르르 눈을 감았다.

오랜 피로와 갑자기 찾아온 편안함에 깊은 잠에 빠진 것이다. 그제야 환우의 눈에서 가는 눈물방울이 떨어졌다. 지금까지 참았던 것이다.

후회의 눈물이다. 회한의 눈물이다.

환우는 자신이 이런 감정으로 눈물을 흘리게 될 줄은 몰랐다. 하지만 분명 떨어져 있는 것은 자신의 눈물이다. 환우는 자신이 조금씩 변해가는 것을 분명히 느낄 수 있었다.

환우는 치호가 잠들었음에도 계속해서 주변의 기운을 불어넣었다. 아직도 치호의 몸이 받아들이고 있기에 계속해서 불어넣었다.

그리고 드디어 치호의 몸이 받아들이지 못하자 조용히 치호를 안아서 동굴 안의 침상 대용으로 쌓아둔 짚단 위에 눕혀

놓고 동굴에 불을 피웠다. 자신이 불어넣은 기운에 몸이 따뜻해져 굳이 불을 피울 필요는 없었지만 그래도 추운 겨울이다.

따뜻한 훈기를 유지해 주는 것이 회복에 도움이 되리라.

그렇게 치호를 편안하게 해준 후 환우는 평소의 수련 장소로 향했다. 정말로 오랜만의 수련이다.

치호 때문일까? 평소보다 더욱 차분해진 마음으로 바위 위에 오를 수 있었다.

환우는 품에서 애자를 꺼냈다. 도무지 실마리가 보이지 않는 용아보다는 일단 의지를 느껴본 애자로 수련을 하기로 결정한 것이다.

용아를 다룰 수 있으면 다른 구룡자를 다루는 데는 어려움이 없을 거라 했으니 반대로 말하면 용아를 다루는 것이 그만큼 어렵다는 소리다. 일단은 구룡자를 다룬 후 용아를 다루기로 마음을 바꿨다.

정좌를 한 채 무릎 위에 올려진 애자를 물끄러미 쳐다보았다.

다시 이틀 전이 떠올랐다. 피를 갈구하고 전투를 갈구하는 살기가 진득한 녀석. 그때는 환우도 그 살기에 조금 취했었다.

그래서 평소보다 손속이 잔인했다.

다시 한 번 생각하니 그랬다. 자신의 모습이 머릿속을 스쳐 지나간다.

"그건 이 녀석의 의지에 나의 의지를 실은 것이 아니야. 이 녀석의 의지에 나의 의지가 먹힌 것이지."

환우의 입가에 씁쓸한 미소가 감돈다. 단 한 번 애자의 의지를 느꼈을 뿐이다. 그때는 의지에 의지를 실었다 생각했지만 돌이켜 보니 의지에 의지를 먹힌 것이다. 결국 환우는 애자가 자신의 의지를 실현하는 데 자신의 기운을 보태준 것밖에는 없었다.

"어렵구나."

지금도 전혀 의지가 느껴지지 않는다. 이놈은 자신의 의지를 꼭꼭 감추고 있다.

단지 싸움할 일이 있을 때 그 의지를 강하게 드러내어 환우의 기운을 이용하려 한다.

교활한 녀석이다.

그래도 이미 한 번 의지를 느꼈었다. 기운을 느끼는 데 탁월한 능력을 지닌 환우다. 또 그렇게 수련을 했다. 애자의 의지도 결국은 기운의 변화. 환우가 느끼지 못할 리 없었다. 처음이 어려울 뿐 일단 한 번 느낀 이상 그 다음은 처음보다는 쉬울 것이다.

이미 이 녀석의 의지의 색깔도 파악했다.

붉은색이다.

붉디붉은 색이다. 싸움에 대한 투지와 살기가 진득한 붉은색.

정열과 살육.

그것이 뒤섞인 붉은색이다.

환우는 가만히 애자를 내려다본다.

하얀 검신 속에 숨긴 붉은 의지를 낱낱이 파헤치겠다는 눈이다.

애자의 검신이 미세하게 떨렸다.

환우의 눈을 피하기 위한 몸부림일까? 그러한 애자의 변화에 변함없이 환우는 그저 지그시 애자를 바라보았다.

아주 조금씩 애자의 의지가 느껴질 것 같았다.

지금 애자는 당황하고 있다. 그것이 미세하게나마 환우의 감각에 잡혔다.

환우의 입가에 가는 미소가 맴돈다.

조금씩 실마리가 풀려가는 것 같았다.

어느새 해는 중천에 떠 있었다. 그렇게 애자가 당황하기까지 많은 시간이 걸린 것이다. 그런 것은 상관없었다. 시간은 많았으니까.

조금씩 애자의 의지가 명확해지는 것 같았다.

생각보다 일이 쉽게 풀리는 것 같았다. 이렇게 쉽게 풀릴 때는 항상 무언가 불안하다.

'아니, 아니지. 내가 이 녀석의 의지를 명확히 느끼게 된다고 하더라도 나의 의지가 이 녀석에게 먹히면 안 돼. 내가 이 녀석의 의지를 나의 기운으로 다뤄야지 이 녀석의 의지에 나

의 기운이 먹히면 의지를 느끼나마나다.'

순간 머리에 떠오른 생각.

그렇다. 지금 결코 쉽게 가고 있는 것이 아니다. 의지를 느끼더라도 자신의 기운으로 이 녀석의 의지를 지배해야 한다.

지난번처럼 의지를 명확히 느끼더라도 그 의지에 자신의 기운을 지배당한다면 아무 소용이 없는 것이다.

환우는 다시 정신을 집중했다.

그러자 애자의 떨림이 조금 더 커진다.

"허허허. 신기한지고."

그때 환우의 귀를 찌르는 창노한 음성이 있었다.

第六章
놀아라

「사람이 아니야… 사람일 리 없어. 그래. 동방의 하늘에서 내려온 천신(天神)

일 거야. 틀림없어…」

해동에서 온 백의의 사내. 한 번의 손짓에 열 개의 벼락이 떨어지고. 마교의 혈사는

그 앞에 침묵한다. 열 개의 벼락을 중원에 남겨두고 홀연히 떠났다.

그리고 오십 년 후. 다시금 중원이 어지러워지려 할 때 그의 후예가 중원으로 향한다.

푸른 하늘에 열 개의 벼락이 다시 떨어지는 순간 천하는 그 앞에서 무릎 꿇으리라.

환우의 눈이 뜨였다. 주변을 천천히 살폈다.

하지만 아무도 없었다. 애자도 가만히 있는 걸로 보아 주변에서 살기 같은 것을 느끼지는 못한 듯하다. 분명 목소리를 들었으되 그 목소리의 주인을 찾을 수 없었다. 어디에도 자신이외의 사람의 기척을 느낄 수가 없었다.

아무리 감각을 예민하게 가다듬어 주변으로 그 범위를 넓혀도 잡히는 것은 없었다. 산짐승 따위의 기척은 간간이 느껴졌지만 사람의 그것은 늘 느껴지는 그 쥐새끼 녀석밖에 없었다.

'저 쥐새끼는 아니다.'

언제부턴가 자신의 주변을 맴돌며 지켜보는 쥐새끼가 있다는 것을 알고 있었다. 하지만 자신에게 직접적인 위해를 가하지 않았기에 그저 놔두고 있었다.

대체 언제까지 맴돌지 지켜보자는 심산도 있었고 왠지 처리하면 다른 쥐새끼가 붙을 것도 같았기 때문이다. 가만히 놔두면 언젠가는 고양이라도 나오겠거니 했었다.

그래서 나온 것이 적마대다. 적마대의 배후가 마교라는 것을 듣는 순간 쥐새끼의 집도 마교일 거라는 생각이 들었다. 그래서 계속 놔두고 있었다. 구양병이 스스로 목숨을 끊은 이상 자신의 주변에서 마교와 연결되는 유일한 줄이 그 쥐새끼였기 때문이다.

환우의 눈에 진한 긴장이 감돌았다. 이런 경우는 정말 오랜만이다. 중원에 들어와서는 처음이었다.

자신이 이렇게 기척을 느끼지 못하는 인물은 단 두 명이었다.

망아 대사와 망오 대사.

그 두 사형제는 기척이라는 것이 존재하지 않는 사람 같았다. 사부와 사백. 환우에게는 가장 두려운 존재요, 가장 친근한 존재다.

하지만 지금 들린 목소리는 두 사람 중 누구의 목소리도 아니었다. 대체 누가 있어 그런 경지를 보이는 것일까?

환우는 가만히 바위에 앉은 채 긴장의 끈을 늦추지 않았다.

일단 스스로 목소리를 들려준 것으로 보아 악의가 있는 것은 아닌 것 같았다. 그리고 모습을 드러낼 생각이 있었기에 목소리를 들려줬을 터. 느껴지지 않는 것을 억지로 느끼기보다는 스스로 모습을 드러내는 것을 기다리기로 했다.

차가운 바람이 잠시 주변을 쓰다듬고 지나갔다.

사박. 사박.

바람이 지나가는 때를 맞춰 눈을 밟는 소리가 들렸다. 환우의 눈은 소리가 들린 곳으로 향했다.

어울렸다.

정말로 잘 어울렸다.

눈 덮인 나무 사이로 모습을 드러낸 노인은 원래 이곳의 일부인듯 주변의 풍경과 너무도 잘 어울렸다.

푸른 청의를 입은 백발과 백염의 노인은 인자한 웃음을 입가에 머금고 있었다. 얼굴에 퍼져 있는 적당한 주름은 그의 연륜을 보여주고 있었다.

환우는 바위에서 내려와 포권을 취하며 인사했다.

"처음 뵙겠습니다."

"허허. 반갑네. 내 초면에 실례가 많았구먼. 언제 마음을 놓나 기다리고 있었으이. 내 생각보다 빨랐어. 보통 사람이 아닌 줄은 알았네만 천하에 누가 있어 이런 인물을 키웠을꼬. 가지고 있는 검을 보니 해동에서 온 듯하니 대강 짐작은 가는구만."

노인은 환우에 대해 알고 있다는 듯이 즐거이 말했다. 그는 환우를 만난 것이 상당히 기꺼운 듯했다.

"저에 대해 알고 계십니까?"

"아니, 모르네. 나는 자네를 정말 우연히 만난 것을. 융중에 용이 한 마리 잠들어 있다는 이야기를 듣고 유람 삼아 왔더니 아니었어. 설마 두 마리의 용일 줄이야. 한 마리는 이곳 융중의 용이고 다른 한 마리는 해동의 용이 잠시 쉬어가는 것이지만 어쨌든 지금은 용이 두 마리가 있구먼. 허허허."

알 수가 없었다. 신비로운 분위기가 가득한 이 노인의 정체는 대체 뭘까?

"나는 자네를 처음 만났고 자네를 모르네만 자네가 지니고 있는 물건은 잘 알고 있지. 그래서 자네를 알 수 있네. 천하에 그 물건을 지닌 인물은 단 한 사람이고 그 사람은 자네와 같이 젊지 않으이. 그러니 자네는 그 사람의 후예일 것이고 과연 그 사람은 능히 자네만 한 용을 기를 수 있는 사람이지."

노인은 무엇이 그렇게 즐거운지 계속해서 말을 이었다.

"사부를 알고 계십니까?"

"물론 잘 알고 있지. 그리고 그 검이 지금은 중원 각지에 흩어져 있다는 것도 알고 있네. 그렇구만. 찾으러 온 것이구만 그래. 허허허."

환우는 슬슬 가슴이 답답해지는 것을 느꼈다. 노인은 자신의 궁금증을 풀어주는 듯하면서 오히려 궁금증을 증폭시키고 있었다.

대답을 하는 듯하면서 오히려 다른 이야기를 더 많이 풀어내니 환우의 궁금증은 계속해서 증폭될 뿐이다.

그래서 더 이상 묻지 않기로 했다. 그러면 노인은 계속 이야기를 풀어낼 것이고 그 와중에 환우 자신의 궁금증도 풀 수 있으려니 하는 생각에서다.

"이제는 그 사람도 늙었겠구만. 그때는 패기 가득한 젊은이였는데 말이야. 역시 인간은 한낱 미진(微塵)에 지나지 않아. 거대하고 위대한 자연 앞의 시간에서는 그렇게 하찮게 변해가는 존재인 것을……. 무엇을 이루어보겠다고 그렇게 아등바등거리는 것인지. 그저 자연에 묻혀 자연의 변화와 함께 살아가면 되는 것을."

한 가지 이야기가 풀어지려고 하면 꼭 다른 이야기가 끼어든다. 가만히 듣고 있기에는 너무도 힘들었다. 하지만 환우는 참고서 묵묵히 귀를 기울였다.

"그래, 그 검. 난 그 검을 잊을 수 없어. 그 검 열 자루가 어지러이 날면서 내 사제의 목숨을 앗았지."

"흡."

애잔한 노인의 목소리에 환우는 숨을 크게 들이켰다. 놀란 것이다.

사제라고 했다.

분명 사제라고 했다.

환우가 아는 한 사부가 그 검을 사용해 목숨을 앗은 이는 많지 않다. 더군다나 열 자루 모두 사용한 때는 한 번뿐이다. 중원에 들어와서 들은 바로는 그랬다.

바로 마교의 교주 천마를 격살할 때다. 그때는 열 자루를 다 썼다고 했다.

그런데 노인은 사제의 목숨을 앗아갔다고 했다.

마교의 교주가 사제라고 했다.

"허허, 무얼 그리 놀라나? 세상살이가 다 그렇다네. 누군가에게는 은인이 누군가에게는 원수가 되는 것이지. 원래 이 세상이 그렇게 짜여져 있어. 그 짜임 속에 속박되어 살면 그렇게 힘들고 괴롭게 사는 것이고 그 짜임에서 벗어나면 편안하고 한가로운 것이지. 하지만 인간이란 도무지 그 속박에서 벗어날 수가 없어. 이성이라는 것이 있고 감정이라는 것이 있으며 도리라는 것이 있기 때문이지. 그래서 오히려 본능에만 의존해 사는 짐승들이 더욱 편안하게 사는 것인지도 모르지."

노인의 목소리는 모든 것을 초탈해 있었다.

환우는 경계 어린 눈으로 노인을 바라보았다. 자신은 노인의 기운을 전혀 느끼지 못했다. 노인은 자신이 상상할 수 없을 정도로 강한 인물이다.

그리고 망아 대사의 손에 야망이 좌절당한 채 죽은 마교 전대 교주의 사형이다. 그런 노인이 의미를 파악하기 힘든 이야기를 하고 있다. 자연 신경을 잔뜩 곤두세워 경계할 수밖에 없다.

"이 늙은이가 무에 대단하다고 그리 긴장하여 경계하는가? 마음을 편하게 가지게. 조금 전처럼 말이야. 허허. 나는 그 짜임을 벗어나려 참오하고 또 참오하는 인간이니 말이야. 다 부질없는 것이야."

노인이 인자한 미소를 지었다. 그의 미소에서는 진심이 느껴진다. 그제야 환우는 조금씩 경계를 풀 수 있었다.

"그 검은 다시 봐도 신기하군. 그때는 아직 내 눈이 뜨이기 전이라 제대로 보지 못했는데 지금 보니 확실히 알 수 있겠어. 한낱 금속 조각에 의지가 깃들어 있다니, 참으로 신기한 일이야. 허허허. 게다가 지금 그놈은 살기가 너무 진하군. 마음대로 부리려면 고생 좀 하겠어."

환우는 깜짝 놀랐다. 한눈에 용아천뢰검을 알아보고 애자의 의지를 읽었다. 절로 가슴 한구석에서 두려움이 몰려왔다.

마교의 인물이라는 것을 몰랐으면 모르되 일단 알게 되자 가장 먼저 가슴에 차 오르는 감정은 두려움이다.

"이 늙은이가 그리 무서운가? 쯧쯧. 마음을 편하게 가지래도. 그리 마음먹으면 아무리 이 검을 바라본다 한들 이 녀석의 의지에 잡아먹힐 뿐이야."

노인의 지적에 환우는 가슴이 철렁했다. 그는 자신의 마음을 읽고 있을 뿐 아니라 자신이 고민하는 것까지 알고 있었다.

두려워졌다.

지금까지 우습게만 보던 마교라는 집단이 두려워졌다. 이런 인물이 단 하나만 있어도 능히 천하를 도모할 수 있으리라. 과연 마교에 가 있는 용아천뢰검을 찾을 수 있을까? 자신이 없었다.

"쯧쯧. 우리 아이도 그것을 몇 개 찾아가지고 있는 모양이네만 자네와는 다른 것 같군. 그래서는 우리 아이도 당하지 못할 게야. 그러니 가슴속에 있는 두려움을 버리고 마음을 편하게 먹어. 갖고 있는 모든 것을 놓아. 그러면 될 게야."

금과옥조와도 같은 조언이다. 하지만 환우는 지금 그것을 받아들일 여유가 없었다.

"내가 괜히 방해만 한 것 같군. 난 이만 가네. 수련을 방해해 미안허이. 하지만 내가 한 말 잘 기억하게나."

그 말을 남기고 노인은 사라졌다. 나타날 때처럼 감쪽같이 사라졌다.

참으로 두렵고도 신비로운 인물이었다.

마교 전대 교주의 사형이라니, 그렇다면 대체 나이가 몇이란 말인가? 못해도 백은 넘었을 것이다.

"하지만 마인 같지는 않았어."

마교의 인물은 곧 마인이라는 중원 정파의 생각이 어느새 환우의 생각에 침투해 있었다. 직접적으로 마교의 인물을 만난 것은 적마대가 처음이었고 이번이 두 번째다. 그런데 벌써 그런 편견을 가지고 마교의 인물을 보게 되다니, 주변의 인식이란 무서운 것이었다.

그러한 인식이 어쩌면 환우로 하여금 그 노인을 제대로 보지 못하게 한 것일 수 있다.

"아, 자네 사부는 해동에 있나? 내 듣기로 어느 절에서 조용히 있다 하던데. 그렇다면 이 길로 자네 사부를 찾아가 술이나 한잔해야겠구먼. 자네를 보니 갑자기 보고 싶어졌어."

어디서 들려오는지 모를 목소리가 환우의 귀에 울렸다. 그 방향과 거리를 알 수 없었지만 또렷이 들렸다.

"부산포 금정산의 범어사 주지로 계십니다."

나직이 중얼거렸다. 들을 수 있을지는 모르겠지만 그렇게 말해야 할 것 같았다.

"고맙네. 그럼 그곳에나 가봐야겠군. 자네도 수련 잘하게. 내가 한 말 잊지 말고."

이번에는 전음이다. 머리를 울리는 그 목소리가 갑자기 편안하게 느껴졌다. 그리고 마음이 따뜻해졌다.

"후우. 알 수가 없구나……."

그렇게 중얼거린 환우는 바위에 걸터앉아 조금 전에 있었던 일을 다시 되돌아보았다.

*　　　　*　　　　*

"태상호법께서 그를 만났다고 하십니다."

"뭐라?"

헐레벌떡 달려와 다급하게 보고를 하는 귀연수의 말에 위청운은 자리에서 벌떡 일어났다. 어느 날인가 갑자기 사라진 분이다. 그런데 생뚱맞게 융중산에 나타나셔서 그놈과 만나다니, 참으로 당황스러웠다.

본디 바람 같은 분인지라 한 곳에 오래 머물지 않으신다. 그래도 최근 일 년 정도 교에 머물러 계셨기에 이제는 자리를 잡으시려나 보다 생각할 때쯤 사라지셨다.

그런데 그놈을 만나다니.

곤란했다.

그분은 마교인이지만 마교인이 아니다.

탈마(脫魔)의 경지에 든 지 한참이 지난 분이다. 그 때문일까? 교에 대한 소속감 같은 것도 거의 없는 분이다. 하지만 나고 자란 곳이라는 정으로 계신 분이다.

이제는 교의 율법보다는 스스로의 의지대로 사시는 분. 그런 분이 그놈을 만났으니 대체 그분이 어찌할지 모르겠다. 그래서 당황스럽고 불안한 것이다.

현 교주의 사백 되시는 분이니 배분상으로도 어찌할 수 없고 그렇다고 교주의 권위가 통하는 분도 아니다.

하지만 분명한 사실은 그분이 현재 교의 최강자라는 것이다. 숨어 있는 최강자.

"그래서, 무슨 일이 있었지?"

위청운은 당황한 마음을 추스르고 침착하게 물었다.

"간단히 대화를 나누신 후 곧 떠나셨다 합니다."

"어떤 대화?"

"거리가 너무 멀어 제대로 듣지 못했다 합니다. 또 태상호법께서 직접 물러나라고 전음을 보내시는 바람에 잠영 일호는 잠시 그 자리를 떠나 있었다 합니다. 그사이 대화를 마치고 떠나셨는데 그의 사부를 찾아갈 것처럼 말씀하셨답니다."

"그럼 해동으로 가시는 것인가? 어쩌면 오히려 그 편이 나을지도 모르지. 어차피 그분께서 계신다고 해도 달라질 것은 없지만 계시지 않는 편이 마음 쓰는 일이 줄어드니까."

태상호법은 마교의 재건에 부정적인 인물이다. 탈마의 경지에 든 이후로 세상을 보는 눈이 달라진 탓이다. 그래서 위청운에게는 은근한 부담으로 자리한 인물이기도 했다.

그런 그가 스스로 중원을 떠난다니 앞으로 일을 진행하는 데 한결 마음이 편할 것 같았다.

언제 돌아올지 알 수 없지만 말이다.

당장 내일 돌아올 수도 있고 어쩌면 십수 년이 지난 후에 돌아올 수도 있는 일이다.

"그놈은 뭐 하고 있지?"

"여전히 뇌룡아를 꺼내놓고 물끄러미 바라보고 있다고 합니다."

"쿡. 대체 무슨 바보짓이란 말인가? 천하의 보물을 손에 쥐고 제대로 사용할 줄도 모르다니. 큭큭."

위청운의 입에서 비웃음이 새어 나왔다.

적마대와 환우와의 전투를 잠영 일호는 보지 못했다. 적마대장 구양병의 요청으로 전투가 일어난 지역에서 물러나 있었기 때문이다. 살수인 그들로서는 은밀히 숨어 있는 잠영 일호의 기척이 거슬린 탓이다.

때문에 위청운은 적마대와 환우와의 전투가 어찌 진행이 되었는지 모른다. 단지 전멸했다는 결과만 알 뿐이다. 그랬기에 아직 환우가 용아천뢰검을 제대로 사용치 못한다고 생각하는 것이다.

뇌룡아.

용아천뢰검.

같은 검에 붙은 다른 이름.

그것은 이름만 다른 것이 아니었다.

검을 사용하는 방법도 달랐다.

천마뇌룡후와 천뢰무위공은 그 이름만큼이나 다른 무공이다. 단지 위청운이 그 사실을 모를 뿐이다. 그는 오직 천마뇌룡후만이 뇌룡아를 사용할 수 있는 유일한 무공이라 믿고 있었다.

위청운이 태사의에서 몸을 일으켰다. 그리고 태사의 뒤쪽의 통로로 천천히 걸음을 옮겼다. 그 길 뒤에는 두 갈래 길이

존재한다. 하나는 비상용 비밀 통로이고 다른 하나는 폐관수
련실이다.

오직 교주와 소교주만이 사용할 수 있는 곳으로 갖가지 기
관진식으로 보호되는 곳이기에 그 흔한 호위 한 명 없는 곳이
다.

걸음을 옮기던 위청운은 갈래 길이 나타나자 곧 왼쪽 길로
접어들었다. 그곳이 바로 자신이 뇌룡아를 가지고 천마뇌룡
후를 수련할 폐관수련실이었다.

"사부님… 당신의 희생으로 얻게 된 이 뇌룡아. 제자가 반
드시 천마뇌룡후를 대성하겠습니다."

위청운의 눈에 결연한 빛이 떠올랐다.

모습을 드러내지 않는 현 마교의 교주는 지난 오십여 년간
마교 재건을 위해 정말 바쁘게 움직였다. 정파의 눈을 피해
암중에서 정말 피나는 노력을 했다.

배신자가 가지고 나타난 뇌룡아의 회수도 그 일 중 하나였
다. 하지만 그 일은 시간이 필요했다. 정파 놈들이 마음을 놓
고 방심하기까지 기다려야 했기에. 그러는 데 꼭 오십 년이
걸렸다.

교주의 노력에 따른 혜택을 소교주인 위청운이 받고 있는
것이다.

적어도 위청운이 알기에는 그러했다.

익숙한 발걸음으로 기관진식을 피해 폐관수련실의 문을

연 후 위청운은 그 안으로 사라졌다. 곧 돌 긁히는 소리와 함
께 문이 단단히 닫혔다.

*　　　　*　　　　*

노인이 남기고 간 말을 아무리 생각해도 알 수가 없었다.
아니, 일단 전대 마교 교주의 사형이라는 자였기에 과연 그
말을 믿어야 할까란 생각까지 들었다. 자신의 느낌에는 믿어
도 될 듯한 사람이었으나 마교라는 두 글자가 그 느낌을 부정
하게 만들었다.

한참을 고민하던 환우는 고개를 세차게 흔들었다.

지금은 그런 것을 고민할 때가 아니었다. 어떻게든 용아천
뢰검을 자유자재로 쓸 수 있어야 했다. 노인 때문에 중단되었
던 수련을 다시 시작했다.

환우는 다시 정좌를 하고 눈을 감았다. 손바닥 위에는 애자
가 올려져 있었다.

그날 하루는 그렇게 끝이 났다.

조금씩 애자의 의지가 명확해져 가고 있었다. 앞으로 며칠
이면 어느 정도는 애자를 다룰 수 있을 것 같다는 생각도 들
었다.

애자의 의지에 자신의 의지가 먹히지 않게 할 수 있을지는
장담할 수 없었다.

아직은 애자가 가진 의지의 힘이 얼마인지 모르기에 섣불리 판단할 수가 없었다. 의뭉스레 애자가 자신의 의지를 숨기고 있다가 결정적인 순간에 드러낸다면 환우로서도 속수무책일 수밖에. 그래서 수련이 더욱 조심스러웠다.

한창 앞으로의 수련에 관한 생각을 하면서 동굴로 돌아가는 길에 환우의 코에 맛있는 냄새가 흘러들었다. 동굴에 다가갈수록 그 냄새는 더욱 진해졌다. 그러고 보니 허기가 느껴졌다. 그동안 먹는 것을 대충 한 때문일까? 갑작스레 느껴지는 허기에 환우의 걸음이 빨라졌다.

동굴 앞에 이르자 치호의 모습이 보였다. 동굴 앞에 피워놓은 커다란 모닥불에는 산돼지 한 마리가 통째로 굽히고 있었다.

"사숙, 오셨어요? 헤헤. 시장하시죠?"

그런 험한 꼴을 당했는데도 치호의 행동에는 변함이 없었다. 얼마간은 자신을 어려워하고 꺼릴 것이라 생각했는데 금세 저리 살가운 모습이라니. 그 모습에 더욱 미안해졌다. 그리고 자신의 작은 그릇에 더욱 부끄러웠다.

"그래. 네가 준비한 거야?"

"네. 한숨 자고 일어났더니 몸은 가뿐해졌는데 배가 고파서요. 제대로 먹어보고 싶어서 산을 뒤지고 다녔더니 이놈이 이렇게 걸렸네요."

잘 익어가고 있는 산돼지를 가리키며 치호가 씨익 웃었다.

그 웃음에는 한 점의 거짓도 없었다. 그 웃음이 환우의 가슴을 그렇게 아프게 할 수가 없었다.

"아직 몸도 편치 않을 텐데……."

환우가 어렵사리 말을 이었다. 하지만 치호는 세차게 고개를 저었다.

"전혀요. 오히려 예전보다 훨씬 몸이 좋아진 것 같아요. 온몸에 활력이 넘쳐흐르고 있어요."

치호가 활짝 웃었다.

그래도 환우가 해준 처치가 효과는 있었던 것 같다. 그렇게 많은 기운을 몸에 불어넣어 주었으니 모두 자기 것으로 만들지 못했더라도 원기를 회복시켜 주는 정도의 역할은 한 듯했다.

"그래. 그렇다면 다행이고."

환우가 고개를 끄덕였다. 환우의 입가에 어색한 미소가 걸린다. 아무래도 자연스레 웃을 수가 없었다. 자신이 치호에게 한 행동이 마음의 짐이 되어 남아 있는 때문이다.

"마침 다 익은 참이에요. 정말 절묘한 때에 오셨네요. 시장하시죠? 어서 드세요."

치호는 환우에게 자리를 권하며 잘 익은 산돼지 뒷다리 하나를 칼로 잘라냈다. 불에 얹은 채로 바로 자르는 것이라 무척이나 뜨거울 텐데 그런 내색은 전혀 없었다.

"여기요."

환우가 적당한 곳에 앉자 치호는 먹기 좋은 크기로 자른 잘 익은 고기를 내밀었다. 환우는 말없이 그것을 받아 들어 먹었다.

환우 역시 며칠 만에 음식다운 음식을 입에 넣었다. 제갈우에게서 받아온 몇 가지 양념을 사용한 것인지 그 맛이 매우 훌륭했다.

환우는 고기를 우물우물 씹었다. 고기는 아주 맛있었지만 왜 이리 질기게만 느껴질까. 한입 넣은 고기를 도저히 삼키지 못하고 계속 씹고만 있었다.

눈물이 흘렀다. 고기를 씹고 있는데 눈물이 흘렀다. 지금 이 상황이 눈물을 흘릴 만한 상황인지 아닌지는 몰랐다. 아니, 그런 것은 상관없었다. 그저 흐를 뿐인 것을.

그렇게 환우의 마음에 있던 짐은 눈물로 화해 조용히 뺨을 타고 흘러내렸다.

"사숙, 왜 그러세요?"

그 모습에 치호는 당황한 듯하다. 눈물이라고는 모를 사람 같던 사숙이 갑자기 고기를 먹다가 눈물을 흘리다니. 이 상황이 도무지 이해가 가지 않았다.

"미안하다."

그런 치호의 귀에 들린 작은 목소리다.

"네?"

자신이 잘못 들었는가 싶어 치호가 얼결에 되물었다. 하지만 환우는 더 이상 말하지 않았다. 눈물도 더 이상 흐르지 않았다. 그저 치호가 준 고기를 맛있게 먹을 뿐이다.

"맛있구나."

환우가 자리에서 일어나면서 한 말이다.

"네."

그 말이 그렇게 좋았던 것일까? 치호의 얼굴에 웃음꽃이 피었다.

정말 속도 좋은 녀석이다. 자신에게 그렇게 당했는데 저리 웃어줄 수 있다니. 거기에 비하면 자신은 뭐란 말인가.

아무래도 치호의 그릇이 자신의 그릇보다 큰 것이 아닐까 란 생각이 들었다.

환우는 그런 마음으로 치호를 바라보았다. 그리고 웃어주었다.

이번 웃음은 어색하지 않았다. 그저 치호가 고마워 웃는 그런 진심이 담긴 웃음이다.

"잘 먹었다."

그 말을 남기고 환우는 동굴로 향했다. 정말 오랜만에 배불리 잘 먹었다. 그리고 마음의 짐도 이제는 어느 정도 내려놓은 것 같았다.

그릇.

마음의 그릇.

그것이 조금은 커진 모양이다.

앞으로 더 키워야 할 것이다. 사질인 치호에게 부끄럽지 않도록.

환우가 들어간 후 치호는 고기를 먹었다. 아무래도 산돼지의 덩치가 컸던 탓에 상당한 양의 고기가 남았다. 모두 구워 버렸기에 보관할 방법이 마땅치가 않았다. 그나마 다행이라면 계절이 겨울이라 며칠은 보관할 수 있다는 것 정도였다. 그 정도면 아마 다 먹을 수 있을 것이다.

누가 뭐라고 해도 치호 자신은 거지였으니까.

며칠이 지났다.

그사이 환우는 자신의 마음의 짐을 모두 내려놓을 수 있었다.

마음에 올려진 무언가를 내려놓는다는 것은 쉬운 일이 아니었다. 그것을 이번에 알았다.

'겨우 이것도 이렇게 힘들었는데 갖고 있는 것을 모두 놓으라니…….'

그 노인이 했던 말.

환우는 마음의 짐을 놓으면서 비로소 그 말을 조금 생각하게 되었다. 마음 한 켠에 있는 짐을 내려놓는 것도 이렇게 힘들었는데 모든 것을 놓으라니, 대체 어찌하란 말인가. 그리고 모든 것을 놓는 것과 용아를 다루는 것이 무슨 상관이 있단 말인가. 지금으로서는 도무지 알 수가 없었다.

환우는 늘 가던 그곳으로 향하지 않았다. 오히려 방향을 돌렸다. 이틀 전부터 환우를 따라다니던 치호가 그 뒤를 따랐다. 평소 가던 곳과 달랐지만 굳이 묻지 않았다.

그사이 둘의 관계는 다시 예전처럼 돌아와 있었다. 환우가 마음의 짐을 내려놓은 덕에 다시 예전과 같이 치호를 대하게 된 덕이다.

그렇게 얼마를 걸었을까? 결국 치호의 입이 열렸다.

"사숙, 어디로 가는 거지요?"

치호의 물음에 환우의 얼굴에 미소가 감돈다.

"어제 결과를 얻었으니 이제 시험을 해봐야지."

환우의 대답에 치호는 어제의 그 장관이 떠올랐다. 굉장했다. 사부와 대결을 벌일 때 보여줬던 모습도 멋있었지만 어제의 그것에 비할 바가 아니었다.

화산신검과의 비무 때 그 모습을 보여줬었다면 이기는 것은 사숙이었을 것이다.

환우로서도 생각보다 훨씬 빠른 성과였다.

단 며칠 만에 애자를 마음대로 다룰 수 있게 되다니. 하루하루 나아지는 것은 느꼈지만 이리 빠를 줄은 몰랐다.

아니, 어쩌면 애자가 의뭉스레 숨겨놓은 의지가 있을지도 모른다. 하지만 몸이 근질거렸다. 얼마나 강해졌는지 그 성과를 확인하고 싶었다.

'훗. 아직 내 그릇은 작구나.'

걸음을 옮기며 생각했다. 겨우 그 정도 작은 성과에 이리 몸이 달다니, 아직도 수양이 부족하다는 생각이 들었다. 그런 생각이 들었지만 어쩔 수 없었다.

어서 새로운 벽천뇌검공을 펼쳐 보고 싶었다.

"어떻게 시험을 하신다는 거예요?"

짐작은 간다. 본디 환우를 이곳으로 데리고 온 것은 치호 자신이 아니던가. 하지만 너무 이른 것 같다는 생각도 들었다. 어제 그 장관을 보기는 했지만 과연 그것으로 충분할까란 생각이 든 것이다.

환우의 입가에 미소가 감돈다.

"네가 이곳에 나를 데리고 왔잖아."

환우의 한마디.

그 뜻은 분명했다.

지금 그를 만나러 가고 있는 것이다.

"어디에 있는지는 알고 있는 거예요?"

"물론."

어디에 있는지는 이미 제갈우에게서 들어뒀다. 이제 찾아가면 그뿐이다. 사실 환우도 이렇게 빨리 찾아가게 될 줄은 몰랐다.

애자.

처음에는 그 의지를 느끼기 어려웠으나 한 번 느끼자 그다음은 쉬웠다. 다투기를 좋아하고 살생을 좋아하는 그 성향 때문일 것이다. 투쟁과 살육의 본능은 원래 격렬히 일어나는 법이다. 그러니 일단 느끼기 시작하자 더없이 쉽게 잡을 수 있었다.

어쩌면 용아천뢰검들 중 의지를 느끼기 가장 쉬운 녀석이 애자인지도 몰랐다.

환우는 산의 능선을 타고 융중산을 빙 돌았다. 일단은 북쪽 방향으로 걸었다. 융중산의 봉우리를 넘어가는 방법도 있었지만 그러기는 싫었다. 융중의 봉우리는 왠지 용아를 마음껏 부릴 수 있게 된 이후에나 오르고 싶었다.

이유는 자신도 몰랐으나 그러고 싶었다.

그래서 능선을 타고 산을 빙 돌아가는 것이다.

환우는 걸음을 빨리했다. 융중이 큰 산은 아니지만 그렇다고 동쪽 끝에서 서북쪽 끝까지 보통 사람의 걸음으로 금방 갈 수 있는 정도는 아니다. 오늘 안에 그를 만나려면 걸음을 빨리해야 했다.

자연스레 경공을 펼치는 것과 같은 속도가 나왔다. 치호는 서둘러 경공을 펼치며 그 뒤를 따랐다. 처음 융중에 올 때와는 달리 한결 편한 모습이었다.

환우가 불어넣어 준 기운들이 치호의 몸을 회복시킨 후 상당한 양이 그대로 남아 있었다.

그것을 치호는 운공을 통해 자신의 것으로 만들었다. 대체 어디에서 그런 기운이 자신의 몸에 들어와 자리를 잡은 것인지 알 수가 없었다.

왠지 사숙이 넣어준 것 같았지만 그러려면 자신의 내공을 희생해야 한다. 환우의 무공에 대해 알지 못하는 치호는 그리 생각할 수밖에 없었다.

아무리 생각해도 사숙이 넣어준 것이 아니면 그러한 기운이 있을 리가 없었기에 치호는 가슴 깊이 환우에게 감사해했다. 자신의 잘못을 용서해 주고 거기에 이런 내공이라니, 감사하지 않을 수가 없는 것이다.

그렇게 환우와 치호는 서로에게 미안해하고 고마워했다. 그런 마음이 두 사람의 사이를 조금 더 가깝게 만들어주고 있었다.

"어디로 가는 거예요?"

"융중산의 서북쪽."

환우의 말에 치호는 태양의 위치를 올려다보면서 현재 위치를 가늠했다.

"우리가 있는 곳이 거의 동쪽 아니에요?"

"그래, 정동쪽이야."

"그러면 이렇게 산을 빙 둘러서 가는 거예요?"

치호도 지금 어떻게 움직이는지는 잘 알고 있었다. 명색이 개방의 후개가 아니던가.

"그래."

"그곳에 그가 있다고 확신하시네요?"

"기운을 느꼈으니까."

환우의 대답에 치호는 더 이상 아무것도 묻지 않았다. 항상 환우가 입에 달고 있는 기운이라는 것. 치호로서는 도무지 알 수 없는 개념이었다.

아니, 자신의 몸에 들어와 있던 그 내공이 사숙이 말하는 기운이라는 것이 아닐까 하고 막연히 추측해 볼 뿐이다.

융중산은 결코 작은 산이 아니었다. 처음 이곳에 도착해서 산을 들쑤시고 다닐 때도 느꼈지만 이렇게 오늘 산의 둘레를 거의 반에 가깝게 돌고 있으니 더더욱 그런 생각이 들었다.

거의 전력에 가깝게 경공을 펼치고 있었다. 늘어난 내공 덕에 버틸 만은 했지만 벌써 해가 중천이다. 그제야 목적한 곳에 거의 이를 것 같았으니 융중은 절대로 작은 산이 아니었다.

경공을 전력으로 펼쳐 산을 돌다니, 치호로서는 이런 가혹한 경험은 처음이나 다름없었다.

치호는 모르고 있었다, 그런 환우를 따라 움직이면서 자신이 조금씩 강해지고 있음을. 딱히 다툼을 좋아하는 성격이 아니기에 남과 다툴 일이 없고 환우와 다닌 후로는 비무 따위를 해보지도 않았으니 스스로 실감하지 못하는 것이다.

하지만 환우의 움직임을 따라간다는 것은 치호로서는 한계에 이르는 길이었다. 그렇게 매번 자신의 몸을 한계까지 몰아붙이니 강해지지 않을 수 없다. 단지 본인이 인식하지 못할 뿐.

허기가 느껴질 때쯤 목적지에 거의 도달했다. 환우가 걸음을 서서히 늦췄기에 치호는 그 사실을 쉬이 짐작할 수 있었다.

어디선가 흘러오는 밥 짓는 냄새가 허기를 더욱 부추겼다.

치호는 그 냄새에서 대번에 그가 어디에 있는지를 알 수 있었다. 역시 치호는 거지였다.

환우의 걸음도 냄새가 흘러나오는 곳으로 향했다.

"누구십니까?"

두 사람의 기척을 느낀 자의 목소리가 들렸다. 확실히 젊은이의 목소리였다. 환우와 치호의 시선이 마주쳤다. 두 사람의 얼굴에 미소가 어린다.

맞게 찾아온 것이다.

"네. 이 산에서 무공을 수련하는 이입니다. 이곳에서 다른 누군가가 또 수련을 하고 계시다기에 한번 뵙고 싶어 찾아왔습니다."

환우가 예를 갖춰 대답했다. 그러자 곧 한 젊은이가 모습을 드러냈다.

"그러시군요. 얼마 전부터 동쪽에서 강한 기운이 느껴진다 하였더니 그 기운의 주인이셨군요."

그가 웃으면서 말했다.

"그렇습니다."

환우 역시 웃으며 대답했다.

두 사람 사이에는 벌써 무언가 공감대가 형성된 듯했다. 아마도 그것은 기운이라는 말이리라. 치호는 도무지 알 수 없는 그 말이 두 사람의 거리를 급속도로 가깝게 만든 것이다.

치호는 그렇게 생각했다.

第七章 운중에 숨은 용

"사람이 아니야… 사람일 리 없어. 그래, 동방의 하늘에서 내려온 천신(天神)일 거야. 틀림없어."

해동에서 온 백의의 사내. 한 번의 손짓에 열 개의 벼락이 떨어지고, 마교의 혈사는 그 앞에 침묵한다. 열 개의 벼락을 중원에 남겨두고 홀연히 떠났다.

그리고 오십 년 후. 다시금 중원이 어지러우려 할때 그의 후예가 중원으로 향한다.

푸른 하늘에 열 개의 벼락이 다시 떨어지는 순간 천하는 그 앞에서 무릎 꿇으리라.

　"마침 막 식사를 준비하던 참입니다. 이곳까지 찾아오시느라 식사도 거르셨을 텐데 어떠십니까? 제가 간단하나마 식사 대접을 하고 싶은데요."
　사내의 말에 환우가 웃으며 고개를 끄덕였다.
　"그렇지 않아도 막 허기를 느끼던 참입니다. 대접해 주신다면 감사히 먹지요."
　"그러면 이리로 오십시오."
　환우가 사내의 뒤를 따르자 그 뒤를 치호가 천천히 따라 걸었다.
　'정말로 저 사람이 잠룡은검이란 말인가? 너무 평범하잖아.'

그랬다. 나타난 사내는 정말 평범하게 생겼다. 저잣거리에 나가면 한 번쯤은 부딪쳤을 법한 보통 사람, 그 이상도 이하도 아니었다.

치호가 상상했던 모습과는 전혀 달랐다.

당금 천하십대고수라는 일존, 쌍마, 쌍은, 오성 중에서도 상위에 속한 인물이다. 그렇다면 분명 그에 걸맞은 어떤 것이 있을 줄 알았다.

부리부리한 눈에 무엇이든 뚫을 것만 같은 안광이라던가, 온몸을 찌르는 따가운 기세라던가 하는 것들 말이다. 치호는 은근히 그런 것을 기대하면서 사숙의 뒤를 따랐다. 경지가 오르면 오를수록 평범해질 수 있다는 이야기는 들었지만 그것은 나이 든 고수들의 이야기로 치부하고 있었다.

젊은 나이에 그런 경지에 오른다면 남들과는 다른 무언가 특출난 것이 있을 것이라 생각했는데 그런 것은 없었다. 그래서 오히려 조금 실망을 한 상태다.

하지만 환우는 달랐다.

그는 지금 만난 상대에게 진정으로 감탄하고 있었다. 중원으로 들어온 이후 계속해서 안목을 넓히고 있었다. 개방의 방주라는 소천걸이 그랬고 소림의 불요 대사, 그리고 화산에서 만난 화산신부 장용걸과 화산신검 황규린이 그러했다.

그리고 오늘 잠룡은검이라는 이 사내를 만나 진정으로 개안을 했다는 느낌을 받았다.

과연 중원이라는 넓은 땅에는 대단한 인물들이 많았다.

"하하. 차린 것은 별로 없습니다."

도착한 곳은 작은 움막이 지어져 있었고 움막 앞에 돌이 둥 그렇게 놓인 불 자리가 만들어져 있었다. 그 불 자리에 놓인 솥에서 향긋한 밥 냄새가 피어 나오고 있었다. 그러고 보니 쌀 맛을 못 본 게 언제인지 기억이 나지 않았다.

해동에서 온 환우에게는 이렇게 오랫동안 쌀밥을 먹지 않은 것은 처음이었다. 그러던 차에 이렇게 진한 쌀밥 냄새를 맡으니 허기가 더욱 동했다.

"앉으시지요. 차린 것이 별로 없습니다."

환우와 치호는 사내가 권하는 대로 자리를 잡고 앉았다. 곧 솥의 뚜껑이 열리면서 뜨거운 김이 확 솟아올랐다. 사방으로 밥 냄새가 퍼져 나갔다.

'뜸이 정말 잘 들었구나.'

환우는 냄새만으로도 알 수 있었다. 벌써 입 안에 침이 고이기 시작한다.

나무를 직접 깎아 만든 것으로 보이는 그릇에 밥이 가득 담겨 나왔다. 그리고 나무 접시에 몇 가지 산나물이 있었다. 이 추운 겨울에 어디서 이런 나물들을 구한 것인지 신기했다.

세 사람은 그렇게 둘러앉아 식사를 했다.

오랜만에 먹는 쌀밥은 정말로 맛있었다. 환우는 식사를 하는 내내 아무런 말이 없었다.

"아아. 정말 맛있게 먹었습니다. 이곳에 들어올 때 가지고 온 쌀이 떨어져 얼마간 고기와 건량만으로 식사를 했었는데 이렇게 제대로 된 밥을 먹으니 정말이지 기분이 좋네요."

식사를 끝내고 환우가 활짝 웃으면서 인사를 했다.

"아닙니다. 저도 오랜만에 다른 이들과 함께 식사를 하니 무척이나 즐거웠습니다."

잠룡은검은 지금까지 이곳에서 홀로 수련을 했다. 혼자서 무언가를 한다는 것은 외로운 일이다. 필요에 의해 그런다고 는 하지만 그래도 가끔은 사람이 그리운 법이다. 한창 그러던 차에 마침 환우와 치호가 나타났기에 그도 그들 두 사람이 더 없이 반가웠다.

"저는 이협수라고 합니다. 가문에서 내려오는 검법을 익히 기 위해 철이 든 후로 줄곧 이곳에서 이러고 있군요."

식사 후 투박한 나무 잔으로 차를 마시던 중 그가 입을 열 었다. 세상에는 잠룡은검으로만 알려져 있고 그 이외에는 어 떠한 것도 알려져 있지 않은 인물. 그의 이름은 이협수였다.

"저는 신환우라고 합니다. 사부의 뜻을 좇아 해동에서 왔 습니다."

"저는 장치호라고 합니다. 개방의 제자입니다."

환우의 인사에 이어 치호가 인사를 했다.

"아. 개방의 분이시라고요?"

치호의 말에 이협수가 반색을 했다. 그의 얼굴에는 반가운 기색이 역력했다.

"네."

"몇 년인가 전에 이곳에 개방의 어른이 한 분 다녀가셨습니다. 그때는 눈보라가 무척이나 심한 겨울밤이었죠. 어쩌다가 제가 있는 곳까지 오게 되셔서 저와 며칠을 지내셨습니다. 무척이나 좋은 분이셨어요."

무영개와 만났을 때의 이야기임에 틀림없었다.

"혹 무영개 어른이 아니십니까? 맞다면 제 사숙 되시는 분입니다."

치호는 나이에 걸맞지 않게 의뭉을 떨었다. 뻔히 다 알고 찾아왔음에도 그렇게 대놓고 말할 수가 없는 탓이었다.

"맞아요. 그분께서 그냥 스스로를 무영개라 부르라 하셨지요. 그러면 소협께서 무영개 어른의 사질이 되시는 겁니까? 정말 반갑습니다."

이협수는 정말로 치호를 반가워했다. 무영개와 지내는 동안 무영개에게서 무척이나 좋은 인상을 받은 듯했다.

"네, 반갑습니다. 저도 사숙께서 지나가는 말로 융중산에 용이 될 인물이 잠들어 있다는 이야기를 들은 듯합니다만 설마 이렇게 뵙게 될 줄은 몰랐습니다."

치호는 명문정파의 제자다운 태도로 이야기했다. 환우는 그저 그런 모습을 가만히 지켜보았다.

'저 자식도 점점 약아지고 있단 말이야.'

사람과 부딪치지 않고 홀로 수련에 몰두했기 때문일까? 잠룡은검 이협수는 무척이나 순수한 사람이었다. 그 나이와는 걸맞지 않은 모습이었다.

그는 자신이 강호에서 잠룡은검이라 불린다는 사실도 모를 것이 뻔했다. 이곳의 모습에서 추측할 수 있었다.

그는 가문의 무공을 대성하는 것 이외에는 아무것도 관심이 없어 보였다.

"하하하. 용이라니요. 과분한 말씀이십니다."

이협수는 머쓱한 듯 머리를 긁적이면서 웃었다.

"아니오. 제가 보기에는 이미 용이 되셔서 승천을 했어야 하는데 아직도 승천을 하지 않고 있는 것으로 보입니다만."

환우가 끼어들었다.

무영개.

본 적은 없는 인물이다. 그저 치호에게 말로만 들은 것이 전부다. 하지만 그의 사람을 보는 안목에는 진정으로 탄복했다.

화산신검과 비무를 해봤기에 알 수 있었다.

잠룡은검 이협수는 분명히 화산신검 황규린보다 강했다. 그 차이는 너무나 극명했다. 또한 불요 대사보다도 강했다. 알 수 있을 것 같았다.

온몸의 감각이 가르쳐 주는 상대의 실력.

애자의 의지를 느끼게 된 이후로 그 감각이 더욱 예민해졌

다. 예전에 느꼈던 감각을 떠올려 다른 이들의 그것과 비교할
수 있는 수준에까지 올랐다.

일존, 쌍마, 쌍은, 오성.

자신이 직접 만나본 일은과 일성의 실력을 비교해 보았을
때 분명 쌍은이 오성의 위에 있을 자격이 있었다.

"하하하. 과찬이십니다. 오히려 신 소협이 더 대단해 보이
십니다만."

이협수의 말에 환우는 조용히 고개를 저었다.

"솔직히 말씀드리겠습니다. 저는 이 소협이 이곳에 계시다
는 것을 알고 있었습니다. 기운을 느꼈음이기도 하고 또한 제
갈초려에 계신 제갈 노사께 소협에 대한 이야기를 들었기 때
문이기도 합니다. 그리고 그전에 여기 치호에게서 소협에 대
한 이야기를 들었습니다. 아니, 사실 소협이라는 호칭은 실례
일지도 모르겠군요."

갑작스레 무거운 분위기를 띠는 환우의 말에 이협수는 그
저 멀뚱히 그를 바라볼 뿐이다. 이럴 때는 상대의 말을 경청
해야 한다는 것은 기본 예의였다.

"무영개 그분께서 세상에 소협, 아니, 대협에 관한 이야기
를 흘리셨습니다. 어느 곳에 숨은 은자가 검에 있어 그 경지
가 능히 천하에 손꼽히는 정도라고 말입니다. 세상에서 무영
개 어른은 제법 신망을 얻으신 분이고, 그랬기에 세상 사람들
은 그 말을 믿었습니다. 그래서 대협을 사람들은 잠룡은검이

라고 부른다고 하더군요.”

“네?”

갑자기 대협이란 말이 나올 때부터 환우의 말에 안절부절 못하는 것 같던 이협수는 잠룡은검이라는 말에서 경악을 했다.

“제가 잠룡은검이라고요?”

이협수는 스스로를 가리키며 믿기지 않는다는 듯 물었다.

“네, 그렇습니다.”

“말도 안 돼……”

이협수는 어이가 없다는 얼굴로 가만히 중얼거렸다. 역시 환우의 추측대로 그는 세상에서 자신이 어떻게 불리고 있는지도 모르고 있었다.

“하하하. 내가 잠룡은검이라고? 하하하. 그렇다면 나의 목표는? 하하하.”

잠시 넋이 나간 듯했다. 자신이 잠룡은검이라는 것이 그다지도 충격이었던 것일까? 정신이 나간 듯한 얼굴로 알 수 없는 말을 중얼거렸다.

“이 대협?”

환우가 조심스레 그를 불렀다. 일단 지금 그의 상태가 정상으로 보이지는 않았다. 그 정도의 경지에 든 이가 이런 혼란을 보이다니 알 수가 없었다.

환우의 부름에도 이협수는 그저 덧없이 웃었다. 결국 환우는 가만히 지켜보기로 했다. 그 정도의 사람이라면 잠시 저러다가 곧 제정신을 차릴 것이다. 계속 저런 상태로 있기에는 그가 성취한 경지가 너무나 높았다.

환우의 생각대로 시간이 조금 지나자 그는 곧 평정을 되찾았다.

아니, 되찾은 것처럼 보였다. 하지만 처음 그를 보았을 때의 그 당당하던 모습은 없었다. 무언가 소중한 것을 잃은 사람의 허탈함이 그의 몸 전체를 지배하고 있었다.

"대체 무슨 일인 겁니까?"

환우가 조심스레 물었다.

"후우."

깊은 한숨으로 이협수가 답했다.

"이 대협."

환우가 다시 한 번 그를 부른다.

"대협이라는 말은 거둬주십시오. 사실은 소협이라는 말도 못내 낯이 뜨겁습니다."

이협수가 기운 빠진 목소리로 말했다.

"하지만……."

"하아."

환우가 무언가를 말하려 할 때 다시 이협수의 입에서는 한숨이 새어 나왔다.

"제 목표가 무엇인지 아십니까?"

한숨 뒤에 이어지는 물음이다. 환우가 그 답을 알 리가 없었다. 물론 이협수도 어떠한 대답을 기대하고 던진 물음은 아니었다.

"잠룡은검이었습니다. 가문의 비전인 천룡무상검법(天龍無常劍法)을 대성하여 잠룡은검과 비무를 한번 해보는 것이 제 목표였습니다. 정확히는 그를 꺾는 것이지요. 그런데 설마 제 자신이 잠룡은검이었다니, 전혀 몰랐습니다. 가끔 필요한 것을 구하러 마을에 나갈 때 떠돌이 이야기꾼에게서 듣던 그 대단한 고수가 저 자신이었다니요. 저는 단 한 번도 그런 생각을 해본 적이 없는데 말입니다."

넋두리였다.

홀로 산에서 수련을 한다는 것은 무척이나 고된 일이다. 그것도 몇 날 며칠 정도가 아닌 몇 년이 넘어가면 외롭고 지친다. 그리고 목표를 상실하고 방황에 빠지기도 쉽다.

흔히들 깊은 산속에서 몇 년 수련하고 나면 엄청난 고수가 될 것같이 생각하지만 그것은 사실이 아니다. 사람들 사이에 어떤어떤 고수가 산속에서 홀로 십 년을 수련하고 나왔다더라라는 이야기가 유행처럼 번지지만 그것은 사실과는 다른 것이다.

산속에서 홀로 수행을 하는 무수하게 많은 사람들 중에서 십 년을 버티는 데 성공하는 사람은 고수가 되어 세상에 나타나는 것이고 그것에 실패한 수많은 사람들은 강호에서 이름없는 그저 그런 삼류무사로 사라져 간 것이다.

그렇게 힘든 수련을 버텨내는 가장 좋은 버팀목이 목표다. 어떠한 목표가 있으면 그것은 사람에게 살아갈 활력과 고통을 인내할 끈기를 준다.

이협수는 그러한 목표를 잠룡은검으로 잡았던 것이다.

그리고 환우에게서 잠룡은검은 자신이라는 이야기를 듣는 순간 순식간에 목표가 사라진 것이다.

지금 이협수는 그것에 대한 넋두리를 토해내고 있었다.

환우는 그것을 묵묵히 듣고 있었다.

목표를 잃은 사람의 허탈감. 자신은 알 수가 없었다. 하지만 화산신검에게 패했을 때의 절망과 허탈을 떠올리고는 그저 묵묵히 지켜보았다.

"그가 제 나이 또래라고 들었습니다. 게다가 저와 같은 검을 쓴다고 합니다. 그래서 호승심이 생겼습니다. 그리고 은연 중에 제 목표가 되었지요. 그런데 그것이 제 자신이라니. 참……."

환우는 왠지 이협수에게 엄청난 죄를 지은 기분이었다. 한 사람의 삶의 목표를 순식간에 자신이 앗아버린 꼴이었기 때문이다.

하지만 언젠가는 알게 될 일이다. 자신으로 인해 그 시기가 조금 빨라진 정도다. 환우는 그렇게 생각했다. 하지만 일말의 책임감은 느꼈다.

그랬기에 환우는 입을 열었다.

"이 소협, 대협이라는 말이 부담스러우시다니 소협이라 부르겠습니다. 소협께서는 혹 동방신협이라는 분을 아십니까?"

물론 이협수가 익히 알고 있는 명호다. 아니, 현재 중원에서 칼밥 먹고 사는 무림인치고 그 명호를 모르는 이가 있을까?

특히나 이협수는 더했다.

본디 이협수의 가문은 오십여 년 전만 해도 제법 명망있는 무가였다.

하지만 옛 영광은 하루아침에 사라졌다. 마교와의 전쟁에서 세가가 몰락한 것이다. 유일한 생존자는 당시 아직 소년의 티를 벗지 못한 이협수의 아버지 혼자였다. 다행히 가문의 비고는 무사했기에 천룡무상검의 검보는 보존이 되었다.

하지만 그뿐이었다.

아무리 비급이 있다 한들 이협수의 아버지 혼자의 힘으로는 검법을 익히는 것도 어려웠고 가문의 재건은 꿈도 꾸지 못했다.

그저 그의 가슴에 한으로 자리해 있을 뿐이었다.

하지만 그렇게 검의 명가가 사라지는 것을 하늘도 원하지는 않았는지 이협수가 태어났다. 검법을 위해 존재하는 듯한 아이였다.

이협수의 아버지는 이협수에게서 가문 재건의 희망을 보

았고 그를 위해 필요한 모든 지원을 아끼지 않았다. 본인이 비록 재질이 미천하여 가문의 검법을 제대로 익히지 못한 강호의 이류무사에 불과했지만 아들의 대에서는 반드시 가문의 이름이 다시 천하를 떨칠 것이라 믿었다.

그래서 항시 이협수의 아버지는 이협수에게 가문에 대한 이야기를 해주며 가문의 자긍심을 물려주려 했다.

그때마다 이협수가 아버지에게 들은 말이 있었다.

"동방신협 그분은 인간이 아니시라고 하더구나. 그분의 힘으로 마교가 중원에서 물러났으니 가히 무의 신이라 불려도 부족한 분이시지. 그리고 그분은 우리 가문의 은인이시기도 하다. 그분 덕에 마교가 물러가지 않았다면 언젠가는 이 아비도 마교도의 손에 죽었을 것이니 은인이시지. 암, 그렇고말고."

어찌 생각하면 억지나 다름없는 말일 수도 있지만 당사자가 그렇게 생각을 한다면야 어쩔 수 없었다. 이협수는 어린 나이부터 그런 말을 듣고 자랐다.

자연히 동방신협에 대해서는 남다른 마음을 품고 있을 수밖에 없었다.

"알지요. 잘 알지요. 어찌 그분을 모르는 중원인이 있을 수 있단 말입니까? 마교의 손에서 중원을 구한 분이시거늘."

이협수의 말속에는 동방신협에 대한 존경이 절절히 담겨

있었다. 이협수의 사정을 알지 못하는 환우로서는 좀 과한 반응이 아닌가 하고 생각이 되었지만 그저 그럴 수도 있겠다라 생각하고 넘어갔다.

"그분이 제 사부가 되십니다."

"……?!"

그 말에 이협수는 입을 딱 벌렸다. 그리고 아무 말도 하지 않은 채 멍하니 환우를 바라보았다.

전설이고 신화다.

동방신협은 이제 중원에서는 그러한 존재다.

그런데 지금 눈앞에 그 전설과 신화의 제자가 있다니 믿을 수가 없었다.

생각해 보면 당연한 것인지도 몰랐다.

자신의 기억 속에 있는 개방의 고수 무영개보다 지금 눈앞에 있는 사내의 기도가 더 대단해 보였다. 천하에 누가 있어 이런 인물을 길러내겠는가. 있다면 동방신협밖에 없으리라.

이윽고 이협수는 입을 다물고는 고개를 끄덕였다. 그리고 포권을 하며 정중히 인사를 했다.

"미처 알아뵙지 못했습니다. 제 무례를 용서해 주십시오, 신 대협."

어느새 환우가 대협이 되어버렸다. 그런 극진함에 오히려 환우가 당황했다.

환우와 이협수. 서로를 당황케 하고 있었다.

“이런 대우는 저에게 과분합니다. 저는 그저 이 소협보다 어린 강호의 신출내기에 불과합니다. 부디 그런 예는 거둬주십시오. 불편합니다.”

어쩐 일인지 환우가 철이 든 듯하다. 그 수많은 강호의 명숙들 앞에서는 그리 제멋대로 행동하더니 어찌 잠룡은검 앞에서는 이다지도 예의가 바른 것인지.

그만큼 그가 잠룡은검 이협수를 인정했다는 것이다.

“아닙니다. 어찌 강호의 이름없는 무명소졸이 동방신협의 제자 분께 함부로 할 수 있겠습니까?”

환우가 세차게 고개를 저었다.

“아닙니다. 제가 이런 모습을 보고 싶어 이야기를 꺼낸 것이 아닙니다. 게다가 잠룡은검께서 무명소졸이라니요. 그렇다면 일존과 쌍마를 제외한 무림의 모든 인물들이 무명소졸이 되어버립니다. 그 말씀은 거두어주십시오.”

“그럴 수는 없습니다.”

그렇게 이협수와 환우의 실랑이가 시작되었다. 금방 끝날 것만 같았던 실랑이는 제법 시간을 끌었다.

이협수도 제법 고집이 있었던 것이다. 이런 곳에서 오랜 시간을 수련에 매진할 정도면 그 정도의 고집은 당연한 것이었다.

치호는 그런 두 사람의 모습을 가만히 보면서 하품을 했다. 지리할 뿐이었다.

한참의 실랑이 끝에 겨우 서로를 처음처럼 대하게 되었다. 결국은 환우의 승리인 것이다.

"에휴, 말을 꺼내기도 전에 이렇게 진을 빼다니요."

"죄송합니다."

두 사람의 입가에 미소가 맴돌았다. 실랑이를 벌이는 사이에 둘은 더욱 가까워진 것이다.

"후. 제가 사부의 이야기를 꺼낸 것은 해주고 싶은 말이 있어서입니다. 제 사부는 중원의 모든 이들이 인정하는 천하제일인지요. 그런 사부가 제게 해준 말씀이 있습니다."

동방신협의 가르침이라는 말에 이협수는 진지한 얼굴로 환우의 입을 주시했다. 조금 전 실랑이를 벌이고 또 환우와 웃음을 나누었던 적이 있을까 싶을 정도로 진지한 얼굴이다.

그는 지금껏 홀로 수련을 했다. 그랬기에 깨달은 것도 많았지만 또한 명사의 가르침에 대한 목마름도 컸다. 그런데 동방신협의 가르침이란다.

이협수가 집중할 수밖에 없었다.

"환우야, 너는 세상에서 가장 이기기 어려운 상대가 누구인지 아느냐?"

"글쎄요… 열심히만 수련한다면 누구든 이길 수 있지 않을까요?"

"허허허. 그렇지. 온 정성을 다해 열심히만 하면 무엇인들

못 이루겠느냐? 정신일도하사불성(精神一到何事不成)이라는 말도 있거늘. 하지만 말이다. 나도 아직 이기지 못한 상대가 있단다.”

“누구요?”

환우는 두 눈을 빛냈다. 자신이 아는 한 세상에서 가장 강한 인물은 사부였다. 그런데 사부가 이기지 못한 상대가 있다니 그것이 누구일지 궁금했다. 어린 환우의 얼굴에는 호기심이 가득했다.

“허허허. 그것은 말이다. 바로 나 자신이란다. 아무리 해도 내 앞에 서 있는 나 자신은 이길 수가 없구나. 번번이 패하기만 하니, 불존께서는 아직 이 어리석은 제자에게 깨달음을 내리지 않으실 모양이야.”

그렇게 말하며 망아 대사는 염주알을 굴리며 걸음을 옮겼었다.

환우의 이야기가 끝나자 이협수는 아무런 말이 없었다. 좀 전에 자신이 목표로 삼은 잠룡은검이 사라졌다는 사실에 허탈해 있었다. 그것을 알기에 환우가 해준 말이다.

환우는 이협수에게 새로운 목표를 만들어주고 싶었다. 그래서 사부의 이야기를 해준 것이다.

“어찌 보면 참으로 대단한 일입니다. 제 사부도 말년에야 스스로를 이기려 하셨는데 이 소협은 벌써 자기 자신이 목표가 되어버렸으니 말입니다."

환우가 미소를 지으며 말했다. 그 말에도 이협수는 아무런 말이 없었다. 하지만 이내 그의 얼굴에 미소가 번졌다.

"감사합니다."

짧은 말이지만 진심이 가득 담긴 말이다.

환우의 조언에서 그는 계속 이곳에서 수련을 해야 할 목적을 찾은 것이다.

"다행이네요."

이협수가 다시금 목적을 찾자 환우는 진심으로 말했다. 하마터면 자신의 말로 인해 무림의 고수 한 명이 심마에 빠질 뻔했다.

그것을 막았으니 환우로서도 만족스러웠다.

"사숙, 이제 이곳에 온 볼일을 봐야죠."

물끄러미 그런 두 사람을 보던 치호가 한마디 했다. 따라오는 내내 잔뜩 기대하고 있었는데 이런 지루한 전개라니, 하품만 절로 나올 뿐이다. 치호도 제법 오랜 시간을 참고 두 사람을 지켜보고 있었다.

"볼일?"

치호의 말에 환우는 잠시 기억을 더듬었다.

"아!"

그리고 이내 이곳에 찾아온 이유를 생각해 냈다. 갑작스러운 일 때문에 까맣게 잊고 있었다.

“나도 참…….”

환우는 할 말이 없다는 듯 자신의 머리를 툭툭 쳤다.

“볼일이라니요?”

두 사질 간의 대화를 듣던 이협수가 끼어들었다. 그들의 말
에서 자신에게 볼일이 있어서 이곳에 찾아온 듯했기 때문이
다.

환우는 지금껏 잊고 있다가 이제야 말한다는 것이 조금 멋
쩍었던지 머리를 긁적였다. 그 모습이 이협수의 궁금증을 더
욱 자극한 듯했다.

“무슨 일로 저를 찾으셨던 것입니까? 저에게 큰 도움을 주
셨으니 제가 도울 수 있는 일이라면 돕도록 하겠습니다.”

이협수의 말에 환우는 어색한 웃음을 지었다.

“무인이 무인을 찾는 이유가 별다른 것이 있겠습니까?”

환우의 말을 이해하는 것은 어렵지 않았다. 결국은 비무를
위해 찾아왔다는 것이었다.

“그러셨군요.”

이협수도 무인인지라 아주 쉽게 환우의 말을 이해한 것이
다.

“조금 전에도 말씀드렸다시피 본래 제가 융중에 들어온 이
유도 무림에 그 명성이 높은 잠룡은검이 이곳에 은거해 있다
는 이야기를 들어서입니다. 이 녀석 덕분이지요.”

그러면서 환우는 치호를 가리켰다. 치호는 이협수의 시선

이 자신을 향하자 어색하게 웃었다. 지금껏 지루해하며 있다가 갑자기 자신에게로 두 사람의 시선이 향하자 머쓱해진 것이다.

"네."

이협수는 짧게 대답했다. 이미 나눈 이야기로 알고 있던 일이기에 놀랄 것도 없었다. 하지만 시선이 치호를 향하는 것은 어찌할 수가 없었다.

"무영개 어른의 사질다우신 모습입니다."

"과찬이십니다."

이협수의 칭찬에 치호는 몸둘 바를 몰라 했다. 당연하다면 당연한 반응이다.

"신 소협께서 저를 찾으신 이유는 저와 겨루어보기 위함이지요?"

이협수가 웃으며 환우를 향해 시선을 돌렸다. 그의 눈빛에 환우 역시 웃음으로 답했다.

"네, 그렇습니다. 근자에 작은 깨달음이 있었습니다. 저는 제가 깨달은 그것을 한 번 시험해 보고 싶더군요. 과연 제가 바른길로 가고 있는지 확인하기 위해서요."

"그래서 저를 찾으신 것이로군요. 저 역시 이곳에서 가문의 검법에 대해 작은 깨달음을 얻었습니다만, 과연 그것이 바른길인지 고민이었습니다. 하지만 홀로 수련을 하다 보니 그것을 확인할 길이 없더군요."

두 사람의 눈빛이 허공에서 얽혔다.

이심전심.

두 사람의 마음이 통한 것이다.

이협수와 신환우, 신환우와 이협수.

둘은 서로의 실력을 겨루어보기를 원하고 있었다.

"그럼."

그 말과 함께 두 사람의 몸이 움직였다. 본능적으로 비무를 하기 적당한 장소를 찾아 적당한 간격을 두고 서로 마주 보며 섰다.

어느새 서쪽으로 뉘엿뉘엿 저무는 태양이 두 사람의 전신을 붉게 물들였다.

치호의 두 눈이 반짝였다. 드디어 기대해 마지않던 비무가 시작되려는 순간이었다.

"해가 지는군요."

이협수의 입에서 나온 말이다. 환우는 묵묵히 고개를 끄덕였다.

"우리가 겨루기에는 시간이 좀 늦은 듯합니다."

두 사람의 실력이라면 낮이든 밤이든 상관이 없었다. 그 정도의 빛의 가감은 두 사람에게는 아무런 지장이 되지 않았기 때문이다. 하지만 이협수는 그것이 아닌 듯했다.

"무슨 문제라도 있습니까?"

가만히 자신을 바라보고 있는 이협수에게 환우가 물었다.

자리만 점한 후 아무런 준비를 하지 않았기 때문이다.

"아무래도 하루를 마무리하는 기운이 천지를 뒤덮기 시작하니 흥이 나지 않는군요."

'또 기운.'

이협수의 입에서 기운이라는 소리가 나오자 치호의 얼굴에 주름이 생겼다. 또다시 자신은 알지 못하는 세계의 이야기가 나온 것이다.

하지만 이번에는 환우 역시 얼굴에 주름을 만들었다. 환우로서도 이해하기 어려운 말이었기 때문이다.

하루를 마무리하는 기운이라니. 환우는 여태껏 기운에서 그런 차이를 느끼지 못했다. 하지만 이협수는 지금 천지가 하루를 마무리하는 기운으로 덮여 있다고 했다.

환우가 구분하지 못하는 차이를 이협수는 충분히 구분하고 있다는 뜻이었다. 돌려 말하면 이협수가 환우보다 한발 앞서 있다는 것이다.

비무를 시작하기도 전에 두 사람의 차이가 드러나는 듯했다. 그런 환우의 기색을 읽었음인지 이협수의 입이 천천히 움직였다.

"언제부터인가 때때로 기운이 변하는 것을 느끼게 되었습니다. 같은 장소라 하더라도 해가 뜰 때와 질 때, 달이 뜰 때와 질 때, 때마다 기운이 미묘하게 다르더군요. 그리고 하루를 시작한다는 느낌, 하루를 마무리한다는 느낌도 들더군요.

기운이라는 것이 마치 의지를 가지고 감정대로 움직이고 있다고 할까요? 그런 기분입니다. 그때부터였습니다, 기운의 느낌에 제 행동을 맞추기 시작한 것이요. 지금처럼 노을이 지며 천지가 하루를 끝내는 기운으로 가득할 때면 저도 조용히 하루를 돌아보며 마무리를 하지요.”

환우는 이협수의 말을 조용히 들었다. 어쩌면 그 자신에게도 엄청난 도움이 될지도 모르는 말이었다. 환우는 지금까지 시각마다 기운이 가지는 변화를 전혀 인지하지 못하고 있었다. 그런데 이제 그러한 사실을 알았으니 그것만으로도 굉장한 소득이었다.

“신 소협을 만나 스스로의 실력을 시험해 보고 싶다는 욕심에 잠시 잊었습니다만, 이제는 저는 하루를 마무리할 때입니다. 지금까지 살아오면서 가장 뜻 깊었던 날 중 하루가 오늘이니 더욱 기쁜 마음으로 마무리를 하고 싶군요.”

결국 비무를 다음날로 미루자는 말이었다. 환우도 싫다는 사람에게 억지로 비무를 강요하고 싶지는 않았다. 게다가 방금 이협수에게 들은 말도 조용히 되짚어보고 싶었다.

“알겠습니다. 이 소협의 뜻이 그러하시다면 오늘은 이만 쉬도록 하지요.”

“이해해 주서서 감사합니다. 그렇다면 실력의 겨룸은 내일 아침 일찍 해가 뜰 때쯤으로 하는 것이 어떻겠습니까? 신 소협과의 비무로 하루를 시작한다면 그 또한 매우 뜻 깊은 일일 듯하군요.”

“알겠습니다.”

환우는 기꺼이 이협수의 제안을 받아들였다. 사실 그로서
는 어떻게 하더라도 상관이 없는 일이었다.

단지 그로 인해 김이 빠진 인물이 하나 있었다. 바로 두 사
람의 비무를 쿵쾅거리는 가슴을 부여잡으며 기대 어린 눈빛
으로 기다리고 있던 치호였다.

하지만 그런 내색은 할 수 없었다. 사숙이 수긍을 하고 있
는데 자신이 그런 내색을 했다가는 어떤 꼴을 당할지 알 수가
없었다. 솔직히 겁이 나는 것이다.

“초라합니다만 함께 쉬시겠습니까?”

“호의에 감사드립니다.”

환우는 인사를 하고는 이협수의 뒤를 따라 작은 움막으로
들어갔다. 치호 역시 그 뒤를 따랐다.

밖에서 보기는 조금 작은 듯했으나 실내는 의외로 충분한
공간을 가지고 있었다. 대체 어떤 마술을 쓴 것인지 알 수 없
었다.

움막 안에서 간단한 식사를 마친 후 차를 앞에 두고 세 사
람은 마주 앉았다. 서로에게 호감을 가진 터인지라 나눌 말들
도 많았다. 게다가 강해지는 데 뜻을 둔 무인들이니 그들이
나눌 말이란 하늘보다도 높고 바다보다도 깊게 쌓여 있었다.

“그런데 이 소협께서 익히고 계신 검법은 대체 어떤 것입

니까?”

타인의 무공에 대해서 묻는 것은 상당히 친한 사이에서도 실례가 될 수 있는 질문이다. 한데 환우는 대뜸 거리낌없이 이협수에게 그가 익히고 있는 무공에 대해서 물었다.

“왜 그러시는지?”

이협수가 환우의 의도를 알기 위해 조심스레 되물었다. 조심스러울 사람이 뒤바뀐 상황이다.

“계속해서 홀로 검을 익히셨다 알고 있는데 과연 어떠한 검법이 스승도 없이 홀로 수행을 해도 그리 강해지는지 궁금해서 그럽니다. 저는 스승을 모시고 수련에 힘을 썼는데도 감히 이 소협보다 뛰어나다 할 자신이 없으니 부끄럽군요.”

환우가 무엇을 궁금해하는지를 깨달은 이협수는 미소를 지으며 고개를 끄덕였다. 누구나 궁금해할 만한 일이다.

사실 무영개도 그것을 무척이나 궁금해했었고 신기하게 여겼었다. 무영개에게는 그의 의문에 대해 미소로만 답을 했었다. 하지만 왠지 환우에게는 사실을 이야기해 줘야 할 것 같았다.

아니, 자신의 이야기를 하고 싶었다. 눈앞의 사내는 그런 감정이 들게 만드는 그런 사람이었다.

이협수가 잠시 눈을 감았다. 과연 어떻게 이야기를 해줘야 할까 정리를 한 것이다.

이윽고 이협수가 눈을 떴다.

"신 소협께서는 천하이대검가(天下二大劍家)라고 알고 계십니까?"

이협수의 물음에 환우의 시선은 치호를 향했다. 그가 알고 있는 중원 무림에 대한 지식은 모두 치호로부터 나온 것이고 지금 이협수가 묻는 것에 대해서는 전혀 몰랐다. 그러니 당연히 그의 시선이 치호에게 향할 수밖에 없었다.

환우의 시선을 받은 치호는 가만히 머릿속의 기억을 뒤졌다. 치호에게도 생소한 말이었다. 하지만 어디선가 들은 듯한 기억이 있었다.

잠시 세 사람 사이에 정적이 내려앉았다.

그 정적은 치호의 작은 탄성이 있을 때까지 계속되었다.

"아!"

"알아?"

환우의 물음에 치호가 고개를 끄덕였다.

"워낙 오래된 일이라 잠시 기억해 내는 데 시간이 걸렸어요."

"그렇지요. 오래된 일이지요."

치호의 말이 옳다는 듯 이협수가 고개를 끄덕이며 말했다. 이협수의 목소리에는 애잔함이 가득했다.

그 목소리에서 그에게 무슨 사연이 있음을 쉬이 짐작할 수 있었다. 그 말을 끝으로 이협수는 아무런 말을 하지 않았기에 환우는 눈짓으로 치호에게 계속 이야기를 하게 했다.

　그렇게 이야기가 이어지면 이협수가 자신의 이야기를 풀어낼 것 같았기 때문이다.

　"천하이대검가란 오십여 년 전에 무림에 돌던 말이에요. 구파일방 중 무당과 화산, 그리고 청성이 검으로 유명하다면 무림의 세가 중에서도 검으로 유명한 가문이 둘 있었죠. 검을 주무기로 삼는 세가는 많았지만 천하제일을 다툴 수 있는 검을 지닌 가문은 단둘이었어요. 그 두 가문을 바로 천하이대검가라고 불렀죠."

　"그렇군."

　벌써 오십 년도 더 된 과거의 일이라고 한다. 그렇다면 이협수가 태어나기도 전의 일이다.

　"그중 한 곳은 여전히 유명한 검가예요. 아니, 이제는 천하제일검가라고 불리는 곳이죠."

　"그곳이 어디지?"

　"천하십대고수 중 최고수로 인정을 받는 일존 절대검존 남궁명 대협의 남궁세가지요."

　치호의 대답에 환우는 고개를 끄덕였다. 과연 천하십대고수 중 가장 강하다는 인물을 배출한 가문이라면 그럴 만하다고 여긴 것이다.

　"그리고 이제는 사라졌지만 오십여 년 전에는 남궁세가와 쌍벽을 이루었던 가문은……."

　"천검이가(天劍李家)지요."

치호가 말하려는 찰나 이협수가 끼어들었다. 치호는 그런 이협수를 바라보면서 고개를 끄덕였다. 무언가를 깨달은 듯한 눈빛이다.

"맞아요. 분명 천검이가예요. 그렇게 들었어요. 아주 오래 전 일이라 이제는 알 필요가 없는 일인지는 몰라도 개방의 후 개라면 응당 알아야 한다면서 저에게 장로님들이 이야기해 주셨죠. 그리고 아직까지도 알 만한 사람들은 모두 기억하고 있는 가문이지요. 그러고 보니 이 소협의 성이……."

그렇다.

이협수의 성은 이씨였다.

천검이가.

이씨들이 모인 가문이다.

"설마……."

치호는 혹시나 하는 심정으로 중얼거렸다.

"그렇습니다. 저는 천검이가의 후예입니다."

이협수는 짤막한 말로 치호의 의문을 해소해 주었다.

"천검이가는 오십여 년 전에 망했습니다. 단 한 명의 소년을 남기고 모두가 죽었지요. 바로 마교의 손에요."

이협수가 회한에 젖은 목소리로 말했다. 그가 태어나기 전의 일이다. 겪지도 않은 일일 것이다. 하지만 그 목소리에는 마치 그 모든 것을 보고 겪은 사람과 같은 슬픔이 담겨 있었다.

‘아! 이 바보 같으니. 분명 아까 천룡무상검법이라는 말을 들었는데… 어찌 그 유명한 검법의 이름을 듣고도 천검이가를 떠올리지 못했지?’

이협수가 가문의 이야기를 하는 동안 치호는 자신의 머리를 치며 스스로의 무지함을 탓했다.

천룡무상검법.

천검이가를 있게 한 검법으로, 능히 천하제일검법이라 불릴 수 있는 검법 중 하나라는 평을 받은 절세의 검법이었다. 하지만 오십여 년 전 천검이가가 망하면서 전설 속으로 사라진 검법이다. 하지만 아직도 많은 검객들의 입에 오르내리는 검법이기도 했다.

“천검이가의 위치는 본디 감숙성의 성도인 난주였습니다. 천검이가는 청해성에서부터 중원으로 치고 들어오는 마교의 무리들이 가장 먼저 부딪치게 된 명문정파였지요. 중원의 다른 문파들의 지원이 채 있기도 전에 마교에게 쓸렸습니다. 아무리 천검이가라고 하지만 하나의 가문일 뿐입니다. 단일 세력으로는 그 규모가 가장 크다는 마교에게 버텨낼 재간이 없었지요. 겨우 당시 어린 소년에 불과한 소가주 한 명을 살리는 것이 전부였습니다.”

누구를 향한 원망일까? 이협수의 목소리에는 짙은 원망이 담겨 있었다. 아니, 벌써 예전에 씻어버렸던 감정이 잠시 다시 고개를 드는 듯한 느낌이었다.

"만약 마교가 중원을 제패했다면 그 소년은 그저 그렇게 평범하게 살면서 사라졌거나 아니면 마교의 손에 잡혀 죽었을지도 모르지요. 하지만 동방신협께서 마교를 물리쳐 주시면서 그 소년은 무사히 당당한 한 명의 무인으로 성장할 수 있었습니다. 그분이 바로 제 아버지시죠."

환우는 묵묵히 이협수의 말을 듣고 있었다.

"그렇다면 천룡무상검법은 어떻게 익힐 수 있었던 거죠?"

치호가 궁금함을 참지 못하고 물었다.

"다행히도 가문의 비고는 무사했답니다. 그곳에 천룡무상검법의 비급이 있었지요."

이협수가 대답했다.

"대단하시군요."

뜬금없는 말을 환우가 했다.

"네?"

이협수가 뜻을 알 수 없어 되물었고 치호는 멀뚱거리며 자신의 사숙을 바라보았다.

웬 자다가 봉창 두드리는 소리란 말인가.

"대단하시다 하였습니다. 아무리 뛰어난 검법이라 한들 겨우 비급 하나가 남았을 뿐입니다. 그것을 익혀 이런 경지를 이루시다니 정녕 대단하십니다."

환우는 진정으로 이협수의 재능과 능력에 감탄했다.

"과찬이십니다."

환우의 칭찬에 이협수는 겸손한 웃음으로 답했다. 그사이
에 치호가 고개를 갸웃거리면서 알 수 없다는 표정을 짓고 있
었다.

"사숙."

"왜?"

궁금함을 참지 못한 치호는 결국 환우에게 물었다.

"비급이 있으면 무공을 익히는 데는 충분한 것 같은데요…
그게 그렇게 대단한 일인가요? 아, 물론 이 소협의 능력을 의
심하는 것은 아니에요. 그 젊은 나이에 천하십대고수 중에서
도 상위의 반열에 들 경지에 이른 분이니 엄청난 천재이신 것
은 분명하지만……."

치호가 알 수 없다는 듯 말하면서 말끝을 흐렸다. 그런 치
호의 모습에 환우는 진정으로 걱정이 된다는 듯한 얼굴로 깊
은 한숨을 쉬었다.

"왜 그러세요?"

환우의 한숨에 치호는 영문을 알 수 없다는 듯 되물었다.
그 모습에 환우는 어쩔 수 없다는 얼굴로 고개를 절레절레 흔
들었다. 치호는 더욱 알 수 없다는 얼굴을 했고 이협수는 그
저 두 사질 간의 대화를 웃으면서 바라보고 있었다.

"너."

"네."

"내가 지금 마을에 내려가서 대장간에서 검을 만드는 법에

대한 설명이 있는 책을 구해다가 주면 너는 그 책을 혼자 공부하여 십 년 안에 저 간장(干將)과 막사(莫邪)와 같은 천하의 역사에 길이 남을 만한 명검을 만들 수 있겠어?"

환우의 물음에 치호는 말도 안 된다는 표정을 지었다. 그리고 장난치지 말라는 듯한 말투로 말했다.

"에이. 사숙, 제가 대장장이도 아닌데 어떻게 그런 일이 가능해요? 설사 또 대장장이라고 해도 책 한 권 읽고 그런 검을 만들 수 있다면 천하에 명공이 아닌 대장장이가 어디 있겠어요?"

환우가 치호의 말에 고개를 끄덕였다.

"그래, 네 말대로다. 그런데 어찌 검을 만드는 것만 그렇고 무공을 익히는 것은 그렇지 않단 말이냐? 절세 무공의 비급만 있으면 천하의 고수가 된다면 천하는 고수로 넘쳐 나겠다. 무엇이든 단지 그 내용이 적힌 책만 보고 혼자서 이룰 수 있는 것에는 한계가 있는 법이다. 먼저 그 길을 가본 스승이 곁에서 도와주는 것과 홀로 하는 것은 하늘과 땅 차이야. 그런데 이 소협은 홀로 그런 경지를 이루셨으니 어찌 대단하지 않겠느냐."

그 설명을 듣고 나서야 치호는 환우가 한 말을 이해할 수 있었다. 이제야 이협수가 얼마나 대단한 사람인지 깨달은 듯한 얼굴이다.

자신은 개방의 무공을 익히면서 방주에게 얼마나 많은 구박을 받았던가. 하지만 그것도 다 무공을 익히는 과정의 가르침이고 조언이었다. 그리고 그런 것들이 치호에게 굉장히 큰 도움이 되었다.

결국 이협수는 그런 도움이 전혀 없이 지금의 경지를 이루었다는 것이다.

"실례지만 사람 맞으세요?"

그 모든 사실을 인지하자 치호의 눈에 이협수는 사람으로 보이지 않았다. 이것은 사람의 탈을 쓴 괴물이 분명했다.

"하하하. 분명 사람이 맞습니다. 그렇게 괴물 보는 듯한 눈으로 보지 마십시오."

이협수가 유쾌하게 웃으며 대답했다. 치호의 그와 같은 모습에 이협수는 어느새 과거를 말하면서 가슴에 차 오른 슬픔을 잊은 듯했다.

그것을 느꼈음인지 환우도 기분 좋게 웃었다.

이협수의 슬픔이 조금씩 환우에게 영향을 미치는 참이었던 것이다.

이협수의 웃음과 함께 분위기가 조금 풀어지자 이내 세 사람은 이야기꽃을 피웠다. 젊은 무인 세 사람이 모였으니 그들이 할 이야기는 밤을 새워도 끝나지 않을 듯했다.

그렇게 그날 밤이 지나갔다.

第八章
의지의 결

「사람이 아니야… 사람일 리 없어·그래, 동방의 하늘에서 내려온 천신(天神)일거야·틀림없어.」

해동에서 온 백의의 사내·한 번의 손짓에 열 개의 벼락이 떨어지고, 마교의 혈사는 그 앞에 침묵한다·열 개의 벼락을 중원에 남겨두고 홀연히 떠났다.

그리고 오십 년 후·다시금 중원이 어지러워지려 할때 그의 후예가 중원으로 향한다.

푸른 하늘에 열 개의 벼락이 다시 떨어지는 순간 천하는 그 앞에서 무릎 꿇으리라.

아침 해가 나무들 사이로 그 밝은 모습을 드러냈다. 이미 해가 떠오르기 전에 세 사람은 움막에서 나와 있었다.

각자 아침 수련을 끝내고 다시 움막 앞에 모였다. 무림인들의 아침 수련은 보통은 아침의 정기를 몸 안에 모으는 운공이다.

이협수와 치호 역시 그런 상식을 벗어나지 않았다. 환우 역시 마찬가지였지만 다른 두 사람과는 조금 달랐다. 기운을 몸 안에 담아두는 것이 아니라 기운이 몸을 타고 흘러들어 왔다가 다시 흘러 나가게 두었다. 그리고 그 과정에서 몸 안에 기운이 흐르는 길을 관조했다.

그것이 환우가 익힌 천뢰무위공이었다.

그렇게 새벽 운공을 마친 세 무인이 한자리에 모였다. 전날 함께 밥을 먹던 장소다. 하지만 지금은 그때의 화기애애한 분위기는 사라지고 없었다.

환우와 이협수의 비무를 위한 자리다.

움막 앞에는 작지 않은 공터가 있었다. 가벼운 수련을 위한 장소를 마련해 둔 것이다.

비무를 하기에 적당한 크기는 아니었지만 두 사람은 이 정도면 충분했다.

치호는 움막 앞에 앉아 초롱초롱한 눈으로 두 사람을 지켜보았다. 얼마나 기다리던 순간이란 말인가.

환우와 이협수는 적당한 거리를 둔 채 서로 마주 보고 섰다. 이협수의 손에 들린 평범한 청강장검이 새하얀 검신을 빛내고 있었다.

환우는 품에서 두 자루의 용아천뢰검과 여덟 자루의 벽조목검을 꺼내 들었다.

"목단검을 쓰시는군요."

환우의 병기에 이협수가 의외라는 얼굴을 했다. 그가 듣기로 동방신협은 열 자루의 단검을 사용했다고 했다. 목단검이 아니었다.

"스승께서 중원 천지에 열 자루를 흩어놓으셔서요. 이제 겨우 두 자루를 찾았습니다."

“그렇군요.”

환우의 설명에 이협수가 고개를 끄덕였다.

“그럼.”

환우의 말이 신호가 된 것일까? 일순간 긴장감이 공간을 지배했다.

환우와 이협수, 두 사람의 눈이 모두 날카롭게 빛났다. 그 눈빛은 서로를 주시했다. 검이 들린 이협수의 손이 천천히 움직이며 기수식을 취했다. 환우는 각기 다섯 자루씩의 단검을 든 손을 좌우로 펼쳤다.

누구도 움직이지 않았다.

그저 그렇게 서로의 기세를 겨루면서 상대의 틈을 노렸다.

먼저 움직인 것은 환우였다.

왼팔을 떨치며 동시에 다섯 자루의 단검이 허공을 갈랐다.

각기 다른 방향과 다른 속도로 날아가는 다섯 자루의 단검을 모두 쳐내기는 여간 까다로운 것이 아니다. 아니, 어지간한 고수도 어느 것 하나는 쳐내지 못할 것이 분명했다. 치호는 자신이 저 단검 앞에 서 있다는 생각을 하자 절로 아찔해졌다.

치호가 보기에 사숙은 별다른 수련을 하는 것 같지 않았는데 이미 화산신검과의 비무 때와는 다른 모습을 보여주고 있었다.

이협수는 자신을 향해 날아오는 단검을 태연히 바라보았

다. 일말의 동요도 없이 평온한 모습이다.

다섯 자루의 단검 중 가장 앞에서 날아오는 단검이 자신의 간격 안에 들어왔을 때 이협수의 검이 천천히 움직였다. 정말로 천천히 움직였다. 과연 움직이고 있는 것일까라는 의문이 들 정도로 느렸다.

하지만 검은 어느새 첫 번째 벽조목검을 쳐내고 있었다. 느리지만 빠른 움직임. 과연 그것이 가능할까란 생각을 하면서 치호는 이협수의 검을 뚫어져라 바라보았다.

"저게 만검(慢劍)이라는 건가……."

치호가 멍하니 그렇게 중얼거리는 순간 이미 이협수는 다섯 번째 단검을 쳐내고 있었고 그와 동시에 환우의 오른손이 움직이며 다시 다섯 자루의 단검이 이협수를 향해 날아갔다.

이협수는 여전히 제자리에 서서 환우가 날린 단검을 바라보고 있었다. 아니, 가만히 있지는 않았다. 그의 오른손에 들린 검이 유려한 곡선을 그리며 자신을 향해 날아오는 단검들을 마중할 준비를 하고 있었다.

그때 환우의 두 다리가 땅을 박차고 앞으로 내달렸다. 자신이 날린 다섯 자루의 단검 바로 뒤를 비호와 같이 따랐다.

이협수가 다섯 자루의 단검을 모두 내치는 순간 환우의 발이 이협수의 옆구리를 파고들었다. 이협수는 당황하지 않고 한 걸음을 살짝 물러섰다. 환우의 발끝은 이협수의 옷자락만 살짝 건드리고 허공을 갈랐다.

그와 동시에 환우의 몸이 팽그르르 돌더니 팔꿈치가 이협수의 얼굴을 노리고 날아들었다. 이협수가 한 걸음 앞으로 내디디며 살짝 고개를 틀었다. 이번에도 환우의 공격은 무위로 돌아갔다. 하지만 환우의 공격은 그것으로 끝이 아니었다. 어느새 무릎이 이협수의 복부를 노리고 날아들었다. 이협수는 다시 한 발짝 뒤로 물러섰다.

환우의 공격은 쉬지 않고 이어졌다. 이협수는 계속 피할 뿐이다. 단검을 던진 순간부터 환우는 계속해서 공격을 하고 이협수는 그저 피하거나 막을 뿐이다.

일방적인 비무다.

하지만 그것은 어디까지나 보통 사람들의 눈에 비친 모습일 뿐이다.

환우의 공격 중 어느 것 하나 제대로 성공한 것이 없었다. 치호는 그것을 알 수 있었다. 자신의 눈으로 좇기에는 너무나 빠른 움직임이지만 온 정신을 눈에 집중해서 겨우겨우 알아보고 있었다.

"사숙이 아직 공격을 한 번도 성공하지 못했어……."

치호는 놀랍다는 듯 중얼거렸다. 환우의 딱딱하게 굳은 얼굴이 지금의 상황을 잘 말해주고 있었다.

그사이에도 환우의 공격은 계속해서 이어졌다. 손과 발, 팔꿈치와 무릎이 쉴 새 없이 이협수를 향해 날아갔고 이협수는 부드러운 동작으로 그 공격들을 피하고 있었다.

치호는 환우의 얼굴이 딱딱하게 굳었다고 보았지만 사실과 달랐다. 환우의 얼굴에 은은한 미소가 어려 있었다. 그 미소는 이협수의 얼굴에도 있었다.

얼마나 쉬지 않고 손발을 놀렸을까? 환우가 뒤로 훌쩍 뛰어서 물러섰다. 이협수는 여전히 그 자리에 가만히 서 있었다.

"놀랍군요. 동방신협께서 박투에 능하시다는 이야기는 듣지 못했습니다만……."

이협수는 진정으로 놀란 듯하다. 당연히 열 자루의 단검을 이용한 공격을 해올 것을 예상했는데 자신이 쳐낸 후에 환우는 오로지 손발만을 이용한 공격을 한 것이다.

그것도 자신과 근접한 근접 박투였다. 도무지 자신의 검을 이용한 간격이 나오지 않는 거리. 완전한 환우의 거리 안에서의 싸움이었다.

"저 역시 그렇게 부드러운 움직임으로 저의 공격을 가볍게 피해내리라고는 생각지도 못했습니다."

"다 사정을 봐주신 덕이지요."

환우의 말에 이협수가 웃으면서 답했다. 맞는 말이다. 환우는 전력을 다하지 않았다. 그랬기에 이협수가 여유롭게 피할 수 있었던 것이다.

"그것은 제가 할 말입니다."

환우가 빙그레 웃었다.

“이런, 들켰나요?”

환우가 이협수의 간격을 완전히 제압한 듯했지만 사실은 아니다. 이협수 정도의 고수라면 그런 좁은 간격에서도 능히 검을 움직일 수 있었다. 하지만 이협수는 그러지 않고 그저 피하기만 했다.

이른바 서로를 탐색하는 전초전이었던 것이다.

“그럼 이제부터 본격적으로 해볼까요?”

환우의 말에 이협수가 고개를 끄덕였다. 그리고 두 사람은 입을 닫았다.

기세가 변했다.

조금 전과는 전혀 달랐다.

치호의 눈에는 조금 전의 비무도 엄청나 보였는데 대체 지금부터 무슨 일이 벌어지려고 하는 것일까? 그것이 단지 몸풀기에 지나지 않았다니.

치호는 두 눈에 온 신경을 집중했다.

주변의 공기가 고요하게 가라앉았다. 두 사람의 몸에서 뿜어져 나오는 기세가 거세게 몰아칠 법도 한데 오히려 고요했다. 두 사람은 깊은 눈빛으로 서로를 바라보았다. 조금 전처럼 날카롭게 빛나거나 그러진 않았다. 그저 볼 뿐이다.

그렇게 서로의 거리를 유지한 채 상대를 지켜보았다.

이번에 먼저 움직인 것은 이협수였다. 오른손에 들린 검이 유려한 곡선을 그리면서 환우의 옆구리를 베어갔다.

환우는 한 발짝 앞으로 나서는 듯싶더니 순식간에 이협수의 품 안으로 파고들었다. 검이 움직일 간격을 없애겠다는 심산이다.

하지만 이협수는 검을 멈추지 않았다. 검의 궤도를 바꾸었을 뿐이다. 순간 아래로 떨어지는 듯한 검이 위로 솟구쳐 올랐다. 이협수를 향해 쇄도해 가던 환우의 코앞에 날카로운 검날이 솟아올랐다. 순간 환우는 발을 멈추고 몸을 뒤로 피했지만 간담이 서늘해지는 것은 어쩔 수 없었다.

이토록 빠른 방향 전환과 공격이라니. 조금 전과는 전혀 달랐다.

그렇게 당하고만 있을 환우가 아니었다. 놀란 것은 놀란 것이고 환우의 움직임은 계속되었다. 물러선 듯싶었지만 오히려 그 반탄력을 이용해 다시 한 번 이협수에게 쇄도했다. 마치 궁신탄영과 비슷한 수법이었다.

이번에는 이협수의 검이 위에서 떨어졌다. 환우는 뒤로 물러서지 않았다. 대신에 몸을 팽그르르 돌려 검을 피하면서 그 회전력을 이용한 돌려차기가 이협수의 옆구리로 날아갔다.

이협수가 한 발 물러서 피하려는 순간 환우가 그럴 줄 알았다는 듯 어깨로 몸통박치기를 시도했다. 이협수의 가슴에 환우의 어깨가 부딪치려 했다. 그 순간 이협수의 오른손 끝에서 하얀 빛이 뿜어져 나왔다.

두 사람은 다시 거리를 두고 떨어졌다.

환우의 왼쪽 어깨의 옷자락이 찢어져 나풀거리고 있었다. 그 사이로 가는 혈선이 보였다. 이협수는 자신의 가슴을 문질렀다. 아주 살짝 닿은 것 같은데 적지 않은 충격이 느껴졌다.

두 사람의 입가에는 여전히 미소가 걸려 있었다.

잠시 서로를 바라보았을까? 이번에는 두 사람이 동시에 움직였다. 이협수의 검은 조금 전보다 더욱 느리게 움직였다. 하지만 지금까지 환우가 본 그 어떠한 검보다도 빨랐다.

환우의 움직임도 더욱 빨라졌다. 아무리 환우라도 피와 살로 이루어진 인간이다. 검에 베이면 아프고 다친다. 그리고 생명이 위험할 수도 있다.

어떻게든 피해야 했다.

치호는 사숙의 비무를 보고 고개를 갸웃거렸다.

지금까지 사숙이 저렇게 상대와의 간격을 없애고 박투로 싸우는 모습을 본 적이 없었던 것이다. 오히려 상대의 간격 밖에서 이기어검과 비슷한 수법으로 단검을 이용해 싸우지 않았던가?

그랬기에 사숙이 저토록 박투에 능하다는 사실도 까맣게 모르고 있었다. 검을 든 잠룡은검에게 맨손 박투로 전혀 밀리지 않고 있었다.

'그래서 그 발길이 그토록 매서운 거였어.'

치호는 잠시 자신의 몸 곳곳을 두드리던 환우의 발끝을 생각했다. 한창 비무에 집중하는 중에 그런 생각이 든 것도 우

스웠지만 생각을 떠올리는 순간 등이 식은땀으로 축축이 젖
어들었다.

고개를 세차게 흔들어 잡생각을 떨친 치호는 다시 이협수
와 환우의 비무에 정신을 집중했다.

"응?"

그 순간 치호의 눈에 들어오는 무언가가 있었다. 이협수의
검과 환우의 손발이 어지러이 어울리는 가운데 그들 주변에
서 어떤 변화가 있었다.

분명 환우가 만드는 변화였다. 그런데 그것을 과연 이협수
가 느끼고 있느냐가 관건이었다.

이협수가 쳐내어 사방에 흩어져 있던 두 자루의 용아천뢰
검과 여덟 자루의 벽조목검. 그것들이 꿈틀거리고 있었다.

이협수와 치열한 비무를 벌이는 가운데 환우는 의지로 열
자루의 단검을 움직이려 하고 있었다.

지난 수련이 환우의 의지력을 거기까지 키워놓았다.

지금까지 환우가 열 자루의 단검을 사용하면서 격렬한 움
직임을 보이지 못했던 것은 의지력이 부족했기 때문이다. 하
지만 애자의 의지를 느끼는 수련 동안 자신도 모르게 의지력
이 부쩍 늘었다.

처음 이협수에게 단검을 던지는 순간 환우는 그것을 느꼈
다. 그랬기에 평소와는 달리 박투로 비무를 시작한 것이다.

꿈틀거리던 열 자루의 단검의 움직임이 커지는가 싶더니

서서히 공중으로 떠올랐다. 치호의 눈이 급격하게 커졌다. 지금까지 보지 못한 모습이었다.

검광이 번쩍이고 손발이 어지러이 움직인다. 그렇게 환우와 이협수의 겨룸은 점점 더 치열해져 갔다. 그리고 공중에 떠오른 단검들이 천천히 움직이는가 싶더니 그 속도가 점점 빨라져 허공에서 열 개의 방위를 점했다.

그러는 와중에도 환우의 움직임은 더욱 빨라졌다. 예전에는 상상도 할 수 없었던 모습이다.

환우의 손발이 빨라짐에 따라 이협수의 검도 빨라졌고 또한 다양한 검로를 보여주었다. 지금 이협수는 특별히 검법이라 불리는 것을 사용하지 않고 있었다. 그저 적절한 때에 적절한 곳에 적절한 검로를 따라 검을 움직일 뿐이었다.

이미 초식을 벗어나 검을 움직이는 경지에 접어든 것이다.

그랬기에 환우의 움직임에 맞추어 검을 움직이고 있었다. 때때로는 환우의 움직임에 앞서 환우의 맥을 끊는 검로를 보이기도 했다.

그렇게 일진일퇴의 공방을 하는 가운데 환우의 입가에 걸린 미소가 짙어졌다. 그리고 환우의 움직임이 거세졌다. 흡사 폭풍과도 같은 움직임이다.

밀교의 무술인 선무도에서도 몇 안 되는 격렬한 동작이다. 환우의 권영이 이협수의 몸을 뒤덮는가 싶더니 순간 무수한 발길질이 뒤이었다. 환우의 주먹 사이로 검을 찔러 넣던 이협

수는 순간 씻은 듯 사라진 권영 뒤에 찾아온 환우의 발길질을
급히 피했다.

지금까지와는 전혀 다른 움직임이었기에 예상치 못한 공
격에 동작이 조금 엉킨 것이다. 그리고 그 순간 환우의 신형
이 순식간에 사라졌다.

그사이 이협수는 몸을 추스를 수 있었다.

그때 열 곳에서 날카로운 기세와 함께 검이 이협수를 향해
날아왔다. 환우의 얼굴에는 득의의 미소가 어렸다. 지금 이
한 수를 위한 준비가 지금까지의 박투였다.

그리고 이제는 준비의 결과를 볼 차례다.

하지만 당황함이 역력한 이협수의 얼굴을 기대하면서 열
자루의 단검을 움직이던 환우가 오히려 당황했다.

갑자기 나타난 열 자루의 단검에도 이협수는 침착한 모습
그대로였던 것이다.

마치 예상이라도 했다는 듯 천천히 검을 움직였다. 당장이
라도 온몸을 꿰뚫을 기세로 빠르고도 사납게 날아오는 단검
들을 눈앞에 두고도 너무나 여유로웠다.

검이 지나간 자리에 검의 기운이 드리우며 검영이 맺힌다.
그냥 단순한 궤적에 불과할 것 같던 검영은 환상과도 같은 모
습을 만들어갔다.

이협수의 몸을 휘감고 올라가는 검영.

무척이나 느리게 움직이는 검인 것 같았지만 열 자루의 단

검이 이협수의 몸 근처에 가기 전에 이미 검영은 이협수의 온몸을 감쌌고 검영은 한 마리의 용으로 화했다.

순결한 모습의 백룡이 이협수의 온몸을 감싸는가 싶더니 순간 용틀임을 한다. 용틀임이 점차 거세지는가 싶더니 어느새 열 자루의 단검이 모두 튕겨 나왔다.

그렇게 백룡은 사라지고 검을 든 채 고요히 서 있는 이협수만이 남아 있었다.

환우의 얼굴에 낭패의 기색이 어렸다. 어렵게 준비한 한 수였는데 너무 쉽게 무너진 데 대한 충격 때문이었다.

"역시 놀랍군요."

미소를 지은 이협수가 환우를 보며 말했다. 그렇게 말하는 가운데 그는 고개를 돌려 튕겨 나간 이후에도 여전히 열 곳의 방위를 점한 채 공중에 떠 있는 단검들을 보았다.

동방신협이 던진 단검들은 의지를 가지고 움직였다고 들었다. 지금 자신의 주위를 포위하고 떠 있는 단검들 역시 의지를 가진 듯했다. 동방신협의 절기를 그대로 펼치는 환우의 모습에 이협수는 진정으로 감탄하고 있었다.

하지만 환우의 얼굴은 그다지 편하지 못했다. 회심의 일격이 실패를 했는데 어찌 편할 수 있겠는가.

"어떻게 그렇게 쉽게 막을 수가 있었지요? 마치 그렇게 단검들이 날아올 것을 알기라도 한 듯 자연스러운 대응이었습니다."

　그냥은 넘어갈 수 없다는 생각에 환우가 물었다. 아무리 생각해도 이협수는 자신의 공격을 너무 쉽게 막았다.
　환우의 물음에 이협수는 다시 한 번 은근한 웃음을 지었다.
　"글쎄요. 운이 좋았다고 할까요?"
　이협수의 대답에 환우는 고개를 절레절레 저었다. 그때의 모습은 절대로 운 좋게 막은 모습이 아니었다. 이미 준비를 하고 기다리던 자의 모습이었다.
　"그렇게 부정하실 것은 없습니다. 분명 운이 좋았던 것이니까요. 제가 익힌 무공의 특성 덕이지요."
　무공 이야기에 환우가 귀를 쫑긋 세웠다.
　"앞서 말했다시피 제가 익힌 검법은 천룡무상검법입니다. 그리고 천룡무상검법을 사용하려면 반드시 익혀야 하는 내공심법이 있습니다. 무상심법이라는 것이지요. 이 심법의 특징이 화후가 깊어질수록 기감이 민감해진다는 것입니다. 심지어 상대의 미약한 의지까지도 느낄 수 있을 정도로요."
　환우의 얼굴에 놀람의 기색이 숨김없이 나타났다. 의지를 기로써 느낄 수 있는 심법이 존재하다니 믿을 수 없었다. 환우는 자신이 익힌 천뢰무위공 외에도 의지를 기운으로 느낄 수 있는 심공이 있다는 게 놀라웠다.
　환우는 자신이 익힌 천뢰무위공이 중원의 그것과는 완전히 다른 원리를 지니고 있다는 것을 어렴풋이 느끼고 있었다. 그런데 같은 특성을 지닌 무공이 있을 줄이야……

하지만 그렇게 생각하면 조금 전의 상황이 설명되었다. 이협수는 자신의 주위를 감싸고 있는 검들의 의지를 느낀 것이다.

정확히는 이협수를 공격하려는 환우 자신의 의지지만 말이다.

"그런 것이군요. 그렇다면 제가 준비한 그 공격은 그저 잔재주에 지나지 않는 것이지요."

환우의 입가에 쓸쓸한 미소가 감돌았다. 이협수가 그렇다면 그런 것이기에.

"아닙니다. 정말 운이 좋았습니다. 제가 의지라는 것을 느낄 수 있게 된 것은 정말 최근의 일입니다. 세상 만물이 자신의 의지를 가지고 있다는 것을 깨닫는 순간 저는 또 다른 세계를 보았지요. 아마 한 달 정도만 빨리 신 소협을 만났다면 조금 전의 그 공격에 저는 검을 놓았을 겁니다."

하지만 환우는 고개를 가볍게 저었다.

"제가 한 달 전에 이 소협을 만났다면 그런 공격을 할 수 없었답니다."

환우 역시 얼마 전에 얻은 깨달음의 정화가 들어간 공격이었던 것이다.

자신조차도 오늘 이협수와 비무를 하면서 그런 공격도 가능하다는 것을 깨달았을 정도였다. 무위로 돌아간 공격이었지만 환우도 나름대로 자신의 깨달음을 담은 한 수였던 것이다.

"그럼 다시 시작할까요?"

조금 전의 실패를 훌훌 털어버리겠다는 듯 고개를 세차게 저은 환우의 두 눈이 다시 빛났다. 이협수는 고개를 끄덕이며 자세를 다시 잡았다.

환우의 몸이 재빠르게 움직였다. 그와 동시에 열 자루의 단검도 어지러이 움직인다.

모두 열한 곳에서 이협수를 향한 공격이 쏟아졌다. 그중 한 곳의 공격은 네 줄기로 갈라진다. 환우의 손과 발이었다.

그에 맞서 이협수의 검도 움직인다. 조금 전과는 다른 장엄한 기운이 검에 맺힌다. 검의 그림자가 길게 이어진다. 그리고 그림자는 용의 형상을 그린다.

지금까지는 그저 상황에 맞게 검을 움직였다면 이제는 자신의 진수를 펼쳐 보이고 있었다.

천검이가라는 이름을 얻게 만든 절세의 검법, 천룡무상검법이 제대로 펼쳐지기 시작한 것이다.

검은 하얀 궤적을 남기며 움직였고 그 궤적은 한 마리의 용을 그렸다. 용이 온몸을 꿈틀거리며 상대와 싸우는 듯한 모습이다.

그 한 마리의 용을 잡기 위해 열 자루의 단검이 갖가지 방향에서 어지러이 날아다녔고, 환우는 용의 머리를 향해 주먹과 발을 내질렀다.

챙챙챙!

간간이 용의 머리에 날아든 단검과 이협수의 검이 부딪쳐 요란한 소리를 만들어냈다.

환우는 점점 빠르게 주먹과 발을 놀리면서 이협수의 빈틈을 노렸지만 쉽지 않았다. 옆구리를 파고들어 상체를 흔들려 하면 어느새 검이 그 길을 막고 있고 다리를 공격해 중심을 무너뜨리려 하면 오히려 위에서 환우를 향해 검이 떨어진다.

맨손으로는 검을 막을 수 없기에 환우는 여지없이 뒤로 물러서야 한다.

이럴 때는 정말 답답했다.

열 자루의 단검을 모두 날리면 환우는 적수공권이 된다. 그러면 상대의 무기를 막을 방도가 없어지는 것이다. 결국 피해야 하고 그러면 상대의 흐름에 말려들게 마련이다.

물론 보통의 상대라면 그러기 전에 용아천뢰검에 비명횡사하겠지만 이협수와 같은 강자는 달랐다.

'칫. 녀석이 점점 거칠어지려고 한다.'

공격이 마음먹은 대로 들어가지 않고 열 자루의 단검들 역시 제대로 된 공격을 하지 못하자 애자가 애가 타는 듯했다. 지금은 환우의 의지로 그 의지를 제어하고 있지만 점점 더 그 본연의 투쟁심이 끓어오르는 듯했다. 애자를 마음대로 움직이는 것이 점점 힘겨워지고 있었다.

'역시 녀석이 의뭉을 떤 거야.'

이제는 어느 정도 애자를 마음먹은 대로 다룰 수 있다고 생각했건만 그것은 애자에게 속은 것이었다. 아니, 어쩌면 이럴지도 모른다고 생각했으니 결국은 알면서도 속은 것이다.

수련의 성과를 어서 확인하고픈 욕심에서였다.

그래도 일단은 지금의 이 상황을 바꿀 계기가 필요했다. 아무리 공격해도 번번이 막히고 자신은 이협수의 반격에 속수무책으로 피하기만 하니 이대로 가면 별다른 수도 못 써보고 패하는 것은 불 보듯 뻔했다.

그렇게 판단한 순간 환우의 신형이 재빠르게 움직였다. 이협수와 거리를 두고 멀리 물러선 것이다.

순식간에 둘 사이의 거리는 오 장이 되었다.

검으로는 도저히 공격할 수 없는 간격이다. 물론 이협수 정도의 고수라면 그 정도 거리는 순식간에 줄일 수 있는 거리이기에 엄밀히 말하면 완전히 간격에서 벗어난 것은 아니다.

환우가 자신과의 거리를 벌리자 이협수의 얼굴에 긴장의 빛이 감돌았다. 환우가 어떤 공격을 해올 것인지 예측을 한 것이다.

그때 열 자루의 단검이 거세게 움직였다. 미처 이협수가 거리를 줄이기 위해 튀어나갈 순간을 잡기도 전이었다.

"오뢰난무!"

환우의 양손이 움직이면서 다섯 자루의 단검이 어지러이 춤을 추며 이협수의 몸을 에워쌌다. 이협수의 검이 어지러이 움직이면서 다섯 자루의 단검을 쳐낸다.

“사뢰진천!”

그때 다시 네 자루의 단검이 한데 뭉쳐서 이협수에게 날아든다. 당장 보기에도 패도적인 위력을 담고 있었다. 이협수는 재빨리 검을 움직여 네 자루의 단검을 막아갔다. 그때 쳐내었던 다섯 자루의 단검들이 이협수의 팔다리와 옆구리를 노리고 날아들었다.

이협수는 순식간에 다섯 걸음을 움직이면서 교묘히 다섯 자루의 단검 사이를 헤집으며 피했다.

그러면서 서서히 환우와의 간격을 줄였다. 하지만 환우는 천천히 그 간격을 벌리면서 열 자루의 단검을 움직였다.

“백룡무(白龍霧).”

나직한 음성과 함께 이협수의 검이 주변을 감싸 안으며 부드럽게 움직였다. 검의 그림자가 정말로 안개처럼 이협수의 주변을 감싼다. 그리고 안개에 부딪친 단검들은 계속해서 뒤로 튕겼다.

“칫.”

아홉 자루의 단검을 동시에 움직였다. 그것도 다섯 자루와 네 자루로 나누어서 두 가지 초식을 동시에 펼쳤다. 결코 쉬운 일이 아니다. 순차적으로 펼치는 것은 몰라도 동시에 유지하고 있는 것은 환우도 이제야 가능해졌다.

‘과연 한 번에 세 가지 초식이 가능할까?’

지금도 아홉 자루의 단검은 환우의 의지가 펼쳐 낸 초식대로 움직이고 있었다. 두 초식은 가능하다는 확신을 가지고 펼쳤지만 세 초식은 자신이 없었다.

하지만 홀로 가만히 떠 있는 애자가 환우를 재촉하고 있었다.

어서 자신을 날려 보내라고. 자신은 싸우고 싶다고. 그리고 피를 보고 싶다고 그렇게 환우를 보채고 있었다.

환우는 갈등했다. 과연 이 공격이 자신의 능력으로 가능한 것인지.

그때 애자가 꿈틀거렸다.

스스로의 의지로 움직이려 하는 것이다. 더 이상의 환우의 통제에 따르지 않겠다는 듯.

환우의 얼굴에 주름이 생겼다. 곤란했다. 지금 애자가 자신의 의지에 반하면 그것을 억누르기 위해 더 강한 의지가 필요했다. 그러면 지금 펼치고 있는 초식의 위력이 현저히 감소하게 된다. 그렇지 않아도 이협수가 펼친 백룡무에 조금씩 밀리는 듯한 느낌이 들고 있었다.

"쳇. 나도 몰라. 일뢰파천!"

될 대로 되라는 공격이다. 지극히 환우다우면서 환우답지 않은 행동이다. 될 대로 되라 식의 공격이라니.

환우의 의지에 호응한 듯 애자가 무서운 기세로 이협수를 향해 날아갔다. 어마어마한 기운을 주변에 뿜어냈다. 실로 초식의 이름대로 하늘마저 쪼개 버릴 듯한 기세다.

이협수의 얼굴에 긴장이 어렸다. 지금 날아오는 한 자루의 단검의 기세가 다른 아홉 자루의 단검의 기세를 압도하고도 한참이나 남았다.

"차앗!"

비무가 시작된 후 처음으로 이협수의 입에서 기합성이 터져 나왔다. 그리고 검에서 뿜어져 나오는 어마어마한 기세. 크게 휘두르는 한 번의 칼질로 아홉 자루의 벽조목검이 튕겨 나갔다. 그리고 다시 자신을 향해 날아오기 전에 이협수는 몸을 훌쩍 날렸다.

애자를 향해서였다.

"백룡승천무(白龍昇天舞)!"

우렁찬 외침과 함께 뻗어져 나간 검끝에서 하얗고 영롱한 기운이 어리기 시작했다. 이윽고 검 전체로 번져 나간 기운은 명확한 형체를 띠며 검을 감쌌다.

그리고 그 검이 그리는 그림자는 한 마리의 백룡으로 화했다. 여의주를 물로 승천하는 백룡의 모습.

"검… 검강이다……."

십대고수의 반열에 든 이협수다. 그렇다면 당연히 검강 정도의 절기를 사용할 수 있을 터. 하지만 이렇게 비무 중 검강을 사용하는 모습을 처음 본 치호는 입을 헤벌리고는 이협수의 모습을 지켜보았다.

치호가 그렇게 넋을 잃고 이협수의 검을 보는 사이 맹렬한 기세로 날아드는 애자도 그 강맹한 기운에 어느새 붉은 벼락으로 화해 있었다.

용을 향해 날아가는 벼락과 벼락을 집어삼키러 가는 용.

둘의 기세는 사납기 그지없었다.

쾅! 콰콰쾅!

용과 벼락이 부딪치는 순간 요란한 폭음이 산을 울렸다. 치호는 눈을 부릅뜨고 그 격돌의 결과를 살폈다.

"울컥."

환우가 갑자기 피를 토했다.

애자가 입은 충격이 고스란히 환우에게도 전해진 것이다. 애자의 의지와 환우의 의지가 연결되어 있었기에 입은 내상이다.

이협수 역시 아무런 타격을 입지 않은 것은 아니었다. 그의 입가에 가늘게 핏줄기가 흘러내리고 있었다. 그 역시 내상을 입은 것이다.

하지만 대번에 피를 토한 환우에 비해서는 그 정도가 덜한 듯했다. 실제로도 그는 표정에서 여유를 잃지 않고 있었다.

"사… 사숙……."

치호가 걱정스레 말했다.

요즘 들어 환우는 부쩍 내상을 자주 입는 것 같았다. 물론 화산신검과의 대련 때처럼 정신을 잃고 쓰러지지는 않았지만 그렇다고 결코 가벼운 상태도 아니었다.

"대단한 일격이었습니다."

애자는 아직도 공중에 떠서 이협수를 공격할 기회만 호시탐탐 노리고 있었다. 환우가 내상을 입은 탓에 자신에 대한 제약이 상당히 줄어든 덕에 환우의 의지와는 상관없이 계속해서 이협수를 노리고 있는 것이다.

"후우. 아니오. 오히려 이 소협의 반격이 더 무서웠습니다."

환우는 솔직한 심경을 말했다. 전력을 다한 일격이었다. 애자가 멋대로 뛰쳐나가려는 것을 막기 위한 이판사판의 공격이었지만 그렇다고 소홀히 하지는 않았다. 그런 만큼 전력을 담았던 것이다.

그리고 그 결과가 이것이다.

비참했다.

벌써 두 번째다, 비무라는 이름의 싸움에서 패한 것이.

만일 목숨을 건 실전이었다면 환우는 벌써 두 번이나 죽은 것이다.

'나는 너무 자만했다.'

환우는 순순히 패배를 인정했다. 그리고 단검들을 회수했다. 의지는 있으되 스스로 움직일 수 없는 애자는 환우가 기운을 거두자 얌전히 환우의 품으로 들어왔다. 하지만 못내 아쉬운 듯 몸을 가늘게 떨었다.

하지만 환우는 그것을 무시했다. 자신은 이미 패배했기에.

"아닙니다. 그저 운이 좋았습니다."

또 운이 좋았다고 한다. 겸손의 말일 것이다. 그것이 더욱 환우의 마음을 아프게 했다. 자신은 자만했었기에.

"좋은 배움이 되었습니다. 가르침에 감사합니다."

입가에 묻은 피를 닦아낸 후 환우는 포권을 취하며 인사했다.

예의상 하는 말이다.

비무를 했고 패배했다. 배운 것은 그다지 없었다. 그래도 비무의 상대에 대한 예의의 말이었다.

"아닙니다. 오히려 저야말로 안목을 넓혔습니다. 정말 감사합니다."

이협수의 음성에는 진심이 담겨 있었다. 그로서는 융중산에 들어온 후 처음 하는 대련이었고 나름대로 소득도 있었다. 혼자서 익히던 검과 실전에서 사용하는 검의 차이를 여실히 느낀 것이다.

처음 이협수가 그저 방어에만 치중한 것도 이유가 있었다. 그는 실전의 감각을 익히기 위해 한동안 피하기만 한 것이다. 혼자서 검을 휘두르며 수련하는 것과는 달라도 너무나 달랐던 것이다.

이협수의 얼굴에는 승리의 기쁨 같은 것은 없었다. 그저 새로운 것을 배웠다는 기쁨이 자리하고 있을 뿐이었다. 그런 이협수의 얼굴을 보면서 환우는 자신의 비참함을 버릴 수밖에 없었다. 상대가 저토록 순수한 무인이다 보니 자연스레 그리 되었다.

"과연 대단하십니다. 역시 잠룡은검이라는 말밖에 안 나오는군요."

"과찬이십니다. 오히려 신 소협이야말로 과연 동방신협의 제자 분다운 신위였습니다."

그 말에 환우는 쓴웃음을 지었다. 자신의 사부는 젊을 때 이미 마교 교주를 이긴 정말로 신과 같은 실력을 가진 사람이다. 자신은 아직 멀었다.

"정말로 감탄이 절로 나오는 실력이었습니다."

환우의 쓴웃음을 본 이협수가 다급히 말했다. 혹여나 환우가 자신의 말을 오해했나 싶어서였다. 정말로 자신은 진심을 담아 한 말이었기 때문이다.

"마지막의 그 일격은 정말로 무서웠습니다. 단지 아직 완전하지 않아 제가 막을 수 있었던 것뿐입니다."

"완전하지 않았다고요?"

환우가 물었다.

"네. 참으로 무시무시한 기세였습니다만 기세에 실린 의지가 미묘하게 어색했습니다. 그래요. 마치 두 개의 의지가 융합하지 못하고 서로 으르렁거리고 있는 것 같았습니다. 그 때문에 의지 사이에 결이 생겼고 전 그 결을 읽을 수 있었습니다. 그리고 결에 제 검을 찔러 넣었지요. 그렇지 않고 정면 충돌을 했다면… 상상만 해도 무섭군요."

거짓말 같지 않았다. 그의 얼굴이 자신의 말이 사실임을 말하고 있었다.

환우는 둔기에 머리를 맞은 듯한 충격을 느꼈다. 자신은 이제 어느 정도 애자를 움직일 수 있다 자신하고 이협수를 찾은 것인데 두 개의 의지가 섞이지 않고 있다니. 결국은 아직 갈 길이 멀었다는 것이다.

'역시 애자… 녀석. 너무 의뭉스러워.'

비무 중에 느꼈던 것이지만 이번에는 이협수 덕에 정말로 제대로 느꼈다. 그리고 자신이 얼마나 조급했었는지도 알 수 있었다.

"의지가 융합하지 못했다고요?"

"네. 서로 다른 의지였어요. 하나는 '반드시 널 꺾겠다' 와 같은 의지였다면 다른 하나는 '반드시 죽인다' 와 같은 것이 었죠. 살기가 거의 없는 것과 살기가 지나치게 강한 것. 그렇게 둘이었어요. 그 덕에 제가 더욱 쉽게 느낄 수 있기도 했던 것이고요."

이협수는 환우의 물음에 친절하게 답했다. 환우가 묻지 않은 것까지도 설명해 주면서 말이다.

'빌어먹을 애자 자식.'

욕지기가 목구멍까지 치밀어 올랐다가 내려갔다.

물어볼 것이 하나 더 있었기 때문이다.

"의지와 의지 사이에 결이 있다고요?"

"네. 세상만물은 모두 결을 가지고 있습니다. 단지 우리가 그것을 모르고 있고 느끼지 못할 뿐이지요. 저는 언제부터인가 그것을 느낄 수 있었습니다. 그리고 오늘 알았지요. 의지에도 결이 있다는 사실을요."

사실 이협수는 오늘 처음으로 그것을 느낀 것이다. 계속해서 홀로 수련을 했으니 상대의 의지라는 것을 느낄 기회가 없었던 것이다.

'의지의 결이라……'

환우는 이협수 덕에 전혀 모르고 있던 새로운 사실을 알게 되었다.

비록 패배한 비무인지라 상심이 컸지만 그래도 얻은 것 역시 그 상심만큼이나 컸다.

환우는 환우 나름대로 유익한 비무였던 것이다.

그것은 이협수 역시 마찬가지였다. 실전이라는 것을 처음 겪은 것이다.

이협수는 그것을 바탕으로 자신의 모자란 점을 알 수 있었다. 역시 혼자서 하는 수련은 한계가 있었다.

"생각보다 몸 상태가 좋지 않군요."

"죄송합니다, 제가 아직 미숙해서."

"아닙니다. 비무 중 제대로 막지 못한 제 잘못이지요. 실례인 줄은 압니다만 몸을 추스르기 위해 이제 그만 인사를 드려야 할 것 같습니다."

환우가 이제 그만 돌아가겠다고 말했다.

"괜찮으시겠습니까? 불편하시지 않다면 차라리 제 움막에서 좀 추스르는 것이 어떻겠습니까?"

환우는 가벼이 고개를 저었다.

"아니오. 제 거처로 돌아가 봐야 할 것 같군요. 애초에 예정보다 많은 시간을 보내기도 하였고요."

환우의 말에 치호는 재빨리 사숙의 뒤에 섰다. 조금 전의 감동이 아직 가슴에 가득했지만 사숙이 걱정되기도 했다.

"그러시다면 조심해서 가십시오. 정말 큰 도움을 얻었습니다."

"아니오. 저야말로 큰 신세를 졌습니다. 그럼."

환우는 인사를 하고 몸을 돌렸다. 심한 내상을 입어 움직일 때마다 통증이 느껴졌지만 견딜 만했다.

지금 환우에게 중요한 것은 내상도 통증도 아니었다. 이협수에게는 내상 탓을 했지만 그것은 조금이라도 빨리 거처로 돌아가기 위한 핑계에 지나지 않았다.

환우는 이협수가 해준 말에서 불현듯 무언가 떠오르는 것이 있었다. 그것을 놓쳐서는 안 되었다. 그래서 다시 한 번 사색에 잠겨보기 위해 돌아가는 것을 서두르는 것이다.

환우는 천천히 걸음을 옮겼다. 치호가 그 뒤를 따랐다. 이협수는 그렇게 멀어지는 환우의 모습을 가만히 지켜보다가 그의 모습이 사라지자 움막으로 들어가 가부좌를 틀고 앉았다. 그 역시 이번 비무에서 많은 것을 얻었다. 잊기 전에 정리를 해야 했기에 명상에 든 것이다.

환우의 걸음은 무척이나 느렸다. 일반인에 비하면 굉장히 빠른 걸음이지만 이곳에 올 때를 생각하면 무척이나 느린 걸음이었다.

지금 환우의 머릿속에서는 조금 전 이협수와의 비무 때가 다시 처음부터 펼쳐지고 있었다.

자신이 펼쳤던 공격 한 수, 이협수의 방어와 반격, 그 모든 것들이 천천히 다시 머릿속에서 그려지고 있었다. 참으로 아쉬운 순간들이 많았다. 지금 돌이켜 보면 이협수는 실전에는 서툴렀다. 보다 큰 기회가 많았음에도 그는 그것을 그냥 흘려보냈다.

다시 곰곰이 그 상황을 떠올려 보니 확실히 알 수 있었다. 환우 역시 실전 경험은 적은 편이지만 그래도 비무는 무척이나 많이 했었다. 특히나 금정산에서 사백에게 비무를 빙자한 구타를 얼마나 당했던가.

그런 경험이 있음에도 환우는 이협수의 서툰 부분을 놓쳤다. 자신 역시 애자를 시험해 볼 생각에 그런 것들을 놓치고 있었던 것이다.

이협수와 환우.

두 사람 모두 서로에게 부족한 것을 시험하기 위한 비무였
던 것이다.

"내가 너무 서툴렀어."

아쉬운 마음의 혼잣말이 환우의 입에서 새어 나왔다.

"네?"

뒤따라 걷던 치호가 놀라서 물었지만 환우는 아무런 대답
이 없었다. 지금 환우는 이협수와 비무를 하고 있었다.

第九章 무당의 검

「사람이 아니야… 사람일 리 없어. 그래. 동방의 하늘에서 내려온 천신(天神)일 거야. 틀림없어.」

　해동에서 온 백의의 사내. 한 번의 손짓에 열 개의 벼락이 떨어지고. 마교의 혈사는 그 앞에 침묵한다. 열 개의 벼락을 중원에 남겨두고 홀연히 떠났다.

그리고 오십 년 후. 다시금 중원이 어지러워지려 할 때 그의 후예가 중원으로 향한다.

푸른 하늘에 열 개의 벼락이 다시 떨어지는 순간 천하는 그 앞에서 무릎 꿇으리라.

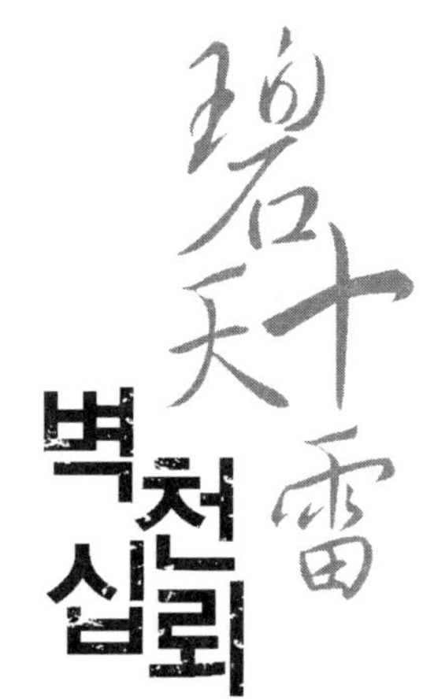

두 사람이 땀을 흘리며 서로를 마주 본다.

그들의 입가에는 진한 미소가 맺혀 있었다.

환우와 이협수다.

첫 비무로부터 벌써 반년이 흘렀다. 환우는 애초의 계획보다 훨씬 오래 융중에 머물렀다. 환우가 융중에 들어왔을 때가막 겨울이 시작할 무렵이었는데 이제는 한여름에 접어들고있었다.

매서운 햇볕을 울창한 나무가 가려주는 공터에서 두 사람은 그렇게 마주 보고 서 있었다.

몸 여기저기에 먼지가 묻어 있는 것이 이미 한바탕 비무를 마친 후의 모습이다.

"이것으로 이승 일무 이패인가?"

"그렇군요."

이협수와 환우의 얼굴에 맺힌 미소가 더욱 진해졌다.

오늘이 다섯 번째 비무였다.

처음의 두 번의 비무는 모두 환우의 패배로 끝났다. 하지만 그 후 두 번의 비무는 환우의 승리였다. 그리고 오늘 다섯 번째 비무는 무승부였다.

평온한 모습으로 서로를 바라보며 웃고 있지만 실상은 달랐다.

두 사람이 지금 할 수 있는 일은 서 있는 것이 전부였다.

가진바 모든 것을 쏟아내고 몸속은 한 줌의 기운도 없이 텅 비어 있었다.

둘은 이번 비무는 무승부라는 것에 동의했다.

"후우. 힘들군."

결국 이협수가 바닥에 털썩 주저앉았다.

"그러게 말입니다. 하하. 삼승 이패로 끝낼 수 있을 것이라 생각했습니다만. 형님의 실력은 그 끝을 알 수가 없군요."

"후훗. 얼마 전에 깨달음이 있어 드디어 십일성의 경지에 접어들었거든. 그러는 아우야말로 대단해. 이번에는 설욕을 할 수 있을 것이라 생각했는데 말이야."

"저도 이제 용아 녀석을 좀 다룰 수 있게 되어서 말이지요.

애자 녀석은 완전히 길들였구요."

그랬다.

이협수가 익힌 천룡무상검법의 최후 초식, 천룡무상후(天龍無常吼)가 펼쳐진 순간 이협수는 자신의 승리를 확신했다. 하지만 그때 환우의 품에서 이제껏 보지 못한 단검 한 자루가 튀어나오는 순간 그의 확신은 산산이 깨어졌다.

드디어 그 의지를 느껴 다룰 수 있게 된 용아가 허공을 가르고 이협수가 만들어낸 천룡과 맞부딪친 것이다.

그리고 비무는 끝이 났다. 둘 모두 최후의 일격을 날린 것인데다 그 일격은 현재 둘의 실력에서 무척이나 무리를 한 한 수였기에 모두 탈진한 것이다.

반년의 사귐이었다.

환우는 중원에 들어와서 한곳에 이리 오래 머물면서 사람을 사귀긴 처음이었다. 어느새 친해져서 둘은 호형호제하는 사이가 되었다.

환우는 이제 스물이 되었고 이협수는 꼭 서른이 되었다.

치호는 여느 때와 마찬가지로 한쪽 나무 아래에 앉아서는 그런 두 사람을 지켜보고 있었다. 그간 치호의 실력도 일취월장했다. 매일매일 이어지는 수련에 이렇게 수준 높은 비무를 보았으니 수준이 늘지 않는 것이 이상했다. 게다가 가끔 구타를 빙자한 비무가 있었기에 현재 치호의 실력은 반년 전과 비교도 되지 않았다. 더군다나 환우가 치호를 깨우기 위해 불어넣어 준 기운도 모두 자신의 내공으로 흡수했기에 이제 그 또래에는 적수가 없을 정도가 되었다. 단지 스스로가 그 사실을 모르고 있을 뿐이다.

그렇게 바닥에 주저앉아서 얼마나 시간이 흘렀을까.

환우가 옷을 툭툭 털고 일어났다.

"이제 가려는 거냐?"

이협수의 눈에는 진한 아쉬움이 생겼다.

"가야죠. 이제 목적한 바도 어느 정도 이루었으니까요. 언제까지 이곳에서 이럴 수만은 없지요."

환우 역시 아쉬운 미소를 지으며 말했다. 벌써 반년이다. 반년이나 한곳에 머물렀다.

이협수가 있기에 이토록 오랫동안 이곳에 있었던 것이리라.

"그래, 가야지."

"형님도 언제까지 이곳에 있을 수만은 없지 않나요?"

환우의 말에 이협수는 고개를 끄덕였다. 이곳에 은거하여 검을 수련하고 살아온 지 어느새 십수 년이 흘렀다. 그사이 자신이 알지도 못하는 별호가 자신에게 붙었고 자신은 천하 십대고수의 반열에 들어 있었다.

하지만 이협수 그 자신과는 상관없는 일이었다.

그는 그저 묵묵히 수련만을 하고 있었으니까.

그러나 그 역시 피 끓는 젊은 무인이다. 언제까지 이곳에 숨어서 수련만 할 수는 없었다. 천하에 나가서 그 명성을 떨쳐야 했다.

잠룡은검이라는 별호에서 벗어나야 했다. 언제까지 잠룡일 수는 없었다.

"그렇지……."

"그래요. 잠룡은검이 아니라 천룡신검이 되어야지요."

환우의 말에 이협수가 빙긋 웃는다.

"나한테는 과분한 별호다. 하지만 분명 잠룡이라는 말은 바꿔야지."

언제부턴가 환우는 이협수를 천룡신검이라고 불렀다. 그가 아무리 천하십대고수에 드는 인물이라지만 그래도 천룡이라는 말과 신검이라는 말은 곤혹스러웠다. 너무 거창한 별호라는 생각 때문이다. 그러나 환우는 아랑곳하지 않고 그렇게 불렀다.

"전혀 과분하지 않아요. 그리고 천검이가를 다시 일으켜 세우려면 그 정도의 별호는 있어야지요. 혼자서 하나의 세가를 만든다는 게 어디 쉬운 일인가요?"

환우의 음성에는 걱정이 묻어 있었다. 중원에서 처음으로 마음을 준 의형의 최종 목표는 마교의 손에 사라진 자신의 가문을 재건하는 것이었다.

거대한 가문이었던 천검이가.

그 가문을 재건하는 데엔 앞으로 얼마의 시간이 걸릴지 알 수가 없었다.

"훗. 그래도 천룡신검이라는 별호는 필요없다, 동방신협 동생."

"에엑."

동방신협이라는 말에 환우는 질겁을 했다. 그것은 사부의 별호지 자신의 별호가 아니었다.

"뭘 그러냐? 이제는 네가 동방신협이지."

"절대! 절대 아니에요. 난 그런 촌티나는 별호 싫어요."

환우가 고개를 좌우로 세차게 흔들며 말했다.

중원의 사람들에게는 그 어떤 별호보다도 고귀하고 존엄한 별호이다. 그것을 촌티난다고 하다니. 환우다운 말이긴 하지만 씁쓸한 기분이 드는 것은 어쩔 수 없었다.

아직 환우는 별호가 없었다. 그저 동방신협의 제자로만 통하고 있었다. 사실 환우는 별호가 생길 정도로 활약을 펼치지도 않았던 것이다.

하지만 이제 다시 융중을 나가면 달라질 것이다.

본격적으로 검을 찾아야 할 것이고, 그렇다면 한 번의 큰 드잡이질을 피할 순 없을 것이다.

일단 마교에 용아천뢰검이 있는 이상 그들과도 한판 붙어야 했다.

"그래, 알았다. 그렇다면 이제 어디로 갈 것이냐?"

이미 환우는 자신의 거처를 모두 정리한 터다. 가끔씩 신세를 졌던 제갈우에게도 이미 인사를 마쳤다.

그리고 이승 이패로 산을 내려가는 것은 찝찝하다며 이협수와 비무를 하기 위해 이곳을 찾았었다.

이협수의 물음에 환우의 시선이 치호를 향했다. 가만히 앉아서 쉬고 있던 치호는 환우의 시선에 재빨리 말했다.

"무당산이 제일 가까워요."

"그렇다네요."

"그럼 무당파로 가는 것이냐?"

"네."

이협수도 환우가 용아천뢰검을 찾는 사연에 대해서는 들었다. 동방신협이 구파일방에 맡긴 열 자루의 단검을 찾기 위한 행보. 이제 자신의 의제는 그 길을 다시 떠나려 하고 있었다.

"그래도 일단 기운 좀 차려야겠어요. 지금은 한 발짝도 움직일 수 없어요."

그러고는 환우는 뒤로 벌렁 드러누웠다.

"훗. 녀석."

이협수는 아쉬운 눈으로 그런 환우를 바라보았다. 지난 반 년은 무척이나 즐거웠다. 혼자서만 수련을 하다가 다른 누군가가 함께하니 그것은 또 달랐다. 환우가 떠난 후에 자신은 과연 다시 혼자서 수련을 할 수 있을까?

자신없었다.

'나도 이제는 내려갈 때가 되었는가?'

사실 처음 산에 들어왔을 때의 목표는 십성의 성취였다. 그러던 것이 환우 덕에 십일성까지 이룰 수 있었다. 이제는 내려가야 할 것 같았다. 이곳에서 계속 수련을 한다고 해도 천룡무상검의 끝을 볼 수 있을 것 같지는 않았다.

그런 이협수의 마음을 아는지 모르는지 환우는 나뭇가지 사이로 내려오는 여름 햇볕을 맞으며 하늘을 올려다보았다. 눈이 부실 법도 한데 잘도 올려다보고 있었다.

"형님, 이제 다음에 만날 때는 그곳이 무림이었으면 좋겠어요."

결국은 이제 그만 세상으로 나오라는 말이다.

"그래. 천룡신검은 아니더라도 다음에는 무림에서 만나자꾸나."

이협수가 담담한 목소리로 대답하며 고개를 끄덕였다. 그제야 환우의 입가에 개운한 듯한 미소가 어린다. 치호는 살짝 놀란 표정을 지었다. 잠룡이 이제 잠에서 깨어 승천을 하겠다고 하니 놀랄 법도 하다.

지금은 신비에 싸인 절대고수다. 그 고수가 이제 출도하겠다고 한 것이다.

"언제 나올 거요?"

물음에 대답이 없었다. 나가겠다는 마음은 먹었지만 정확히 그것이 언제가 될지는 결정하지 못했다. 하지만 한 가지 확실한 것은 그 때가 조만간이라는 것이다.

"하긴, 나가기로 마음먹었으면 그게 언제인가 하는 것은 중요하지 않지요. 무림에 천룡신검이라는 별호가 명성을 떨치게 되면 제가 찾아가지요."

"훗. 녀석. 내가 그런 별호를 얻을 일은 없을 거라니까. 나 같은 사람에게 너무 과분해. 나야말로 무림에 나가면 제일 먼저 동방신협을 찾으마."

"거참, 그 별호는 싫다니까요."

환우가 드러누웠던 몸을 벌떡 일으키며 말했다.

"이제 가려 하는구나."

이런저런 이야기를 하는 사이에 상당히 시간이 흘렀다. 이협수도 어느 정도 원기가 돌아온 것을 느끼고 있었으니 환우도 상당히 회복을 했을 터. 이제 떠나려 한다는 것을 알 수 있었다.

"그래요. 충분히 쉬었으니까요."

환우가 바닥에서 엉덩이를 떼고 바로 섰다. 이협수도 일어섰고 치호도 서둘러 일어섰다. 그리고 간단한 봇짐을 등에 메었다. 이것이 그들의 짐 전부였다.

"그럼 이제 가요."

환우가 몸을 돌린 채 손을 흔들었다.

"그래, 잘 가거라."

헤어짐이 헤어짐 같지 않았다. 그저 잠시 마실 나왔다가 다시 돌아가는 사람 같은 모습이다. 하지만 이제 언제 다시 만날지 알 수가 없었다. 그래도 다시 만날 거라는 믿음이 있기에 이리도 태연히 떠나고 보내는 것이다.

그들에게 다시 만날 때까지의 시간은 중요하지 않았다.

치호가 환우 뒤를 따른다.

환우의 모습이 사라지자 이협수도 몸을 돌린다.

"그럼 나도 이제 정리를 해볼까?"

아마 조만간 이협수도 융중산을 내려갈 듯했다.

*   *   *

걸음이 다급하다. 이것은 생각지도 못했다. 마교 최고의 두뇌라는 자신이 왜 그 사실을 깜빡했는지 참으로 후회스러웠다.

시간이 많이 흐르긴 했다. 그가 나타나기 한참 전이었으니 잊고 있었던 것이다.

그런데 이제 더 이상 잊고 있을 수가 없었다.

십 년이 지난 것이다.

십 년.

마교의 육대호법이 십년폐관수련을 마치고 나왔다.

그렇다. 그들이 사라진 지 십 년이 지났다. 그때는 자신도 마교의 군사가 아니었고 지금의 소교주도 교의 일에 아무런 권한이 없을 때다.

그렇게 시간이 흘러 어느새 십 년이 지났다.

그동안 그들에 대해 까맣게 잊고 있었다.

자신이 교의 모든 것을 파악하고 통제한다 생각했던 마교의 군사 귀연수는 스스로의 무능함이 이렇게 통탄스러울 수가 없었다.

마교는 거대하다.

그래서 많은 무력 집단들이 있었다. 그 정점은 물론 교주다. 하지만 교주도 마음대로 하지 못하는 곳이 단 한 곳이 있었으니, 바로 호법원이었다.

호법원은 모두 일곱의 호법으로 구성되어 있다. 태상호법은 마교에 얽매이기를 싫어하는 인물이라 그저 이곳저곳을 떠돌지만 일단은 호법이라는 직책상 호법원에 소속되어 있다.

그를 제외한 다른 여섯의 호법이 마교의 육대호법이다. 모두 전대 교주의 사제들로 오십여 년 전의 정마대전을 주도한 이들이다.

그들이 십 년 전 마교의 부활을 위해 모두 십년폐관수련에 들어갔다. 그리고 어제 폐관을 마치고 나왔다.

귀연수가 그 보고를 받은 것이 어제다. 군사의 직에 오르면서 인수인계를 할 때 호법들에 대한 서류를 분명 보았었다. 그런데 왜 잊고 있었을까.

후회되고 또 후회되었다.

어제야 그 사실을 알게 되다니.

하지만 이미 물은 엎질러졌다.

소교주전으로 가는 그의 이마에 식은땀이 송골송골 맺혔다.

"군사님을 뵙습니다."

소교주전의 입구에 당도하자 호위무사들이 인사를 한다.

"소교주께서는 안에 계시는가?"

"네."

"그럼 어서 기별을 넣어주게. 급한 일이네."

그렇게 말하지 않아도 그의 얼굴은 지금 무척 다급하다 말하고 있었다. 소교주의 호위무사는 아무나 할 수 없다. 그들도 경지에 든 무인들. 이미 멀리서 헐레벌떡 달려오는 귀연수의 모습을 보고 안에 기별을 넣어둔 터다.

"이미 안에 소식을 전했습니다. 들어가시지요."

호위무사가 옆으로 물러선다.

귀연수는 그들이 열어준 문을 지나 안으로 들어섰다.

"그래, 군사. 무슨 일인가?"

"소교주님을 뵙습니다."

위청운은 무료한 표정으로 귀연수를 내려다보았다. 벌써 반년 동안 그 녀석은 융중산에 틀어박혀 아무런 움직임이 없었고 위청운 자신의 수련도 별다른 진척이 없었다. 게다가 뇌룡아를 회수하는 작업도 중단된 상태다.

중원의 변화라고는 무림맹이 천의맹이라는 이름을 달고 정식으로 발족하고 이제 그 뼈대를 갖춘 정도다. 하지만 그 일은 교주가 직접 대처하고 있기에 위청운의 일은 아니었다.

그의 일은 뇌룡아의 회수였다.

그러니 지금 시점에서 귀연수가 저리 서두를 일이 있을 리 없었다. 그 녀석이 여전히 융중산에 틀어박혀 있다는 보고를 받은 것이 불과 어제였다.

“무슨 일인지나 어서 말해보게.”

“네. 그분들이 어제 십년폐관을 마치고 나오셨습니다.”

처음에 위청운은 인상을 찡그렸다. 그냥 무턱대고 그분들이라 하기에 누구를 지칭하는 것인지 알 수 없었던 것이다. 하지만 십년폐관이라는 말에서 떠오르는 것이 있었다. 마교에서 십년폐관에 들었던 이들은 오직 그들뿐이었다.

“호법 분들이 이제 출관을 하신 것인가?”

“네.”

“그거 경사로군. 그분들은 또다시 몰라보게 강해지셨을 테니까.”

분명 그렇다. 그들은 폐관에 들기 전에도 괴물같이 강했다. 천하십대고수 못지않은 실력이었다. 그런데 그들이 십 년간 절치부심 수련을 마치고 나왔으니 이제는 십대고수들을 눈 아래로 볼지도 모르는 일이다. 마교의 입장에서는 굉장히 커다란 전력을 얻은 것이다.

"분명 그렇습니다만… 난감한 문제가 생겼습니다."

귀연수가 이마의 땀을 닦으며 말했다.

"무슨 문제?"

위청운이 알 수 없다는 듯 고개를 갸웃거리면서 묻는다.

"그것이… 저도 전혀 생각지 못했던 것입니다."

"흐음."

턱을 괸 위청운의 이미에 주름이 진다. 어서 말하라는 무언의 압력이다.

"그것이… 그자의 손에 죽은 구양 대주가……."

귀연수는 말을 제대로 잇지 못했다. 어떻게 말을 이어야 할지 그로서도 난감한 것이다.

"구양 대주?"

갑자기 이미 죽은 자의 이야기가 나오자 위청운은 기억을 더듬었다. 그가 호법원과 무슨 연관이 있는 것일까.

"가만. 구양? 구양이라고? 하지만……."

위청운은 구양이라는 성을 가진 호법 한 사람을 떠올릴 수 있었다. 하지만 구양이라는 성이 흔하지는 않고 그 두 사람이 같은 성을 가지고 있다지만 그 둘 사이에는 아무런 연관이 없다. 위청운은 그렇게 알고 있었다. 분명 그랬다.

그때.

"소교주!!"

우렁찬 목소리가 밖에서 들려왔다.

"구, 구양 호법님, 이러시면 안 됩니다. 일단 기다리십시오. 안에 기별을 넣겠습니다."

당황한 호위무사의 목소리도 들렸다.

"비켜라! 내 직접 들어갈 것이다."

콰쾅!

"크윽."

폭음과 함께 호위무사의 신음 소리가 들렸다. 그리고 잠시 후 문이 거칠게 열리는가 싶더니 사자 수염을 한 노인이 분노한 얼굴로 들어왔다.

혈사자(血獅子) 구양천.

그 노인의 이름이다. 마교의 육대호법 중 가장 거칠기로 유명한 그는 전장을 누비는 피를 뒤집어쓴 사자와 같다 하여 혈사자란 별호를 가지고 있다. 그를 아는 이들은 그 별호가 그에 비해 한참이나 부족하다고들 할 정도였다.

그는 그 정도로 거칠고 성격이 급했으며 그만큼이나 호탕했다. 그리고 일단 분노하면 물불을 안 가리는 성격은 그가 젊은 시절부터 유명했다.

"구양 호법님, 오랜만에 뵙습니다. 대공을 축하드립니다."

소교주전을 이리 무단으로 침입한 것은 큰 죄다. 하지만 구양천은 거기에서 벗어나 있었다. 전대 교주의 사제로 위청운의 사숙조가 되는 사람이었다.

위청운도 태사의에서 일어나 정중히 예를 취했다.

"소교주, 이 늙은이가 무례를 범했소만 내 따질 것이 있어 이리 찾아왔소."

"말씀하시지요."

위청운은 그가 할 이야기라는 것이 환우의 손에 죽은 구양병의 이야기일 것이라 예상했다. 귀연수가 먼저 와서 한 말이 있기에 그리 생각한 것이다. 만일 귀연수의 말이 없었다면 정말 아닌 밤중의 홍두깨 같은 심정이었을 것이다.

그러면서 살짝 귀연수를 보니 그의 얼굴에는 낭패한 기색이 역력했다. 분명 구양병과 구양천 사이에는 아주 밀접한 관계가 있었다.

"병이, 그 아이가 적마대의 대주가 되었었다 들었소. 그리고 작전을 수행하다가 죽었다는 이야기도. 내 어제 폐관을 마치고 나와 오늘 아침에야 그 소식을 접했는데 사실이오?"

그의 음성에는 분노가 가득했다.

"혹 구양병 전 대주를 말씀하시는 겁니까?"

"그렇소."

"그렇다면 사실입니다."

위청운은 담담하게 대답했다. 속마음은 전혀 달랐지만 그것을 철저히 감추었다.

"이, 이이… 이……."

꽉 쥔 구양천의 주먹이 부들부들 떨린다. 그의 얼굴에 굵은 핏줄기가 울룩불룩 솟았다. 당장에라도 눈앞의 모든 것을 때려 부술 듯한 기세다.

"왜 그러시는지요?"

위청운은 여전히 태연하게 물었다. 여기에서 주눅이 든 모습을 보여서는 안 된다.

구양천은 분노로 활활 타오르는 눈으로 위청운을 노려보았다. 위청운으로서는 난생처음 당하는 일이다. 육대호법들은 모두 위청운에게 인자한 할아버지들이었다. 분명 십년폐관을 들기 전에는 그를 귀여운 손자로 돌봐주던 할아버지들이었다. 그런데 지금 그중 한 명인 구양천이 잡아먹을 듯한 시선으로 자신을 노려보고 있다.

대체 무엇이 잘못된 것일까?

"한 가지만 더 묻겠소."

"네."

"병아가 죽은 후, 그 아이가 수행하던 작전은 전면 중단되었다 들었소만 그것도 사실이오?"

"사실입니다."

위청운은 떨려오는 심장의 움직임을 간신히 진정시키고 태연한 얼굴로 대답했다.

푸아악.

위청운이 대답하는 순간 어마어마한 살기가 구양천의 몸으로부터 뿜어져 나와 그 공간을 지배했다.

“커헉!”

그 기세에 상대적으로 무공이 약한 귀연수가 피를 토했다. 위청운도 간신히 버티고 있었다.

“소교주는 어찌 된 일인지 나에게 소상히 설명해야 할 것이오.”

무시무시한 기세다.

위청운은 여전히 태연을 가장한 채 뇌룡아에 대한 이야기를 천천히 했다. 하지만 그의 이야기가 이어질수록 구양천의 기세는 더욱 사나워질 뿐이었다.

“그래서, 작전이 모두 중단되었다는 것이오?”

위청운의 이야기가 끝나자 구양천이 물었다.

“그렇습니다.”

“허어.”

그 대답에 구양천이 한숨을 내쉬었다.

“어찌 우리 마교가 이리되었단 말인가. 아무리 오십여 년 전 그렇게 중원에서 물러났다고 하나 이럴 수는 없는 것을…….”

구양천의 통탄에 위청운은 아무 말도 하지 않았다.

여기서 쓸데없는 말을 하는 것은 그저 활활 타는 불길에 기름을 뿌리는 것에 지나지 않았다.

“신환우라고 하였소? 그 씹어 먹어도 시원찮을 개종자의 이름이?”

“그렇습니다.”

“그놈은 내가 처단하겠소. 소교주는 그 일에 대해서 상관치 마시오.”

그 말이 끝이다. 그리고 몸을 돌리고 소교주전을 나갔다. 그의 걸음은 거침이 없었다.

아무리 호법원의 호법이라 하나 들어올 때부터 나갈 때까지 무례로 점철된 행동이었다.

구양천이 나가고 얼마의 시간이 흐른 후에야 위청운은 태사의에 앉을 수 있었다.

“후우.”

그의 한숨에는 갖가지 감정이 담겨 있었다. 그중 가장 큰 것은 자신의 초라한 모습에 대한 분노였다. 아무리 교주도 마음대로 할 수 없다는 호법원이라지만 이것은 아니었다. 소교주인 자신을 마치 아랫사람 대하듯 하다니. 지금 자신은 교주의 부재 중 교에 대한 모든 권리를 위임받은 소교주가 아닌가.

이럴 수는 없었다.

“어찌 된 일이냐?”

그 모든 분노가 귀연수에게로 쏟아졌다. 귀연수는 식은땀을 뻘뻘 흘리고 있었다.

“그, 그것이……..”

“빨리 말해라.”

위청운의 몸에서 뿜어져 나온 살기가 귀연수의 몸을 옭아
맨다.

"구… 구양병 대주는 구양천 호법의 조카 손자입니다."

"조카 손자?"

"네. 구양천 호법에게는 형이 한 명 있었는데 구양 호법과
는 전혀 반대라 몸이 약하고 무공에는 관심이 없는 이였습니
다. 그런 그가 아들 하나를 남기고 죽었고 그 아들을 구양천
호법이 은밀히 사람을 보내 돌보았습니다. 그의 형은 마교와
는 상관이 없는 인물이었기에 구양 호법이 드러내고 도울 수
없었지요. 게다가 가뜩이나 정마대전 때문에 마교에 대한 시
선이 곱지 않고 교의 힘도 약해졌을 때였으니까요."

귀연수가 잠시 말을 멈추자 위청운은 시선으로 설명을 계
속할 것을 명했다.

"한데 그 아들도 아비의 체질을 그대로 물려받았는지 젊은
나이에 죽었습니다. 역시나 아들 하나를 남기고요."

"음. 그럼 그 아들이?"

"네, 구양병 대주입니다."

"그런데 어떻게 교에 들어와 있었던 거지?"

귀연수가 마른침을 삼키고 설명을 이었다.

"그것이, 구양 대주의 아버지는 비명횡사를 했습니다. 산
적들 손에 죽은 것이지요."

이상했다. 구양 호법이 돌보고 있는데 일개 산적들 손에 죽

을 수가 있다니.

"잠시 호위들이 눈을 뗀 사이에 벌어진 일이라 합니다. 그 일이 있은 후 그 산적들과 호위들은 모두 구양 호법의 손에 명을 달리했지요."

위청운은 고개를 끄덕였다. 구양 호법의 성격이라면 능히 그럴 수 있었다.

"그 일이 있은 후 구양 호법은 안 되겠다고 생각했는지 손자를 교에 들여서 은밀히 돌보았습니다. 그분은 자신의 형님을 생각해서 구양 대주를 교의 무사로 키울 생각은 없었기에 자신의 손자라는 사실을 감추었죠. 하지만 손자는 구양 호법의 피도 물려받았는지 무에 대한 재능이 뛰어났습니다. 게다가 비명횡사한 아버지 탓인지 강해지려는 욕구도 강했지요."

"그 결과 열심히 노력해서 적마대주에까지 올랐다?"

"네."

"그걸 구양 호법이 가만히 놔두었는가?"

위청운이 손으로 이마를 짚으며 물었다.

"물론 말렸지요. 하지만 십 년 전 그분은 폐관에 드셨습니다. 그리고 그 후 구양 대주가 대주의 자리에 오른 것이지요."

"그렇단 말이지."

"네. 그리고 이 일로 구양 호법의 가문은 대가 끊겼습니다."

그랬다.

대가 완전히 끊겨 버렸다. 구양병에게는 자식이 없었던 것이다.

이제야 위청운은 구양천의 분노를 이해할 수 있었다.

구양천이 자식을 생산할 수 없는 몸이라는 것은 교의 수뇌부는 누구나 다 알고 있었다. 여자를 품는 데는 아무런 지장이 없었지만 자식은 만들 수가 없었다. 모두 그가 익힌 무공 탓이었다.

"후우."

위청운은 깊게 한숨을 쉬었다.

"저도 어제야 그 사실을 알았습니다."

정말로 구양병과 구양천의 관계에 대한 서류는 한쪽 귀퉁이에 아무렇게나 놓여 있었다. 담당자가 그 서류를 찾아온 것이 다 용할 정도였다.

"이미 엎질러진 물인가? 어쩔 수 없군."

"네."

"구양 장로께 그자에 대한 정보를 모두 드리도록 해. 이건 어쩔 수 없는 일이야."

"알겠습니다."

위청운은 자신과 사부의 계획에 생각지 못한 변수가 끼어드는 것이 불안했지만 어쩔 수 없었다. 이번의 변수는 자신의 부주의가 만든 것이었다.

지금 상황이라면 교주라 할지라도 구양 장로를 말리지 못했다. 정말로 어쩔 수 없는 일인 것이다.

말릴 수 있는 사람이 있다면 단 한 사람이다.

육대호법의 대사형, 태상호법뿐이었지만 그는 지금 중원에 없었다.

그때 군사각의 각원 하나가 급한 얼굴로 소교주전으로 찾아와 전갈을 전했다. 전의 입구의 위사가 가져온 전갈을 본 귀연수의 얼굴이 미묘하게 변했다.

"무슨 일인가?"

"잠영 일호의 전갈입니다. 그가 융중을 내려왔답니다."

"그래? 쓸모없는 녀석. 그곳에서 무얼 하고 있는지 알아보지도 못한 주제에 그런 전갈은 잘도 보내는구나."

환우가 수련을 하는 동안 잠영 일호는 환우 근처에도 가지 못했다. 환우가 사방으로 뿌린 기세 때문이었다. 그것은 이협수를 만날 때도 마찬가지였다.

잠영 일호는 들키지 않고 환우를 감시할 자신이 없었던 것이다.

그저 그곳에서 환우가 수련 중인 것 같다는 추측성 보고가 그가 할 수 있는 전부였던 것이다.

"하지만 공교롭군, 마침 이럴 때 산을 내려오다니."

그 말 후 위청운은 손짓으로 귀연수를 내보냈다. 그리고 태사의에 몸을 묻으며 긴 침묵에 잠겼다.

＊　　　＊　　　＊

무당산은 융중산에서 그리 멀지 않았다. 덕분에 환우와 치호는 융중산을 떠나 며칠 걸리지 않아 무당산이 있는 균현에 도착할 수 있었다.

일단은 균현에 있는 주루에서 여장을 풀었다. 이곳에서 하루 쉬고 날이 밝는 대로 산을 오르기로 한 것이다.

예전 소림에 갔을 때 무당파에 대해서는 좋은 인상을 받지 못했었다. 그랬기에 이번에는 순순히 검을 돌려받을 것이라 기대하지 않고 가는 길이다.

분명 한바탕 드잡이질을 펼쳐야 하리라.

환우는 그런 것은 신경 쓰지 않았다. 어쨌든 자신은 자신의 일을 하는 것뿐이다. 돌려주지 않는다면 빼앗으면 된다. 어차피 용아천뢰검의 정당한 주인은 자신이 아니던가.

"사숙, 괜찮을까요?"

일단 융중산에서 가장 가까운 곳이라 무당으로 왔지만 치호는 안절부절못했다. 소림에서의 일을 똑똑히 기억하고 있었다. 한 문파의 장로를 그리 망신 주고서는 이제 그 문파로 찾아간다 하니 어찌 편히 있을 수 있겠는가.

"괜찮아. 어차피 나랑 배분도 같았었는데, 뭐. 그리고 잘못한 것은 그쪽이었어."

환우는 치호가 무얼 걱정하는지 다 알고 있다는 듯 안심하라는 투로 이야기하고는 손에 들린 오리 다리를 입에 가져갔다.

치호는 자신 앞에 놓인 만두를 깨작깨작 먹고 있었다. 그래도 안심이 안 되는 모양이었다.

"그것보다 무당에서는 과연 누가 검을 가지고 있을까?"

환우는 소천걸이 했던 말이 걸렸다.

용아천뢰검은 절세의 명검이라 했다. 검을 익힌 이들이라면 누구나 탐낼 만한 천고의 기병.

소천걸이 직접 검강까지 만들어내면서 그 효용을 보여주지 않았던가. 검강이라. 환우에게는 정말이지 쓸데없는 힘 낭비에 지나지 않는 기술이었다. 이협수를 만나기 전에는 분명 그렇게 생각했다. 하지만 이협수가 펼치는 검강을 보고는 생각을 바꾸었다. 분명 훌륭한 무공이었던 것이다.

그런 검강을 쉬이 펼칠 수 있는 검인데 과연 검의 문파라는 무당에서 용아천뢰검을 순순히 내줄까? 그렇지는 않을 것이다.

"게다가 그놈들 죄다 싸가지가 없었지."

"네?"

오리고기를 씹으며 중얼거리는 환우의 말에 치호가 고개를 들었다.

싸가지라는 말이 나오자 괜히 뜨끔한 것이다.

“아니다.”

그 말만 하고 환우는 계속해서 식사를 하는 데 열중했다. 환우가 만나본 무당파의 인물은 몇 되지 않았지만 모두 좋은 기억은 없었다.

“이곳 기분 나빠. 빨리 볼일 마치고 떠나자.”

“네.”

무당과 환우 사이의 일을 잘 아는 치호는 그렇게 대답할 수밖에 없었다.

그때 일단의 무리가 주루의 문을 열고 안으로 들어섰다. 모두 손에 검을 들고 있는 것으로 보아 무림인들이었다. 무당산이 있는 균현에서 마음대로 검을 들고 다니는 무림인이라면 누구인지는 뻔했다. 무당의 제자들인 것이다.

하지만 그 사이에 다른 인물들이 섞여 있었다. 그리고 그 인물들을 둘러싼 형태로 무당의 무사들이 들어왔다.

“하하. 당 형, 이리로 앉으시지요.”

무당의 제자로 보이는 청년이 호탕한 웃음을 터뜨리며 함께 들어온 일행에게 자리를 권했다. 그를 제외한 다른 무당의 무사들은 그 자리를 둘러싸고 각기 자리를 차지하고 앉았다.

“자자, 어서들 앉으시지요. 오늘은 제가 사겠습니다. 이렇게 젊은 영웅 분들이 우리 무당을 찾으셨으니 당연히 제가 크게 한 턱 내야지요.”

그의 말에 두 명의 청년과 한 명의 여인이 자리에 앉았다.

그렇게 모두 네 명이 한자리에 앉았다.

갑작스러운 소란에 모두의 시선이 그쪽으로 향했지만 무당의 무사들인 것을 알고는 곧 신경을 껐다. 치호도 잠시 그쪽을 보다가 식사에 열중했다.

지난번에 저런 자리에 얽혔다가 고생한 기억이 생생했다. 이제 저런 모임은 사절이다. 보나마나 명문정파의 제자라는 녀석들이 서로 잘났다고 한껏 거드름을 피우는 자리일 것이 뻔했다.

하지만 환우는 여전히 그들을 보고 있었다.

아니, 그들을 보지 않았다. 정확히는 호탕한 듯 큰소리를 치며 떠드는 자의 주변에 있는 무당의 제자 중 한 명을 주시하고 있었다.

그 모습에 치호는 고개를 갸웃거렸다. 왜 그러는지 알 수 없었기 때문이다.

치호의 그런 모습을 본 환우가 피식 웃었다.

"너도 아직 멀었구나. 밥이나 마저 먹자꾸나."

사숙의 말을 도무지 이해할 수 없었지만 어쩔 수 없었다. 치호는 다시 만두와 오리고기를 입으로 가져갔다.

환우도 시선을 돌리고 하던 식사를 마저 했다.

"화 소협의 대접에 몸둘 바를 모르겠군요."

그들의 자리가 치호와 환우가 앉은 자리에서 멀지 않기에 그들의 대화가 들렸다.

"별말씀을요. 이토록 귀한 손님들이 오셨는데 당연한 일입니다."

"하하. 과연 무당의 대제자다우십니다."

그랬다. 큰 소리로 떠들며 호탕한 기개를 가진 듯 말하는 그는 현재 무당의 대제자였다. 정확히는 무당 장문인의 수제자로 차기 장문인으로 가장 유력한 위치에 올라 있는 이였다.

창천검 화풍천.

이것이 그의 별호와 이름이었다. 무림에도 제법 알려져 있는 인물이었으나 그것은 어디까지나 그가 가진 배경 덕이었다.

"쟤들 누구냐?"

시끄러운 소리가 거슬린 듯 환우가 치호에게 물었다. 치호는 최대한 자신의 기억을 뒤졌다. 유명 문파의 요주의 인물들은 비록 나이가 어리다 할지라도 모두 외우고 있었다. 그의 기억에 없는 이들은 개방의 정보망에서 그다지 중요하다고 인정을 받지 못한 이들인 것이다.

지난번 소림에서는 그래서 알아본 인물이 하나도 없었다. 무림오화 중 서문하경이라 할지라도 그녀가 문파에서 차지하는 비중을 생각하면 그렇게 요주로 분류될 정도는 아니었다. 그리고 장용걸의 경우는 그 행보가 워낙 은밀하여 미처 얼굴을 몰랐던 것이다.

하지만 이번에는 달랐다.

당장 차기 무당 장문인에 가장 근접한 인물이니 당연히 잘 알아둬야 할 얼굴이었다. 게다가 숨어서 지내는 인물도 아니었다.

"지금 큰 소리로 떠들고 있는 자가 무당의 대제자인 창천검 화풍천입니다."

"별호만 그럴듯한 녀석이로군."

환우는 나직이 중얼거렸다. 하지만 그들은 그 소리를 듣지 못했다. 자기들의 이야기에 빠져 있느라 신경을 쓰지 않았기 때문이다.

대신 그들을 둘러싸고 있던 무사 중 한 명의 얼굴에 살짝 주름이 생겼다가 사라졌다. 환우가 주시했던 그자였다.

"다른 사람들도 쟁쟁한데요. 저 사람은 사천당가의 소가주인 십수공자 당풍이에요. 장 소협과 마찬가지로 신주오룡의 일인이지요."

그 말에 환우의 얼굴에 이채가 서렸다. 과연 화산신부 장용결과 같은 반열에 올라 있다니 어떤 인물일지 호기심이 생긴 것이다.

"그리고?"

"또 다른 신주오룡 중 한 명이 있네요. 점창파의 후기지수로 사일검 하각이에요."

"그래?"

환우는 미심쩍다는 얼굴로 그들을 바라보았다. 그들 중 누구도 장용걸 정도의 기개는 보여주지 못하고 있었다. 어떻게 장용걸이 이들과 함께 묶여 사람들의 입에 오르내리는지 이해할 수 없었다.

"음. 그리고 저 여인은… 역시네요. 실물로 보게 될 줄이야……."

치호는 감탄한 듯 멍하니 그 여인을 바라보고 있었다. 처음 그들이 들어올 때는 시끄러운 화풍천 덕에 유심히 살피지 않아서 알아보지 못했었다.

참으로 얼굴을 장식하기 위해 눈을 달고 있다는 느낌이 든 순간이다. 저런 인물을 알아보지 못하다니 말이다.

그제야 환우도 그 자리에 있는 여인을 유심히 살폈다. 환우도 저들에게 큰 관심이 없었기에 자세히 보지 않은 것이다.

아름다웠다.

그 말 한마디면 충분했다.

그 여인은 참으로 아름다웠다.

"누구냐?"

환우가 물었다.

"무림오화 중 한 명이에요."

치호의 대답에 환우는 고개를 끄덕였다. 역시였다. 서문하경과 비견해도 결코 떨어지지 않는 외모다. 아니, 가히 누가 낫다 말할 수 없을 정도로 아름다웠다.

"남궁아연. 철검화(鐵劍花) 남궁아연이에요."

"어울리지 않는 별호인걸."

분명 그랬다. 여인의 별호에 철검이라니. 그것도 저토록 아름다운 여인에게 말이다.

"그래도 어쩔 수 없어요. 남궁세가의 후기지수 중 최고수가 그녀니까요. 그녀가 신주오룡에 들어가지 못한 것은 오로지 그녀가 여인이라서예요."

"강해 보이기는 하구나."

환우는 눈에는 그들 네 명 중 남궁아연이 가장 강해 보였다.

"네가 알아볼 수 있는 이들은 저 네 명이 전부냐?"

"네."

그들을 둘러싼 무당의 무사를 곁눈질로 한 번 훑어본 치호가 대답했다. 그 대답에 환우가 고개를 갸웃거렸다. 이해할 수 없는 일인 것이다.

자신이 알게 된 중원 문파들에 대한 지식으로서는 참으로 이해하기 어려운 일이었다.

"아니, 아니다."

그때 주루의 문이 다시 요란하게 열렸다. 늦었다는 듯 서둘러 들어오는 인물이 하나 있었다. 그 역시 무당의 인물이었다.

"이런, 늦었구나, 진 사제."

"하하하. 죄송합니다, 사형. 사부님께서 좀처럼 수련을 끝내주시지 않아서 말입니다.”

그 역시 호탕한 웃음을 터뜨리며 들어왔다. 참으로 익숙한 목소리다.

익숙한 목소리였기에 자연스레 치호의 눈이 그곳으로 향했다. 그리고 들어오는 이와 눈이 딱 마주쳤다.

다른 무당의 제자였다면 그냥 그렇게 우연히 눈을 마주친 것으로 끝이 났을 것이다. 하지만 익숙한 목소리의 인물은 참으로 낯익은 얼굴이었다. 어딘가 기억 속의 얼굴과는 달라진 곳이 있었지만 누군지 알아보는 것은 어려운 일이 아니었다.

“엇!”

들어오던 그는 그 자리에 그대로 멈춰 섰다. 그는 치호와 눈이 마주친 후 바로 치호 맞은편에 있는 인물에게로 시선이 간 것이다.

그는 온몸을 떨었다. 참으로 심한 경련이다. 흡사 호랑이 앞의 고양이라도 된 듯했다.

“왜 그러나? 진 사제. 귀한 손님들 앞에서 이 무슨 짓인가?”

화풍천이 질책 어린 목소리로 자신의 사제를 책망했다. 하지만 그는 아무런 반응을 보이지 않았다.

환우의 시선이 그를 향했다. 환우도 그를 알아보았다.

“훗. 오랜만이군. 몸은 이제 다 나았나 보네?”

“으… 으악!!!”

이제 막 주루로 들어선 무당의 제자, 진소운은 환우의 말에 비명을 질렀다. 아직도 밤마다 꿈에 나타나 자신을 괴롭히는 악몽의 주인공이 무당의 앞마당에 나타난 것이다.

그의 그런 반응에 치호는 고개를 절레절레 저었다.

"대체 왜 그러나, 진 사제. 이들이 대체 누구이기에!"

화풍천이 자리에서 벌떡 일어나며 심하게 진소운을 나무랐다. 다른 문파의 손님들 앞에서 이 무슨 한심한 작태란 말인가.

무당파가 있는 호북성의 무창에 천의맹이 자리했다. 그러면서 천의맹에 와 있던 다른 문파의 후기지수들이 친교를 위해 잠시 무당에 들른 차였다. 그런데 그들 앞에서 이런 꼴이라니⋯ 화풍천은 부끄럽기 짝이 없었다.

"그⋯ 그⋯ 그놈입니다!!! 그놈이에요!!!"

화풍천의 꾸지람에 진소운은 떨리는 목소리로 환우를 가리키며 말했다.

그의 말에 치호는 한 손으로 얼굴을 감싸 쥐면서 크게 한숨을 쉬었다.

"후우. 또 터졌군."

진소운은 어쩜 그리 학습 능력이 없을까. 그렇게 당하고도 또 환우의 성질을 건드리다니 말이다.

"그놈이라니. 누구 말이냐?"

"그⋯ 그⋯ 소림에서⋯ 그⋯⋯."

진소운은 제대로 말을 잇지 못했다. 하지만 화풍천은 알아들을 수 있었다. 무당이 소림에서 당한 치욕에 대해 무당 내에서 모르는 사람이 없었다. 그랬기에 그놈이 누구라는 것은 대번에 알 수 있었다.

그 말이 끝나자마자 무당의 무사들이 모두 자리를 박차고 일어나 환우가 앉은 자리를 포위했다. 이제 치호는 양손으로 얼굴을 감싸 쥐었다.

무당산을 오르기도 전에 이런 사고가 터지니 그야말로 미칠 노릇이다. 그와 동시에 치호는 정말 진심으로 무당의 무사들을 걱정했다.

사숙은 이미 예전의 사숙이 아니었다.

"무당에도 검이 있군."

남의 이야기하듯 환우는 가만히 중얼거렸다.

"네 이놈!!!"

그때 화풍천이 험악한 얼굴로 환우를 향해 소리를 질렀다.

"시끄러. 나 귀 안 먹었어."

역시 환우다운 대응이다.

"네놈이 아주 죽으려고 작정을 했구나. 여기가 어디라고… 감히 신성한 무당의 땅에 발을 디디다니!"

"내 발로 내가 가는데 참 더럽고 치사하구나. 다른 땅이랑 똑같은 땅이구만, 신성은 무슨 얼어죽을."

오리고기를 뜯으며 나온 환우의 말에 화풍천의 얼굴이 붉

으락푸르락 달아올랐다. 그와 함께 있는 무당의 무사들의 얼굴 역시 마찬가지였다. 오직 한 사람만이 평정을 유지하고 있었다.

환우는 다른 이들은 무시하고 여전히 평정을 유지하고 있는 한 사람을 보았다.

"무당의 검이야."

대체 무슨 뜻의 말일까? 환우는 주변을 완전히 무시하고 오직 자신의 할 말만 했다.

"네 이놈!!"

결국 분기탱천한 화풍천이 한 걸음 앞으로 나섰다.

"왜? 거 시끄럽다고 했는데 계속 소리나 꽥꽥 지르고. 한 걸음 앞으로 나오면 어쩔 건데?"

환우는 자신을 귀찮게 하는 파리를 보는 듯한 눈으로 화풍천을 보았다.

화풍천 역시 환우에 대해 들은 말이 있었다. 하는 짓이 시건방지고 무례하지만 그만한 힘과 배분을 지닌 자였다.

무당의 장로인 무허 진인이 저 빌어먹을 놈에게 손 한 번 제대로 써보지 못하고 수염을 잘리지 않았던가. 화풍천 자신이 그 자리에 있었던 것은 아니지만 그곳에 있었던 사제에게 그때의 이야기를 자세히 들었다. 어떤 인물인지 알고 있으니 섣불리 나서지도 못하고 있었다.

"화 소협, 저자가 대체 누구이기에 그러십니까?"

점창의 하각이 화풍천에게 한 발 다가가 물었다.

"본 파에 씻을 수 없는 치욕을 준 자이지요. 감히 소림에서 그리 무례한 행동을 한 이는 무림의 역사에서 찾을 수 없을 것입니다."

아까부터 소림의 이야기가 나오고 진소운이 겁에 질린 것을 보고 무언가 짚이는 것이 있었다. 점창도 그때 그 일의 피해자였기에 하각 역시 그 일을 알고 있었다. 자신의 사제도 반병신이 되어 돌아왔다가 얼마 전에야 겨우 몸을 추스르고 일어나지 않았던가.

"설마 그자입니까?"

화풍천 역시 사제와 함께 저놈에게 당한 이들 중 점창의 제자가 있다는 사실을 알고 있었다.

"그렇습니다."

하각의 얼굴에도 은은한 분노가 물들기 시작했다.

당풍은 흥미롭다는 얼굴로 이들의 대치를 지켜보았다. 그도 귀는 있었고 반년도 더 전에 소림에서 일어났던 일에 대한 소문을 들은 터였다. 다들 쉬쉬했지만 소문이란 사람이 막으려 한다고 막을 수 있는 것이 아니다.

이미 아는 사람은 다 알고 있는 소문이다.

진소운과 화풍천, 그리고 하각의 대화로 당풍과 남궁아연 역시 환우의 정체를 짐작한 터다.

"처음 뵙겠소. 난 점창파의 제자로 사일검 하각이라 하오.

당신이 소림에서 분탕질을 쳤다는 그 동방탕아(東方蕩兒)요?"

"동방탕아?"

의외의 호칭에 환우는 손가락으로 자신을 가리키며 하각을 보았다. 하각은 그런 환우의 몸짓에 고개를 끄덕였다.

"글쎄, 난 모르겠는데. 솔직히 제법 오랜 시간 동안 산속에 틀어박혀 있어서 나에 관해서 무슨 소문이 도는지도 모르고 있거든."

대뜸 나오는 하대에 하각의 눈썹이 꿈틀했다.

"응? 기분 나빠?"

그 모습에 환우가 묻는다. 그가 자신의 반말에 기분 나빠하고 있다는 것은 척 보면 착이다.

하지만 오히려 기분 나빠해야 할 것은 자신이다.

"이보라고. 보아하니 나에 대한 이야기를 들은 모양인데 그럼 나의 배분에 대한 이야기도 듣지 않았어? 무림이란 곳은 나이는 떼고 배분으로 먹고 들어가는 거라며? 그러면 오히려 기분 나쁜 것은 나라고."

"훙. 동이의 오랑캐 녀석에게 인정해 줄 배분 따위는 없다!"

그때 화풍천이 끼어들면서 한마디 했다. 그 순간 환우의 눈썹이 꿈틀했다.

"흐음…… 뭐라고 했지?"

환우의 목소리가 낮게 깔렸다. 그리고 얼굴에는 진득한 미소가 배어든다.

치호는 이제 완전히 포기했다.

오늘 이 주루에서 무슨 일이 일어나든 자신은 모르는 일이다. 모든 일의 책임은 사숙을 건드린 저 녀석들에게 있었다.

"동이의 오랑캐 따위에게 인정해 줄 배분은 없다고 했다!"

화풍천은 다시 한 번 당당히 말했다.

치호는 정말이지 이곳을 벗어나고 싶었다. 어쩌면 저리도 사숙의 화를 돋우는 데 탁월한 능력을 발휘하는 것일까.

'대체 무당의 녀석들은 어찌 하나같이 저리도 제 무덤을 잘 파냔 말이야.'

정말로 난감했다.

아직은 환우가 폭발하지 않았다. 융중에 들어갔다 나온 후 그릇도 커지고 내면도 성장을 했는지 쉬이 발끈하지 않았다.

하지만 눈이 차갑게 빛나고 있는 것으로 보아 터져도 곧 터질 것 같았다.

환우의 입에 걸린 미소는 미소가 아니었다.

당풍은 일이 점점 더 재미있게 되어간다는 눈으로 상황을 주시했다.

"훗. 알았으니까 일단 넌 좀 찌그러져 있어라. 아무래도 여기 이 녀석이 나에게 볼일이 있는 것 같으니까. 그 볼일 끝나고 너도 손봐줄 테니까."

도발적인 말이다.

환우는 명백히 이들을 도발하고 있었다.

"분명 내가 너에게 볼일이 있지."

하각도 이제는 평대를 하기 시작했다. 예의를 차려줄 필요가 없는 상대라 판단한 것이다.

"네가 소림에서 마 사제를 그렇게 만든 것이냐?"

"마 사제?"

환우의 시선이 치호를 향한다. 그제야 모두의 시선이 치호를 향했다. 그들은 환우에게 시선을 집중한 탓에 치호의 존재를 알아차리지 못하고 있었던 것이다.

"아마도 점창의 마일성 소협을 말하는 듯합니다."

치호의 말에 환우는 그제야 생각이 났다는 듯 고개를 끄덕였다.

"그 한심한 놈? 분명 내가 그렇게 만들기는 했지. 하지만 너무 허약했어."

환우의 말에 검을 쥔 하각의 손에 굵은 힘줄이 솟아올랐다.

"무림은 은과 원이 확실한 세계다. 네가 마 사제에게 한 일을 순순히 인정한다면 이번에는 나의 검을 받아보아라."

사제의 원을 갚기 위한 결투 신청이었다. 지금 하각의 눈은 분노로 활활 타오르고 있었다.

'에그. 또 아까운 후기지수 하나 죽어나가는구나.'

치호는 정녕 그것이 안타까웠다.

이미 사숙의 실력은 잠룡은검과 막상막하의 수준까지 올

라와 있었다. 그런 그를 아무리 신주오룡이라 하나 후기지
수 중 조금 특출난 정도인 하각이 어찌할 수 있을 리 없었
다.

하각의 말에 환우는 팔짱을 끼고는 하각을 위아래로 훑어
본다. 상대를 무시하는 듯한 태도다. 이런 행동은 엄청난 모
욕이었다. 검을 쥔 하각의 손이 부들부들 떨린다.

"흐음. 과연 네가 나에게 덤빌 정도의 실력이 될까?"

"뭐라?"

환우의 말에 하각이 발끈한다.

하지만 환우의 표정에는 변화가 없었다.

"내 눈이 너무 높아졌는지 몰라도 이 자리에 내가 흥미를
느낄 만한 상대는 없는 것 같군."

환우의 말에 반응을 보인 것은 남궁아연이었다. 그의 말뜻
은 곧 자신도 안중에 없다는 말이었다. 스스로의 검에 자신이
가득한 그녀다. 솔직히 이 자리에서 자신의 상대는 없다 생각
하고 있었다. 당풍과 하각이 신주오룡의 한 자리씩을 차지하
고 있다지만 일 대 일 승부라면 능히 그들을 제압할 자신이
있었다.

그녀는 절대검존 남궁명의 손녀였다. 할아버지에게 인정
받은 그 실력을 무시당하는 것은 참을 수 없었다. 하지만 지
금은 자신이 나설 자리가 아니었다. 그 정도의 사리판단은 할
줄 알았다. 기분은 나빴지만 일단 추이를 지켜보기로 했다.

지금만 때가 아니었다.

그런 면에서 분명 그녀는 이 자리에 모인 사람들 중 가장 나았다. 나아갈 때와 물러날 때를 제대로 알고 있었다.

"네놈이 지금 우리를 무시하는 것이냐?"

하각의 음성에는 분노가 가득했다. 하지만 환우는 하각 따위는 안중에도 없다는 듯한 태도다.

"풋. 꼴에 자존심은 있어가지고 지랄하기는."

"크윽."

하각의 오른손이 검병에 올라갔다. 당장이라도 발검을 할 기세다.

점창파의 대표 절기인 사일검법. 그것은 하각의 성명절기이기도 했다. 별호가 사일검인 것만 보아도 알 수 있다.

사일검법은 무림에서 일절로 꼽히는 쾌검이다. 그리고 쾌검의 시작은 발검. 지금 하각은 극쾌의 검법으로 환우를 공격할 준비를 마친 상태였다.

환우는 무료하다는 얼굴로 하각을 바라보았다.

"그 검을 뽑으면 넌 죽는다. 아니, 죽는 게 낫다는 생각이 들도록 만들어주지."

별것 아니라는 듯이 말했지만 그 말의 무게는 결코 가볍지 않았다. 하각의 이마에 힘줄이 불끈 솟아올랐다.

"네놈……."

하각의 음성이 분노에 떨린다. 하지만 환우는 아랑곳하지 않았다. 오히려 그런 하각을 무시하고 다른 쪽으로 걸음을 옮겼다. 환우가 한 걸음 옮기자 그를 포위하고 있던 무당의 무사들이 자신들도 모르게 한 걸음 물러났다.

환우에 대한 이야기는 귀에 못이 박히도록 들었다. 그리고 진소운의 처참한 몰골도 지켜보았다. 그것들이 은연중 그들에게 두려움을 주어 한 걸음 물러나게 만든 것이다.

그 와중에 제자리를 지키고 있는 단 한 사람이 있었다. 정확히 환우가 발을 내디딘 그 자리에 서 있는 인물이었다. 환우의 얼굴에 미소가 감돌았다.

그것은 조금 전 화풍천에게 보여주던 미소와는 전혀 다른 성질의 것이었다.

만족의 미소였다.

상대의 반응에 만족했다는 미소였다.

"아무리 지랄맞아도 무당이 명문정파인 것은 분명하군. 이런 인물이 있으니 말이야."

"네놈!"

환우의 말에 화풍천이 발끈했다. 감히 대무당을 지랄맞다고 하다니, 무림의 역사에 저런 놈은 없었다.

과연 탕아라는 별호를 얻을 만한 종자였다.

환우는 그런 화풍천의 말을 깔끔하게 씹어주었다.

"네놈의 상대는 나다!"

그때 하각이 큰 소리로 외치며 오른발을 내디뎠다. 그와 동시에 검병을 잡고 있던 오른손이 움직인다. 환우를 향해 발검을 하려는 것이다.

그 순간 환우의 몸에서 폭풍과도 같은 기세가 일어났다. 그 기세는 살기로 화해 곧 주루 전체를 뒤덮었다.

그 살기는 곧 공간을 지배했다.

"헉!"

살기를 정면으로 받은 하각은 그 자리에 그대로 멈춰 섰다.

그의 검은 검집에서 정확히 한 치가 뽑혀 있었다.

설명은 길었지만 이 모든 것은 찰나의 순간에 이루어졌다.

사일검법은 극쾌의 검법이다. 뽑으려 마음먹는 순간 이미 검이 상대의 몸에 박혀 있다고 할 정도로 빠름에 치중한 검이다. 그런 검이 뽑으려 하고 겨우 한 치가 뽑혔다. 그 정도의 시간이라면 정말로 찰나의 순간이었다.

그 순간 동안 환우의 몸에서 무서운 살기가 폭풍같이 일었다가 순식간에 사라졌다.

하각의 몸은 식은땀으로 흠뻑 젖어 있었다. 그는 온몸을 떨고 있었다.

무서웠다.

그는 순간 자신이 죽었다고 생각했다. 이런 살기는 느껴본 적이 없었다.

주루에 무거운 침묵이 내려앉았다. 하각이 느낀 것을 모두 느꼈다. 치호도 예외는 아니었으나 표정은 평온했다. 치호로서는 한두 번 당해본 것이 아니라 적응이 어느 정도 된 것이다.

'무서운 사람이다.'

남궁아연은 덜덜 떨리는 왼손을 오른손으로 꽉 잡았다. 하마터면 놀라서 검을 뽑을 뻔했다. 그것은 상대를 공격하기 위해서가 아니라 상대의 살기에서 살아남겠다는 발악의 발검일 것이다. 겨우 검을 뽑지 않고 버틸 수 있었다.

이제야 그가 한 말이 이해가 갔다.

이곳에 자신의 상대는 없다고 한 말.

결코 광오한 말이 아니었다. 그는 그 정도로 강했다. 처음이었다, 자신의 또래에서 이렇게 강한 이는.

저 잠룡은검이나 복호비창이 저 정도의 실력을 가지고 있을까? 알 수 없었다.

"검도 못 뽑는 녀석이 설치기는."

환우는 뒤도 돌아보지 않고 중얼거렸다. 그 소리는 하각의 귀에 똑똑히 박혀들었다.

치욕도 이런 치욕이 없었다.

하지만 무어라 대꾸할 수도 없었다. 그는 지금 환우의 살기에 질려 꼼짝도 할 수 없었으니까.

하각은 검도 뽑아보지 못한 채 상대에게 패했다.

신주오룡이라는 자신이 그저 탕아에 지나지 않는다고 생

각했던 잡놈에게 당한 것이다.

환우는 감탄한 눈으로 자신의 앞에 서 있는 무사를 보았다. 다른 모든 사람이 식은땀을 흘리는 순간에도 그는 담담히 서 있었다. 아주 담담한 것은 아닌 듯했다. 한 방울의 땀이 뺨을 타고 흘러내리고 있었으니까.

그저 평범한 무사다. 다른 무사들 틈에 끼어 있으면 그저 그런 무사였다. 어느 것도 특징이 되지 못했다.

하지만 환우가 주시하자 그 하나만 특출나 보였다.

아니, 특출났다.

단 한 번 환우가 발출한 살기가 그를 특출나게 만들었다. 그만이 몸을 떨지 않고 있었다.

그만이 환우를 똑바로 보고 있었다.

환우의 입가에 다시 한 번 미소가 번진다.

"무당이 아주 못돼먹은 곳만은 아니야."

그리고 몸을 돌렸다. 분명 강한 이였지만 자신의 상대는 아니었다. 장래가 촉망되는 이였다.

환우가 다시 걸음을 옮기는데도 누구도 그것을 제지하지 못했다.

환우가 향한 곳에는 화풍천이 서 있었다. 그는 이미 온몸이 땀으로 흠뻑 젖은 상태였다.

"너."

환우가 짤막하게 불렀다.

“뭐, 뭐냐?”

목소리에는 두려움이 깃들어 있었지만 그래도 지지 않고 대답했다.

환우의 얼굴에 또 다른 미소가 어린다.

그것은 지옥에서 갓 올라온 악귀의 미소였다.

“내가 만져 준다고 했지?”

환우의 손이 올라온다.

“그, 그게 무슨 말이냐?”

이제 화풍천의 얼굴에도 두려움이 가득했다.

“이런 말이다.”

‘이’에 뻗어나간 주먹이 화풍천의 온몸을 헤집더니 ‘다’에서 원래의 자리로 돌아왔다.

풀썩.

그리고 그대로 화풍천은 기절했다.

환우답지 않은 손속이었다. 상대를 기절시키다니.

발끝이 화풍천의 명치를 걷어찬다.

“컥.”

순간 숨이 막히는 듯한 신음을 뱉어내더니 정신을 차렸다. 바닥에 쓰러진 채 정신을 차린 화풍천을 보자 이번에는 환우의 발이 어지러이 움직인다.

“으악!”

화풍천의 비명이 주루를 가득 채웠다. 그러나 누구도 나서지 못했다. 아직도 환우가 발출한 살기에서 벗어나지 못하고 있는 것이다.

"그쯤 해두시죠."

이미 화풍천은 피떡이 되어 있었다.

감히 해동의 민족을 동이의 오랑캐라 칭하다니. 환우의 화는 아직 풀리지 않았다. 등 뒤에서 들려오는 목소리에도 환우는 여전히 화풍천을 자근자근 밟고 있었다.

"글쎄, 그냥 가만히 있는 게 신상에 좋을 거야. 넌 이 중에서 유일하게 내 마음에 들었거든."

뚜벅뚜벅.

발자국 소리가 들린다.

환우의 경고에도 그가 환우를 향해 다가오고 있는 것이다.

챙.

그리고 검을 뽑는 소리가 들렸다. 누가 뽑았는지는 뻔했다. 이 자리에 그럴 실력이 되는 사람은 단 하나였다.

그제야 환우가 발을 멈추고 몸을 돌렸다.

환우의 눈앞에 자신이 무당의 검이라 불렀던 이가 검을 든 채 서 있었다.

그의 눈에는 분노와 두려움이 같이 자리하고 있었다.

어쨌든 화풍천은 자신의 대사형이요, 무당은 자신의 사문이다.

상대가 아무리 강하다 하나 이런 모욕은 참고 넘길 수가 없었다.

그래서 검을 뽑았다.

"이름은?"

"단리운극."

짤막한 대답이다.

"좋은 이름이군. 난 신환우."

"알고 있소."

"그래? 혹시 모를까 봐 그랬지."

환우가 양손을 늘어뜨렸다.

단리운극의 눈에 긴장이 감돌았다.

"내 앞에서 검을 뽑았다는 것은 죽을 각오도 되어 있다는 뜻이겠지?"

"꿀꺽."

단리운극은 마른침을 삼켰다.

솔직히 자신이 없었다. 기연을 만나 자신의 나이를 훨씬 뛰어넘는 성취를 이루기는 했다.

하지만 눈앞의 이 인물은 완전 괴물이었다.

동방신협의 제자라 하더니 과연이었다. 자신없었다.

아니, 단리운극 자신의 필패일 것이 뻔했다. 그래도 그는 검을 들어야 했다. 그는 대무당의 제자였고, 그가 만난 기연도 무당이 만들어준 것이었다.

"각오는 되어 있소. 나는 대무당의 제자요."

기개가 있다.

그것이 마음에 들었다.

"그럼 어디 그 무당이 목숨도 살려주는지 한번 볼까?"

환우의 몸에서 다시 한 번 살기가 뿜어져 나온다. 조금 전의 그것과는 차원이 달랐다.

피를 토하는 무사들이 하나둘 생겼다. 이미 환우에게 엉망진창으로 당한 화풍천은 도저히 견디지 못하겠는지 온몸을 심하게 떨어댔다. 보기에도 안쓰러울 정도였다.

환우는 자신의 의지로 살기를 적절히 통제해서 오직 무당의 인물들만이 그 범위에 들어가 있었다. 각자의 자리에서 조마조마한 심정으로 환우들을 훔쳐보던 보통 사람들은 무사들이 갑자기 왜 그러는지 알 수가 없었다.

일반인들의 눈으로 어찌 높은 무공의 경지를 알 수 있을까.

단리운극은 온몸을 찢어발길 듯한 압력에 이를 악물었다. 이 기세에 지면 안 된다.

그는 단전의 내공을 극한까지 끌어올려 환우의 기세에 저항했다. 그리고 한발한발 앞으로 나갔다.

환우와의 거리는 얼마 되지 않았기에 금세 자신의 간격에 환우를 넣을 수가 있었다.

"이렇게 좁은 주점에서 그 검을 사용하는 것은 쉽지 않을 텐데?"

환우의 말이 맞았다. 하지만 단리운극이 익힌 것은 오직 검이 전부였다. 자신이 믿을 것은 검이 전부였다.

단리운극은 검극으로 환우를 가리켰다. 자신이 익힌 검법을 펼치려는 순간 환우의 오른손이 품 안으로 들어갔다.

『3권으로 이어집니다』

지금 유전자가 말하는 사랑과 성의 관한 솔직 대담한 진실이 펼쳐집니다!

남편의 후광을 등에 업는 것은 까마귀와 인간뿐…

모두에게 바보 취급받던 독신 암컷이 단번에 인생대역전을 해서
서열 1위인 수컷의 아내 자리를 차지하게 될 수도 있다는 말입니다.
모든 여성이 이상형의 남자와 결혼할 수 있는 것은 아닙니다.
적당한 선에서 타협하여 적당한 사람과 결혼하지요.
하지만 솔직히 말해서 당연히 멋진 남자가 더 좋지 않겠습니까?
따라서 여성은 생각합니다.
'그럼 어떻게 하지? 유전자만이라면 가질 수 있어!'
그리하여 장기계획형이나 단기승부형과 같은 여러 가지 방법의
외도가 생겨나는 것입니다.
물론 모든 여성이 이를 실행에 옮기지는 않습니다.

하지만 기회가 있다면 어떨까요?
다른 조건과 이미 타협을 봤다면?
남편이 사소한 일은 눈치 못 채는 둔한 남자라면?
뭔가 유전자의 음모가 느껴지지 않습니까?

실패를 모르는 남자 선택법!
「내 남자친구는 왼손잡이」 법칙

어째서 여성은 왼손잡이 남성에게 마음이 끌리는 걸까요?

여기서 기억해야 할 것은 몸의 좌우와 뇌의 좌우는 원칙적으로 반대 관계라는 점입니다.
따라서 왼손잡이 남성은 우뇌가 발달했습니다.
발달했다는 사실이 왼손잡이를 통해 반영된 것입니다.

그리고 두 번째로 생각해야 할 것은 우뇌는 남성 호르몬의 일종인 테스토스테론에 의해 발달한다는 점입니다.
요약하자면 왼손잡이 남성은 우뇌가 발달했는데, 그것은 테스토스테론 수치가 높기 때문입니다.
그것은 다름 아닌 생식 능력이 높다는 것을 의미하지요.

「내 남자 친구는 왼손잡이」에 감춰진 의미는… 내 남자 친구는 생식 능력이 높아… 인 것입니다.

초등학생이 반드시 읽어야 할 좋은 책 49권

각 학년별로 초등학생이 반드시 읽어야할 좋은 책을 선정하여 통합논술의 기본이 되는 '올바른 독서법'을 일깨워 줍니다.

교과서와 함께하는 초등학교 통합논술

초등1학년 | 값 12,000원 / 초등2학년 | 값 9,500원 / 초등3학년 | 값 11,000원 / 초등4학년 | 값 9,500원 / 초등5학년 | 값 9,500원 / 초등6학년 | 값 11,000원

♣ 혼자 할 수 있어요.

엄마가 책 읽는 방법을 가르쳐 주어도 좋아요.
독서지도하는 선생님이 가르쳐 주어도 좋답니다.
"초등 교과서와 함께하는 **통합논술 시리즈**"는
아이 스스로 독서할 수 있도록 꾸며진 책이에요.
엄마와 선생님은 요령만 가르쳐 주시면 된답니다.

♣ 교과서의 중요한 내용이 총정리되어 있어요.

각 학년별로 중요한 교과 내용이 함께 수록되어 있어요.
초등학생은 교과서 내용을 충실하게 공부해야 합니다.
아울러 그와 병행한 독서가 대단히 중요하지요.
"초등 교과서와 함께하는 **통합논술 시리즈**"는
두가지 방법 모두 알려준답니다.

♣ 이 책은 훌륭하신 선생님들이 함께 쓰신 책이랍니다.

동화작가 선생님들이 쓰셨어요. 소설가 선생님도 쓰셨답니다.
국어 논술독서지도 선생님들도 함께 쓰셨지요.
"초등 교과서와 함께하는 **통합논술 시리즈**"는
엄마의 마음으로 모든 선생님들이 함께 꾸민 책이랍니다.